la VOZ DEL MULTIMILLONARIO

la VOZ DEL MULTIMILLONARIO

J.S. Scott

traducción de Roberto Falcó

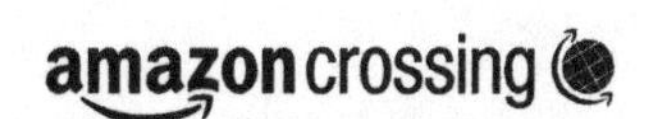

Título original: *The Billionaire's Voice*
Publicado originalmente por Montlake Romance, Estados Unidos, 2016

Edición en español publicada por:
AmazonCrossing, Amazon Media EU Sàrl
38, avenue John F. Kennedy, L-1855, Luxembourg
Enero, 2019

Impreso por: Ver última página
Primera edición digital 2018

ISBN: 9782919805150

www.apub.com

SOBRE LA AUTORA

J. S. Scott, prolífica autora de novelas románticas eróticas, es una de las escritoras con más éxito del género y ha ocupado los primeros puestos en las listas de libros más vendidos de *The New York Times* y *USA Today*. Aunque disfruta con la lectura de todo tipo de literatura, a la hora de escribir se inclina por su temática favorita: historias eróticas de romance, tanto contemporáneas como de ambientación paranormal. En la mayoría de sus novelas el protagonista es un macho alfa y todas tienen un final feliz, seguramente porque la autora no concibe terminarlas de otra manera. Vive en las hermosas Montañas Rocosas con su esposo y sus dos pastores alemanes muy mimados.

Entre sus obras destaca la serie «Los Sinclair», de la que forma parte la presente novela.

Creo que todas hemos pasado por algún momento en la vida en el que hemos sufrido demasiadas tragedias o desilusiones en un espacio muy breve de tiempo. O quizá hemos sufrido unas pérdidas tan duras que hemos tocado fondo, convencidas de que no íbamos a recuperarnos nunca. Nuestras vidas están llenas de altibajos, pero en ocasiones hay períodos de desesperación que nos parecen casi imposibles de superar, cuando tenemos la sensación de que si recibimos un golpe más, se acabó.

Para todas aquellas personas que han superado un momento difícil, oscuro y en soledad, este libro es para vosotras.

Jan

Prólogo

Tessa Sullivan salió corriendo de un elegante restaurante de Boston con los ojos empañados por lágrimas que aún no había derramado. Estaba tan disgustada que se precipitó hacia la calle distraída, y se sobresaltó cuando un brazo fuerte y masculino la agarró.

Ella volvió la cabeza con un gesto brusco, levantó la barbilla más de lo habitual, y vio a un desconocido.

—Hay mucho tráfico y me ha dado miedo que siguieras andando y te atropellara alguien. Parece que tienes la cabeza en otra parte. Debes de estar muy distraída para no oír los coches. Espero no haberte asustado, lo siento.

A decir verdad, era probable que hubiera seguido andando si él no la hubiera parado. Estaba aturdida, y sumida en un mundo de silencio en el que no se oía la circulación.

—Gracias —dijo ella con un hilo de voz—. Soy sorda.

Él era un hombre alto, fornido, con cara de «chico malo», pero cuando le sonrió, a Tessa no le quedó más remedio que devolverle la sonrisa, porque a pesar de su aspecto de tipo duro, sus ojos eran un espejo de bondad.

—¿Puedes leerme los labios?

Le soltó el brazo lentamente. Ella asintió y se fijó en la chaqueta negra de cuero y la gorra de béisbol que llevaba él. Intuyó que debía de tener algún año más que ella, aunque era difícil saberlo. Bajo la gorra asomaba algún que otro mechón de pelo negro rebelde y sus ojos eran del color del chocolate con leche, auténtico reflejo de la bondad, cosa que convertía a aquel desconocido en alguien muy agradable que le ofrecía empatía y calidez, justo lo que más falta le hacía en ese momento.

—¿Necesitas que te lleve? He aparcado aquí mismo. —Señaló la limusina que había al otro lado de la calle.

Ella negó con un gesto brusco de la cabeza.

—El coche de mi prometido… —dijo con voz trémula—, quiero decir, de mi exprometido, está aquí cerca.

—Acabáis de romper —supuso el hombre, a quien se le borró la sonrisa de la cara.

—Sí. —De pronto se dio cuenta de que no quería confesarle sus problemas a un desconocido y se corrigió a sí misma—: No.

Entonces lo miró a los ojos y se preguntó por qué le preocupaba tanto que alguien pudiera saber la verdad. Ya no tenía nada que perder.

—Sí —dijo con tristeza—. Lo siento. Es que acabamos de romper y aún me cuesta admitir que me han dejado.

El hombre le tomó la mano.

—No hay ningún motivo para que te lleve un cretino. Ven conmigo.

Tessa dejó que la guiara y cruzaron la calle antes de que ella tuviera ocasión de decirle que Rick no iba con ella. Un conductor bajó de la limusina y le abrió la puerta mientras el misterioso desconocido se dirigió al otro lado.

Tessa miró a su alrededor y no vio el coche ni al chófer de Rick por ningún lado. Dudó unos instantes, como habría hecho cualquier mujer normal cuando un desconocido se ofrece a llevarla en coche, incapaz de dejar la cautela a un lado. El hombre al que acababa de conocer tenía chófer y le parecía poco probable que un asesino en serie fuera en limusina, al menos si tenía la intención de cometer un crimen.

Aún no había tomado una decisión cuando un grupo de mujeres que había al otro lado de la calle empezó a saludar en dirección al coche. Era obvio que estaban gritando, intentando llamar la atención del ocupante del vehículo, pero ella ignoraba el motivo.

Chico Malo asomó la cabeza por la ventanilla para que ella pudiera leerle los labios.

—Entra o se nos tiran encima. La gente me reconoce fácilmente y no quiero que haya heridos. Por favor.

Le dirigió una mirada tan convincente y apremiante que Tessa se metió en la limusina sin pensárselo dos veces; el chófer cerró la puerta y puso el vehículo en marcha antes de que el grupo de mujeres pudiera cruzar la calle y abalanzarse sobre ellos.

El desconocido encendió la luz interior.

—Lo hemos conseguido.

Se quitó la gorra de béisbol y se pasó las manos por el pelo corto y oscuro. Después de despojarse de la chaqueta, se reclinó en el asiento y se volvió hacia Tessa.

A ella le pareció gracioso el gesto de alivio que puso el tipo.

—¿Es tu club de fans? —le preguntó en tono burlón.

—Pues sí. Al menos una pequeña representación. —Le lanzó una mirada de curiosidad—. No me has reconocido, ¿verdad?

El chico llevaba una camiseta y Tessa se fijó en los elaborados tatuajes que lucía en los bíceps. Normalmente no le llamaban mucho la atención, pero a él le quedaban bien, y tampoco eran excesivamente recargados.

—No, la verdad es que no. ¿Debería?

—Me llamo Xander. Soy músico. Mañana por la noche tocamos en Boston y las entradas se han agotado. Hemos vendido varios millones de copias de nuestro primer disco y estoy preparando el siguiente.

Tessa se señaló la oreja.

—Soy sorda, ¿recuerdas? No estoy muy al día de las últimas tendencias musicales. Además, siempre me ha parecido más interesante la música clásica.

—¿Cómo sabes que no soy un artista clásico? —le espetó él.

Ella lo miró de arriba abajo unas cuantas veces.

—Bueno, quizá me haya dejado guiar por los estereotipos, pero tienes más pinta de rockero que de otra cosa. Lo siento. ¿Te dedicas a la música clásica? Si es así, no estoy muy familiarizada con tu obra. —Y al cabo de unos segundos añadió—: Me llamo Tessa, por cierto.

A ella también le sorprendió que él no la hubiera reconocido, lo que no hacía sino confirmar que ambos vivían en mundos distintos.

Xander esbozó una sonrisa pícara.

—Qué va, ni hablar. Me gusta todo tipo de música, pero el rock sobre todo.

Él le preguntó a dónde quería ir y le dio las instrucciones necesarias al chófer antes de cerrar el cristal que separaba los asientos delanteros de los traseros.

—Entonces, cuéntame, ¿es verdad que un idiota te ha dejado? —le preguntó—. ¿Y por qué?

Casi sin darse cuenta, Tessa se puso a contarle la historia de su ruptura con Rick y los antecedentes que habían conducido a la separación.

—Menudo imbécil —dijo Xander, que se acercó a ella para rodearla por el hombro y consolarla cuando rompió a llorar.

—Rick tiene razón. Las cosas han cambiado. Él se enamoró de la Tessa de antes, no de la Tessa sorda.

Xander se apartó ligeramente para que ella pudiera verle la cara.

—Ni se te ocurra buscar excusas a su comportamiento. Cuando amas a alguien, lo amas sin reservas. El hecho de que hayas perdido el oído no debería importarle lo más mínimo. Sí, claro que yo también estaría triste si alguien a quien quiero tuviera algún problema de salud que le hiciera la vida más difícil, pero no por eso se acaba el amor. Yo creo que el amor verdadero agarra a los hombres de las pelotas y no se las suelta. Esas estupideces superficiales no importan lo más mínimo.

Tessa no consideraba la pérdida de uno de los sentidos más importantes como una cuestión superficial, pero comprendió que Xander no hacía más que confirmar sus propias ideas sobre el amor.

—Yo opino lo mismo —dijo ella en voz baja.

Xander le estrechó el hombro.

—No era el hombre adecuado para ti. Algún día agarrarás a uno de las pelotas y hará lo que sea para que no lo abandones nunca.

Tessa resopló. Xander expresaba sus opiniones sin andarse con rodeos, pero eso no le desagradaba. Y era obvio que había muchísimas mujeres a las que también les gustaba que fuera así.

Cuando se detuvieron frente a la casa de Rick, Tessa había recuperado parte de la compostura. En cierto modo, Xander la hacía sentir mejor, aunque tuviera una forma algo peculiar de lograrlo.

—¿A dónde irás ahora? —le preguntó él.

—A mi casa —respondió ella con rotundidad—. Creo que ha llegado el momento de que descubra quién soy.

Tenía que encontrarse a sí misma después de haber renunciado a su esencia para convertirse en la mujer que Rick quería que fuese. Empezaba a darse cuenta de que se sentía muy perdida.

—¿Dónde está tu casa?

—En Amesport, Maine. Un pequeño pueblo de la costa. Mis padres aún viven allí.

Xander se encogió de hombros a pesar de lo corpulento que era.

—Me parece un lugar tan bueno como cualquier otro para conocer a un buen chico.

Ella le dedicó una sonrisa.

—Antes debo encontrarme a mí misma.

Casi sin darse cuenta, se dejó guiar por el instinto, se inclinó hacia delante y le dio un abrazo a Xander, gesto que no incomodó a ninguno de los dos. De hecho, él la estrechó con fuerza antes de soltarla y Tessa disfrutó del momento de conexión humana.

—Gracias —murmuró cuando se abrió la puerta de la limusina. El chófer esperaba a que saliera.

Xander la agarró del antebrazo.

—No permitas que nadie te diga cómo tienes que ser, Tessa. Nunca. Eres una mujer preciosa. Cualquier hombre debería considerarse muy afortunado de estar contigo. Recuérdalo. Descubre quién eres antes de elegir al próximo para que pueda enamorarse de tu auténtico yo.

Tessa asintió con los ojos empañados mientras observaba su gesto sincero. Se sentía muy conmovida de que un desconocido, una estrella del rock, hubiera tenido la paciencia de escuchar sus penas y la hubiera ayudado a pesar de que no la conocía.

Fue un pequeño gesto, pero suficiente para devolverle la fe en la bondad de la gente.

—Que tengas buena suerte con el concierto. Y ya sabes, rock a muerte —le dijo ella con una media sonrisa.

—Sí, aunque los viejos rockeros nunca mueren.

Tessa observó cómo se alejaba la limusina con el corazón algo más alegre. Había sido un encuentro curioso, pero Xander había dejado huella en su vida cuando más necesitaba a un amigo. Una experiencia positiva, de las pocas que había tenido en los últimos tiempos, y sabía que nunca la olvidaría.

No tardó demasiado en recoger sus pertenencias. No le resultó muy fácil escribir a sus padres, pero cuando emprendió el viaje al día siguiente, se dio cuenta de que tenía ganas de volver a su hogar.

Dejó la llave de la mansión y la alianza con el diamante enorme en la mesita de noche de Rick.

Como no había vuelto a casa, no se había visto en la tesitura de tener que despedirse de él.

El taxista se encargó de cargar las maletas en el taxi y Tessa no volvió la vista atrás en ningún momento mientras abandonaban la finca.

Lloró durante todo el trayecto hasta el aeropuerto. El miedo provocado por la incertidumbre y el futuro y los sueños frustrados le habían partido el corazón. Pero cuando llegó a la terminal ya no le quedaban más lágrimas que derramar. Rick había destrozado su vida, pero después de pasar la noche en vela entendió que iba a salir adelante por muy grande que fuera el dolor que sentía.

«No se merece que derrames una sola lágrima más por él».

Tessa se fue de Boston dejando todo su dolor en la ciudad y decidida a hallar consuelo en el pequeño pueblo de la costa que siempre había llevado en el corazón.

Capítulo 1

Presente

Una de las cosas que no soportaba de ser sorda era que los únicos sonidos que oía cuando estaba sola eran sus propios pensamientos.

Tessa Sullivan lanzó un suspiro de alivio cuando el agua caliente de la ducha empezó a deslizarse por su cuerpo desnudo. Después de salir a correr, no había mejor sensación que la de los músculos tensos relajándose bajo el chorro de agua. A pesar del calor que había pasado corriendo, el placer que le provocaba el agua caliente era indescriptible.

—Estoy en baja forma —murmuró para sí al pensar en su respiración entrecortada después de correr cinco kilómetros. Le estaba pasando factura no haber hecho deporte durante el verano y lanzó un suspiro al darse cuenta de lo mucho que le iba a costar recuperar el ritmo anterior.

Le parecía extraño que aún hablara consigo misma a pesar de que no oía. Genio y figura, hasta la sepultura. Siempre le había gustado mucho hablar, ya de niña, tanto si la escuchaba alguien como si no.

A lo mejor hablaba en voz alta porque así se sentía menos aislada. El hecho de no oír la hacía sentirse algo sola, y aunque no se oía a sí misma, sus propios desvaríos le hacían compañía.

Se enjabonó a conciencia en silencio, imbuida de la sensación de calma que la había embargado, una experiencia que en los últimos tiempos se producía con mayor frecuencia. Durante años se había lamentado de haber perdido el oído, pero ahora empezaba a aceptar que las voces y los ruidos no formaban parte de su vida. Tessa sabía que siempre echaría de menos el sonido, pero por fin se había dado cuenta de que ser sorda no cambiaba quién era.

«Sigo siendo… yo. Pero ahora he aprendido a interpretar de un modo distinto el mundo que me rodea».

Todas las personas tenían una voz, independientemente de que pudiera recordar o no cómo era, o incluso si no la conocía antes de perder el oído. Cuando observaba a alguien que hablaba o se comunicaba con el lenguaje de signos, oía esa voz única, un sonido que se reproducía en su cabeza, una sensación que identificaba únicamente con esa persona en particular.

Se aclaró el pelo con toda la calma del mundo. Se alegraba de que por fin se hubiera acabado el verano; así tendrían menos trabajo en el restaurante que llevaba con su hermano, Liam, y además le apetecía disfrutar del ritmo de vida más pausado del otoño de Amesport. Acababan de celebrar el Día del Trabajo y el ambiente del pueblo estaba a punto a cambiar: la locura de los turistas daría paso a la placidez de la vida cotidiana. El verano era divertido, alocado y un frenesí de gente; el otoño era la estación favorita de la mayoría de los habitantes de Amesport porque apenas quedaban visitantes.

«La casa aún no se ha vendido».

Pese a que era consciente de que se trataba de una reacción egoísta, se alegraba de que la casa de Randi no se hubiera vendido durante el verano, aunque se sentía algo culpable. Su amiga se había visto obligada a venderla a pesar de que se había casado con un multimillonario. Mientras tanto, Tessa disfrutaba de la soledad de su trabajo como encargada del rancho que había a las afueras del pueblo, en una finca enorme de varias hectáreas. Le permitía alejarse un poco de Liam, su socio empresarial y hermano sobreprotector.

«Voy a tener que hablar con él… otra vez».

Hacía ya seis años que Tessa se había quedado sorda, pero su hermano aún la trataba como si fuera una mujer delicada y frágil. Se culpaba a sí mismo por lo que le había ocurrido, a pesar de que no tenía la culpa de nada. Parecía decidido a hacer lo que fuera para mantenerla a salvo, pero siempre iba más lejos de lo necesario en sus maquinaciones. Tessa se sentía oprimida. Tenía veintisiete años, ya no necesitaba una niñera. Sabía que Liam no tenía mala intención, pero tarde o temprano su hermano iba a tener que aprender a dejarla volar por su cuenta. Había renunciado a mucho para cuidar de Tessa, para apoyarla durante todos esos años, por eso había llegado el momento de que Liam volviera a vivir su vida y de que ella retomara las riendas de la suya.

El agua se apagó en silencio cuando Tessa giró el mando de la ducha y se quedó un rato dentro para secarse un poco el pelo. Cuando salió, estiró el brazo para tomar la toalla que había dejado en el cesto, pero descubrió que no estaba ahí.

Al ver a un hombre fornido que le tendía la toalla azul cielo desaparecida profirió un grito de miedo. Lo miró a los ojos, pero entonces reconoció al intruso.

—Oh, Dios mío. ¿Qué diablos haces aquí? —le preguntó a Micah Sinclair, que soltó un poco la toalla cuando ella estiró la mano temblorosa, pero no se molestó en disimular su mirada de lujuria mientras observaba su cuerpo desnudo. Al final, le arrancó la toalla de las manos a Micah, que la dejó ir a regañadientes.

Tessa se sonrojó de pies a cabeza mientras se envolvía y se arrepintió de no haber cogido una de las grandes y más suaves que tenía en el armario, pero no quería usar las toallas bonitas de Randi. De hecho, la que había elegido apenas le tapaba el trasero y otras partes más íntimas que no quería mostrar. No le quedó más remedio que mirar a Micah, a pesar de la vergüenza que le daba, si quería averiguar cómo había reaccionado.

Él la estaba devorando con una mirada ávida y pícara, una combinación irresistible.

—Eso mismo podría preguntarte yo —dijo Micah lentamente con el lenguaje de signos americano—. No es que me moleste. Ahora ya estamos en paz porque nos hemos visto desnudos el uno al otro.

Grave, suave y pecaminosa. Así oía la voz de Micah desde que lo conoció.

A Tessa se le daba muy bien leer los labios, pero le resultaba más fácil con las personas a las que conocía bien. Aunque Micah no era un desconocido propiamente dicho, por algún motivo siempre lo había entendido. Cuando lo conoció también fue capaz de captar casi todo lo que le dijo, a pesar de que la situación se produjo en circunstancias bastante vergonzosas, si bien entonces era él quien estaba desnudo en el baño, una imagen de lo más sugerente que Tessa no había podido quitarse de la cabeza, a pesar de sus esfuerzos.

—Estoy cuidando de la casa —se apresuró a decirle, intentando taparse el cuerpo cómodamente—. Me mudé hace varios meses, poco después de la boda de Evan y Randi. ¿Qué haces tú aquí?

Tessa se estremeció, pero no fue de frío. La mirada tórrida de Micah podría haber bastado para dar calefacción a una casa de Maine durante todo el invierno. Pero había algo en él… distinto.

Micah tendía a ser el más gallito y engreído, un rasgo que compartían todos los hombres Sinclair. No es que fuera grosero, pero Tessa empezaba a pensar que aquella era una característica innata de los miembros masculinos de esa familia. Todos hacían gala de una seguridad insolente en sí mismos que podía confundirse con arrogancia.

Tessa recorrió su cuerpo de arriba abajo con la mirada, recreándose en todos los detalles. Micah llevaba unos vaqueros que se habían descolorido con el paso del tiempo, pero se ceñían de forma fabulosa a su cuerpo. La camiseta debía de ser de su época de universitario, ya que lucía el escudo de una de las instituciones académicas más prestigiosas del país. No era su ropa lo que no... encajaba. Había algo más distinto. No resultaba raro verlo vestido con prendas cómodas. Aparte del traje que llevó a la boda de Evan y a la fiesta de invierno de Hope, Tessa se había dado cuenta de que no era muy formal con la ropa, a pesar de que tenía tanto o más dinero que sus primos y hermanos.

Micah tenía el aspecto de un hombre que disfrutaba pasando el día al aire libre, seguramente porque eso es lo que era: un especialista en deportes extremos. Sin embargo, hoy no rezumaba la energía incontrolable que era habitual en él.

«Parece... cansado».

Tessa le observó el rostro y se fijó en la mirada cansada y las ojeras que tenía.

—He comprado la casa —le anunció de sopetón.

Tessa se alegró de que Micah acompañara la noticia con lengua de signos porque se había quedado tan embelesada con sus ojos que se olvidó de mirarlo a los labios.

—¿Esta casa? —preguntó.

Él asintió.

—¿Cómo es posible? Randi no me ha dicho nada y Evan y ella están en Oriente, celebrando su luna de miel.

Su amiga no iba a volver hasta al cabo de unas semanas y hacía días que no le enviaba ningún mensaje de texto. Si hubiera vendido la casa, la habría avisado para que se fuera antes de que llegara el nuevo propietario.

Micah le dedicó una sonrisa, un gesto que de pronto lo convirtió en un hombre mucho más accesible.

—Llegamos enseguida a un acuerdo. Evan y Randi creen que iba a tardar más en instalarme. No querían echarte.

—Entonces, ¿qué haces aquí? —preguntó Tessa, que se sentía incómoda envuelta solo con una toalla, en un baño ajeno, mientras conversaba con el chico más guapo que había conocido jamás.

A decir verdad, era una situación muy humillante.

Él se encogió de hombros.

—Lo he decidido en el último momento. Me entraron ganas de ver la casa cuando llegamos a un acuerdo.

La intuición de Tessa le decía que Micah no se había dejado guiar únicamente por un capricho. A lo mejor no podía oír, pero tenía los demás instintos y sentidos muy desarrollados, y sabía que había algo que no encajaba.

—¿Y ya has examinado la casa? —le preguntó, algo incómoda.

—No del todo. No he comprado solo la casa, sino varias fincas colindantes. Son muchas hectáreas las que tengo que inspeccionar. —Hizo una pausa antes de añadir—: Pero, ahora que lo pienso, me alegro de haber venido aquí primero. He llegado en el momento oportuno.

Le estaba tomando el pelo, pero aun así Tessa se sonrojó de nuevo.

—Pues a mí no me hace mucha gracia que estés aquí. Estoy desnuda —le soltó.

—Por desgracia para mí, ya no lo estás. —Esta vez la sonrisa llegó de oreja a oreja y Tessa notó que la estaba devorando con la mirada.

«Está coqueteando».

Se quedó anonadada, a pesar de que estaba segura de que Micah hacía lo mismo con todas las mujeres que conocía. Los hombres no solían mirarla como una persona con deseo sexual. Era sorda y, por lo tanto, gran parte del sector masculino la consideraba discapacitada. La querían como amiga, pero no la miraban como si fuera la mujer más guapa de la costa este. Salvo… por algún motivo incomprensible… el hombre que tenía ante sí.

—Tengo que vestirme —murmuró Tessa, intentando pasar junto al musculoso cuerpo de Micah Sinclair, que bloqueaba la salida del baño. La tensión sexual que había entre ambos estaba empezando a aumentar la temperatura del ambiente y se sentía incómoda, sobre todo porque estaba convencida de que era la única que sentía una atracción real.

Micah la agarró del antebrazo y la obligó a mirarlo.

—¿Tessa?

Notó que el corazón le daba un vuelco, embriagada por el aroma masculino que desprendía él. Estaba demasiado cerca; tanto, que ella, en contacto cadera con cadera, notó el calor que desprendía Micah.

—¿Sí? —balbuceó, sintiendo de pronto la necesidad irrefrenable de huir de aquella habitación, demasiado pequeña y en la que hacía un calor insoportable.

—No quería asustarte, lo siento.

Esta vez no se lo dijo con lengua de signos, pero ella le leyó los labios.

—Si lo que dices es verdad, soy yo quien ha invadido tu intimidad —le dijo Tessa sin apartar los ojos de sus labios—. Ojalá hubiera sabido que habían vendido la finca. Me habría ido de inmediato.

—No eres ninguna intrusa. De hecho, encontrarte aquí es lo mejor que me ha pasado en los últimos tiempos.

«Vaya. Debe de estar muy aburrido si considera encontrarme aquí como algo positivo».

Como no sabía qué decir, Tessa se soltó y pasó junto a él.

—Me iré enseguida —le aseguró mientras salía del baño a toda prisa.

—Preferiría que no te fueras.

Micah le dedicó la mejor de sus sonrisas, pero ella no pudo oír su comentario en voz baja.

***

En cierto sentido, había sido su instinto lo que había arrastrado a Micah hasta Amesport. Sí, el médico le había ordenado descansar y relajarse, pero cuando le dijo que necesitaba reposo absoluto, el primer lugar que le vino a la cabeza fue la casa que acababa de comprar en Maine.

Cuando le dijo a Tessa que había comprado varias fincas más... no era una broma. Gran parte de los bosques que había en la zona, en las afueras de la ciudad, habían pasado a ser de su propiedad. Las fincas vacías de la costa habían sido las más difíciles y caras de comprar. Eran propiedad de un contratista de fuera que en su momento, cuando la economía iba viento en popa, había tenido la idea de construir en primera línea de mar. Al final, lo único que necesitó para convencerlo fue un poco más de dinero y mano firme en las negociaciones. Cuando Micah vio al propietario, enseguida supo cuánto iba a tener que ofrecerle para que cediera y le vendiera las fincas. La idea de comprar la casa de Randi se le ocurrió más tarde, como forma de ayudarla a ella y para tener un lugar donde alojar a la persona encargada de cuidar del gran número de propiedades que poseía.

Sentado en el sillón de la sala de estar mientras esperaba a Tessa, Micah se frotó la frente al recordar que su idea inicial había sido no hacer caso de los consejos de su médico. Lo último que necesitaba era dejar de lado su empresa. Pero entonces tuvo una recaída peor que la última, lo cual bastó para que tomara la decisión de alejarse de la ciudad durante una temporada.

«Hacía años que no tenía un episodio. ¿Por qué ahora?».

Según su médico de Nueva York, la lista de motivos era infinita: el estrés provocado por la situación de Xander, su hermano pequeño, además del consumo excesivo de cafeína, la falta de sueño, un exceso de viajes, una dieta inadecuada, etc. A pesar de que había sido un auténtico suplicio tener que delegar la gestión diaria de la empresa a los demás ejecutivos, al final lo había hecho. Era innegable que cada vez tenía menos paciencia y que le costaba más concentrarse. Cuando tuvo la recaída, por primera vez desde hacía años —tantos, que casi lo había olvidado—, no le quedó más remedio que admitir que necesitaba... algo.

Sentado en el cómodo y viejo sillón, Micah se confesó a sí mismo que el hecho de desplazarse hasta Amesport había supuesto una auténtica liberación, como hacía mucho tiempo que no sentía. Hacía poco que había adquirido una avioneta Cessna y el hecho de pilotarla hasta Maine le había permitido recordar lo mucho que disfrutaba pasando un tiempo a solas, solo él y el cielo infinito.

El hecho de encontrar a Tessa en su casa había supuesto una agradable sorpresa, pero no le hacía ninguna gracia la erección fulgurante que intentaba abrirse paso bajo los pantalones desde que había visto a la intrusa.

«¡Es tan guapa como la recordaba!».

Pero ¿cómo iba a olvidar el modo en que lo miró ella, como si hubiera sido una especie de aparición, el día en que él salió de la ducha de la casa de invitados de Jared, cuando se conocieron? Su expresión pasó del pánico al bochorno, y acabó siendo de curiosidad mientras lo repasaba con la vista de arriba abajo. Joder, aún se le ponía dura al recordar la mirada de fascinación de Tessa.

Por algún motivo, ella le había llamado mucho la atención desde el primer momento, y la curiosidad de Micah había aumentado tras cada uno de sus encuentros.

Él había intentado aprovechar todas las oportunidades de hablar con ella durante la boda de Evan. Fue el único primo Sinclair que acudió a Amesport para asistir al enlace entre Evan y Miranda «Randi» Tyler. Julian estaba grabando una película fuera del país y Xander no estaba en condiciones de viajar. Por desgracia, Micah tuvo que irse justo después del banquete y ese día apenas pudo intercambiar algunas palabras con Tessa.

«Pero eso no significa que no haya pensado en ella».

Y lo cierto es que aquella mujer había ocupado sus pensamientos mucho más de lo que le habría gustado.

El hecho de haber vuelto a Amesport era fantástico. Cuando compró la casa de Randi y las fincas colindantes intentó engañarse a sí mismo, convenciéndose de que podía ser un buen negocio. Sí, probablemente fuera una buena inversión ya que la ciudad estaba creciendo. Quizá no era descabellado intentar sacar un beneficio comercial a la zona. Su primo Jared se había casado con una mujer que tenía una empresa en Amesport que no paraba de crecer, y cabía la posibilidad de que la escuela de Randi para niños con necesidades especiales abriera el año que viene. De modo que, tarde o temprano, la ciudad tendría que crecer. Era una opción sensata. Pero no era ese el motivo por el que había comprado las propiedades. Se estaba engañando a sí mismo, quería encontrar una justificación racional a algo que no la tenía. En realidad, sus motivos eran mucho más personales.

Cuando Tessa salió de la habitación, sin aliento y con la ropa arrugada, se le puso dura otra vez.

Le quedaba muy bien ese *look* sensual, como si se hubiera acabado de levantar. Se preguntó si era ese el aspecto que tendría después de correrse con él, y apenas pudo reprimir el deseo de averiguarlo.

Micah lanzó un gruñido apenas perceptible al ver los *shorts* y la camiseta roja que llevaba. Aún tenía el pelo mojado, pero se le empezaban a marcar los rizos, y le dieron ganas de acariciar esos mechones rubios, ensortijados y alborotados para comprobar si eran tan suaves y sedosos como parecían. Cuando se fijó bien, se dio cuenta de que no llevaba maquillaje, pero que tenía un cutis reluciente. Y cuando vio que lo observaba con sus ojos verdes, estuvo a punto de perder el control. Volvió a apoderarse de él la sensación de que había visto esa cara antes del momento en que se conocieron. Siempre había creído que le sonaba de algo, pero a lo mejor lo único que pasaba era que quería «conocerla» más a fondo.

Deseaba a Tessa Sullivan, la deseaba desde la primera vez que la había visto, y cada vez le costaba más controlar el ansia irrefrenable de acostarse con ella. Qué diablos, no se la podía quitar de la cabeza, y Tessa lo acechaba incluso en sus sueños más lúbricos, a pesar de que apenas la conocía. A decir verdad, Micah sabía que ella era uno de los motivos que lo habían llevado a Amesport. Tenía que dejar a un lado esa obsesión que se había apoderado de él y pasar más tiempo con ella para comprobar que sus fantasías no guardaban ningún tipo de relación con la realidad. Micah estaba convencido de que cuando la conociera bien, la fascinación que sentía por ella dejaría de atormentarlo.

El modo en que Tessa le miraba los labios despertaba una extraña sensación erótica en él, a pesar de que sabía de sobra por qué le miraba fijamente la boca. Se maldijo a sí mismo por excitarse con un gesto que era una absoluta necesidad para ella.

—Ya estoy preparada. En realidad, no tengo muchas cosas. Dejé la mayoría en el garaje de Liam y aquí me traje lo imprescindible. Sabía que no duraría mucho —le dijo en voz baja.

—¿Dejaste el apartamento que habías alquilado? —le preguntó Micah con lengua de signos.

Se alegraba de haber refrescado sus conocimientos de lengua de signos. No tenía ninguna duda sobre por qué lo había hecho. Además, no quería engañarse a sí mismo, ni negar que cada vez que sabía que iba a verla se le ponía muy dura. Lo cierto era que… quería comunicarse con ella sin sentirse raro y dejar atrás la sensación de locura en la que lo había sumido Tessa. Estaba harto de tener una erección cada vez que pensaba en ella.

Sin embargo, ahora sabía que el hecho de verla en persona no iba a servir de nada, sino que, al contrario, iba a empeorar aún más su reacción fisiológica.

Tessa asintió.

—Quería aprovechar el verano para ahorrar algo de dinero porque los alquileres están por las nubes. En temporada alta llegan a triplicarse.

Micah sabía que Tessa trabajaba como mujer de la limpieza para sus primos, que vivían en la exclusiva península de Amesport, durante los meses de invierno, cuando había menos trabajo en el restaurante que tenía con su hermano Liam. Obviamente, tampoco le importaba cuidar de las casas de los demás cuando los dueños tenían que ausentarse.

—¿No tienes que ir en coche todos los días al restaurante?

—Cuando se acaba el verano ya no. Abrimos menos horas y cerramos más días. No queremos prescindir de nadie del personal aunque trabajemos menos horas. Liam se encarga de la gestión del restaurante durante el invierno, y está obsesionado con que todo se haga de una forma muy concreta. Yo solo voy los días de más trabajo y hago sustituciones de los demás cuando me necesitan.

—Entonces, ¿dónde dormirás si te vas de aquí? ¿Aún viven tus padres?

—No —respondió Tessa con un deje de tristeza—. Ambos murieron, pero Liam vive en nuestra antigua casa. Me instalaré con él. Tengo que intentar ganar un poco más de dinero durante los meses de otoño e invierno porque queremos reformar el restaurante.

Micah conocía al hermano obsesivo y protector de Tessa, y comprendía por qué a esta no le entusiasmaba la idea de compartir casa con él. Había ido a cenar al Sullivan's Steak and Seafood y había comprobado que la comida era excelente. Sin embargo, el edificio que lo acogía estaba en mal estado. Entendía perfectamente que Tessa quisiera ahorrar dinero.

—Querías pasar aquí el invierno, ¿verdad? —le preguntó con lengua de signos.

—Esperaba poder hacerlo, pero sabía que la casa podía venderse en cualquier momento.

—¿Tienes trabajo ahora? —preguntó él con curiosidad.

—Solo como mujer de la limpieza en la península, pero creo que puedo encontrar otro. Acabo de empezar a buscar —le dijo, aunque su mirada reflejaba preocupación.

Micah se levantó.

—Pues no te vayas. Quédate aquí. Yo no estaré muchos días, y necesito que alguien cuide de la finca —dijo sin pensarlo, pero sabiendo que lo deseaba con toda el alma. Tessa necesitaba el trabajo y él quería satisfacer sus necesidades económicas… y de otro tipo.

¿Había alguna forma más rápida de conocer a una persona que el hecho de compartir una casa que era suya y a la que podía ir siempre que quisiera? Era la situación perfecta y Micah era de esos hombres que cazaban las buenas oportunidades al vuelo.

La vida era muy corta y quería saciar de una vez por todas su deseo de acostarse con Tessa.

Capítulo 2

—¿Cómo? ¿Que me quede aquí? ¿Por qué?

Micah se lo había dicho con lengua de signos, había pronunciado las palabras. Pero, aun así, Tessa no podía acabar de creer que hubiera entendido bien lo que le estaba pidiendo.

—Quiero que te quedes. Pasaré unas semanas en Amesport, pero me instalaré en la casa de invitados de Jared. Tú puedes seguir cuidando de esta. No me vendría mal un poco de ayuda para instalarme. No conozco demasiado bien la zona ni la finca, y necesitaré que alguien cuide de todo esto cuando me vaya.

«Oh, Dios. No puedo quedarme aquí ahora que la casa es suya».

No solo era absurdo pensar que necesitaba ayuda, sino que sabía que Liam se subiría por las paredes. Su hermano le había dicho que creía que le gustaba a Micah, y le había dejado muy claro que debía mantenerse alejada de ese miembro de la familia Sinclair. Cuando oyó las palabras de su hermano, Tessa se limitó a poner los ojos en blanco y se fue.

«¿Cómo puede creer que un multimillonario como ese Sinclair se va a sentir atraído sexualmente por mí?», pensó Tessa. Francamente, le preocupaba que su hermano estuviera mal de la cabeza. Era verdad que a Micah le gustaba coquetear, pero Tessa estaba convencida de que era de esos hombres a los que le gustaba halagar a todas las mujeres que conocía, aunque fueran sordas.

—Estoy dispuesto a pagarte muy bien —añadió—. Ahora que la finca es mía, soy yo quien debe pagar a la persona que vaya a cuidar de la casa. Hay mucho terreno. Necesito a alguien que se quede cuando yo me vaya.

Le propuso una cifra mensual mareante. Aunque solo la contratara durante el invierno, el dinero que iba a ganar le permitiría hacer muchas reformas en el restaurante, propiedad de su familia desde la época de sus abuelos y fundado varias décadas atrás. El restaurante era lo más importante de su vida.

—Mi hermano te odia —confesó Tessa.

Micah esbozó una sonrisa.

—Lo sé. Pero no se lo estoy pidiendo a él, sino a ti.

Liam no mandaba sobre ella, aunque creyese que sí. A Tessa no le daba miedo rebelarse contra él y tomar sus propias decisiones. Lo único que le preocupaba era herir los sentimientos de su único hermano. Él siempre había estado a su lado cuando perdió el oído y también cuando se murieron sus padres. No le hizo mucha gracia que Tessa se fuera de Amesport para cuidar de la casa de Randi, pero ella sabía que su hermano se alegró mucho cuando ella decidió dejar el apartamento que había alquilado porque ello significaba que tarde o temprano acabaría volviendo al hogar familiar, cuando se vendiera la casa de Randi.

«Ha llegado la hora de que Liam deje de comportarse así. Ya hace tiempo que puedo cuidar de mí misma. Debe darse cuenta de que no necesito que sacrifique su vida por mí».

—De acuerdo, me quedaré —pronunció las palabras casi sin darse cuenta. Aunque era cierto que quería quedarse, y no solo por el trabajo.

Quería saber cuál era el motivo que había llevado a Micah hasta Maine y por qué tenía ese aspecto de cansado. Tenía algún problema. Lo notaba. Por desgracia, su curiosidad la había metido en problemas más de una vez.

—Perfecto.

Micah sonrió de oreja a oreja, aliviado.

—Puedo cocinar gratis para ti —le propuso ella con picardía.

—No es necesario.

Ella le guiñó un ojo.

—A mí me gusta comer y vas a pagarme un buen sueldo. Así que cuando estés por aquí yo me encargo de la comida. ¿Tienes hambre?

Micah asintió con un gesto lento.

—A decir verdad… sí. Solo he desayunado un café porque quería tomar el avión cuanto antes para evitar las tormentas que anunciaba la previsión meteorológica. He pilotado yo mismo mi avioneta.

«¿Por qué no me sorprende que sea piloto?».

Seguramente volar era una de las cosas más aburridas que hacía.

Tessa se fue a la cocina, seguida de Micah, que se sentó a la mesa pequeña y le preguntó si podía ayudarlo en algo, oferta que ella rechazó. Para ella, trabajar en la cocina era algo tan natural como respirar. Cuando se volvió para prepararle un café, se preguntó en qué debía de estar pensando él. Si había algo que aún le resultaba desconcertante de haber perdido el oído, era el aislamiento que sentía cuando había alguien en la misma habitación que ella, a menos que estuviera mirando directamente a esa persona. Mientras trasteaba con los utensilios de cocina, Tessa se dio cuenta de que el silencio no resultaba incómodo. En cierto sentido, notaba la presencia de Micah, y no se sentía sola a pesar de que no lo estaba mirando. Era una sensación poco habitual que no había experimentado desde que había perdido el oído.

Concentrada en la tarea que tenía entre manos, enseguida preparó el desayuno y no reparó en lo que estaba haciendo Micah hasta que dejó las tazas de café y los platos en la mesa.

—Eso es privado —gruñó, y le arrancó el trozo de papel de las manos—. ¿Es que tienes por costumbre leer el correo de los demás?

Micah la miró.

—Solo cuando lleva el logotipo de mi organización benéfica. Técnicamente, también es mi correo.

Tessa metió la carta en un cajón y lo cerró con fuerza. Debería haber tirado la estúpida oferta hace una semana. La carta llevaba el nombre de la Fundación Sinclair en el membrete, pero aun así no le hizo ninguna gracia que él se hubiera tomado la libertad de leerla.

—Yo soy la destinataria —insistió ella, a la defensiva, de brazos cruzados.

—Debería haberte reconocido —dijo Micah, que la observaba con curiosidad—. Eres Theresa Sullivan. No te ubicaba exactamente, pero sabía que te había visto antes. Te he visto patinar.

Era normal que no supiera dónde la había visto antes. Casi nadie relacionaba su vida previa con la que llevaba actualmente. La ganadora de un oro olímpico en patinaje artístico hacía casi una década había desaparecido de la vida pública. ¿Quién podría reconocerla ahora? La mujer sorda que ayudaba a dirigir un restaurante destartalado de un pequeño pueblo de la costa era muy distinta de la chica de dieciocho años que había brillado con luz propia como figura emergente del patinaje estadounidense. No llevaba un maillot con lentejuelas, ni iba maquillada, y siempre llevaba el pelo hecho un auténtico desastre, pues nunca se molestaba en arreglárselo un poco. No se parecía en nada a la atleta que había sido.

Tessa le dio la espalda y, hecha un manojo de nervios, empezó a rebuscar entre la cubertería, antes de ponerla en la mesa.

—Esa mujer ya no existe —dijo al final, cuando se sentó ante él.

—Claro que existe. Aún eres Theresa Sullivan, ¿verdad?

—Tessa —le espetó ella—. Todos mis amigos me han llamado siempre Tessa.

Legalmente, su nombre era Theresa, pero solo lo había utilizado en competición y documentos oficiales.

—De acuerdo, Tessa —admitió él, sin dejar de observarla con una mirada calculadora que casi la asustaba. Micah no era tonto y ella sabía que notaba su ira y frustración—. ¿Vas a hacerlo?

La miró fijamente con una expresión de curiosidad.

«¿Está bromeando?», pensó ella.

—No puedo. Soy sorda. No he patinado desde que perdí el oído.

La carta que le pedía que actuara en una reunión de antiguos medallistas olímpicos le había provocado una gran tristeza. No podría volver a ser la misma mujer de diez años antes. Sinceramente, ni siquiera sabía cómo la habían localizado. Liam siempre la había protegido, había hecho un auténtico esfuerzo para mantenerla fuera del radar de los medios de comunicación. Más allá de su círculo más estrecho de amistades, nadie sabía que había sido una de las mejores patinadoras del mundo. La pequeña población de Amesport la había ayudado a mantener su secreto. En los últimos diez años el número de habitantes había crecido mucho, pero los originales habían guardado silencio, habían respetado su proceso de sanación. Cuando se recuperó, Rick la dejó y ella decidió volver a casa, el accidente ya era cosa del pasado, así que nadie la molestó por lo ocurrido.

Micah se encogió de hombros, tomó un sorbo de café y empezó a dar cuenta de la tostada con huevos y beicon.

—Aún podrías hacerlo.

Tessa cogió su taza, pero se quedó paralizada al oírlo.

—No puedo patinar. Hace años que lo dejé y no puedo oír la música. Creo que la Fundación Sinclair no se ha dado cuenta de que soy sorda.

Otro de los problemas era que el evento iba a celebrarse en Nueva York. Tessa se sentía muy cómoda en su casa, en Amesport, y no le apetecía para nada viajar a la Gran Manzana.

Micah se la quedó mirando mientras masticaba la tostada.

—No sabía que eras de esas que se rendía tan fácilmente.

Le estaba diciendo que era una cobarde, y eso no se lo consentía.

—Me retiré del deporte, no tuve otra elección. La gente sorda no puede competir.

Tomó un sorbo de café, molesta por que Micah hubiera insinuado que tenía alguna otra opción distinta al abandono de su carrera como patinadora.

—La Fundación te ha hecho una oferta muy lucrativa y es por una buena causa.

Tessa notó las lágrimas de decepción que le anegaban los ojos, pero parpadeó con fuerza, tomó un sorbo de café y dejó la taza en la mesa. El problema no era que no quisiera participar; simplemente, no era posible. Le estaban ofreciendo una cantidad de dinero muy generosa y todos los beneficios del acto estaban destinados a una organización benéfica de atención a la infancia a la que quería ayudar.

Mientras pinchaba los huevos con el tenedor, se le escapó una lágrima. Comió lentamente y evitó mirarlo a la cara.

No podía hacerlo… ¡y punto! Tessa no quería mirar a Micah y ver su gesto de decepción. Le había quedado muy claro que él pensaba que podía salir a la pista de hielo y ponerse a patinar sin más. A lo mejor tenía una gran confianza en ella, pero ella no tenía ninguna en sí misma cuando la tarea a la que debía enfrentarse rozaba lo imposible. Sentía algo muy parecido a la ira por el hecho de que él creyese que patinar no tenía ningún misterio.

Quizá él sí era capaz de hacer cualquier cosa y no le importaba arriesgar la vida saltando de lugares imposibles.

A lo mejor era lo bastante engreído para considerarse invencible.

Pero ella… no lo era.

Lo último que necesitaba era sentirse una fracasada… de nuevo. Y menos aún cuando había empezado a recuperar el control de su vida.

Por lo general era capaz de olvidar quién había sido antes de perder el oído, pero esa estúpida oferta de la Fundación Sinclair la había arrastrado a esa época tan agitada. Cuando se quedó sorda, se quitó de la cabeza la idea de volver a patinar. ¿De qué podía servirle? No le quedaba más remedio que renunciar a su carrera y la decisión más sensata que podía tomar era olvidar todo lo que había hecho. Por culpa de su discapacidad había perdido a su prometido, y había sufrido muchos golpes a nivel emocional desde que había dejado Boston y al hombre al que tanto había adorado.

Cuando el padre de Tessa murió, su madre les pidió ayuda para sacar adelante el restaurante. Sin embargo, la pobre mujer también enfermó poco después del fallecimiento de su marido y murió al cabo de un año, momento en el que Tessa se vio obligada a tomar las riendas del negocio. Liam regresó a Amesport renunciando a su carrera profesional para quedarse con ella. En aquel momento Tessa necesitaba a su hermano y se aferró a él como a un salvavidas. Pero ahora la estaba «ayudando» y amenazaba con volverla loca.

«Ha llegado el momento de dar un paso más. Estoy satisfecha con mi vida y no puedo volver al pasado. No quiero volver al pasado».

—No lo entiendes —dijo Tessa al final—. No te imaginas lo que significa perder todo lo que siempre has tenido, todo lo que te importaba.

Cuando perdió el oído, Tessa se sintió de pronto muy aislada del mundo, sin poder hacer aquello que más le gustaba.

En el transcurso de esos cinco o seis años había sufrido tantas pérdidas que no había sido capaz de recuperarse del duro golpe. Había perdido el oído, a su prometido, su carrera de patinadora, a su padre y finalmente a su madre. Y todo ello en un espacio de tiempo tan breve que estuvo a punto de acabar incluso con ella.

Con el tiempo aprendió a manejarse de nuevo sin oído y acabó asimilando su nueva condición. Por eso, lo último que necesitaba en esos momentos era reabrir antiguas heridas. Había llegado demasiado lejos para sufrir una recaída ahora.

En la zona de Amesport no había una gran comunidad de gente sorda y ella ya había tenido allí un círculo de amistades, por lo que solo tuvo que esforzarse por recuperarlas. La necesidad de comunicarse y de no sentirse tan aislada se había convertido casi en una obsesión. Cuando estaba con Rick había aprendido a leer los labios enseguida y se había convertido en una experta gracias a los años de práctica. Aprender la lengua de signos fue un proceso más fácil, pero aparte de Liam, sus padres y su mejor amiga, Randi, nadie más la dominaba, de modo que su única opción para comunicarse con los demás pasaba por aprender a leer los labios. Y era algo que se le daba muy bien, tanto que algunas personas ni siquiera se daban cuenta de que era sorda si hablaban con ella cara a cara.

Liam le había dicho que su tono de voz era muy parecido al que tenía antes de perder el oído, algo que también le habían confirmado sus amigos. Pero Tessa nunca tendría forma de saber si solo se lo decían para calmarla o si era verdad. No era que no confiase en ellos, pero es que la mayoría eran muy buenas personas y estaba convencida de que tampoco querrían herirle los sentimientos diciéndole que hablaba de un modo raro.

Con el paso del tiempo fue perdiendo el contacto con la mayoría de sus viejos amigos de la zona, ya que se sentía muy distinta de ellos. Le dolía ser diferente, pero había aprendido a vivir con la distancia que existía entre ella y los demás; a pesar de todo, seguía tratándose con muchos de vez en cuando y ellos seguían siendo amables con ella.

Tessa se sobresaltó al sentir la mano grande y cálida de Micah sobre la suya y lo miró fijamente a los ojos.

—Yo te ayudaré, Tessa —le aseguró con una mirada intensa—. No tienes por qué hacerlo sola.

—No puedo hacerlo todo —murmuró ella, incapaz de apartar la mano. Aquel simple contacto físico fue de lo más reconfortante, y la necesidad de sentir ese vínculo humano le reconcomía las entrañas.

—Sí que puedes. Tú y yo hemos bailado y comprobé que no habías perdido el estilo y la gracia que tenías en la pista de hielo. De algún modo, notas el ritmo de la música.

En realidad, no oía la música que sonaba, pero percibía las vibraciones. Cuando comprendía el ritmo, ajustaba sus movimientos a este. Y gracias a la mano firme de Micah, había podido bailar el vals con él. Esa noche, cuando se celebró el baile de invierno de Hope, fue una de las más memorables de su vida. Se sintió como Cenicienta, sin querer despegarse de los fuertes brazos de su compañero de baile. Por desgracia, el baile se acabó, pero ella no había olvidado la deliciosa sensación que le provocó el sentir el cuerpo fornido de su pareja.

Negó con la cabeza lentamente.

—No oigo nada.

Le explicó cómo había logrado bailar esa noche y Micah la escuchó con atención.

La agarró de la mano con más fuerza.

—Creo que podrías hacer un número de patinaje siguiendo el mismo método —le dijo él, apartando la mano para decírselo con lengua de signos, un gesto innecesario puesto que Tessa lo había entendido, y la pérdida de contacto físico le provocó una punzada de dolor.

—No puedo —insistió ella, que no quería reabrir una parte de su vida que debía permanecer cerrada y en el pasado.

—¿No puedes o no quieres? —replicó él.

Micah era tan insistente que llegaba a ser pesado y Tessa empezaba a sentirse muy incómoda con la conversación. No quería revelarle sus sentimientos más íntimos a un tipo al que apenas conocía y esbozó una sonrisa al darse cuenta de lo irónico del hecho de que se hubieran visto desnudos el uno al otro, a pesar de que apenas habían cruzado cuatro palabras.

—No quiero —respondió ella con sinceridad.

—¿Por qué?

Micah parecía perplejo, su reacción no era una impostura.

Tessa podría haberle dado mil respuestas distintas. Pero la mejor era que hacía casi una década que no se había puesto los patines. Podía decirle que no estaba en forma, lo cual también era cierto. O podía intentar explicarle una vez más que no oía la música. Y todas eran ciertas. Pero no eligió ninguna de esas opciones.

—Tengo miedo —balbuceó casi sin pensarlo, revelándole el auténtico motivo por el que no había vuelto a practicar el patinaje.

En los últimos años su vida había sido muy deprimente, un cúmulo de pérdidas y golpes muy dolorosos a nivel emocional. La posibilidad de salir de nuevo a la pista de hielo y fracasar podía ser el golpe de gracia para destruirla y acabar con ella.

Micah se encogió de hombros.

—Me parece una reacción muy natural. Pero en tu época fuiste la número uno del mundo, estoy seguro de que no tendrías ningún problema para hacer un ejercicio sencillo. La Fundación no espera una actuación perfecta. Todos los atletas invitados han sido olímpicos, pero ninguno de ellos está en condiciones de volver a la competición.

—Aún no entiendo cómo me localizasteis —le dijo Tessa, que le lanzó una mirada de recelo—. ¿Fuiste tú quien les dijo dónde podían encontrarme?

—No sabía quién eras hasta que he leído esa carta. Te lo juro. Sabía que estábamos planificando el acontecimiento, pero no que estabas implicada en él.

—Es que no lo estoy —añadió rápidamente ella.

—Pero podrías. —Micah enarcó una ceja y le lanzó una mirada desafiante.

«Maldita sea. Maldita sea. Maldita sea», pensó ella. No había nada más difícil que ignorar una mirada como esa y Micah la estaba poniendo a prueba.

—No es posible. Tengo mucho trabajo.

Él negó con la cabeza.

—No me parece motivo suficiente. Solo tendrías que desplazarte a Nueva York durante unos días, y ya has admitido que en esta época no te necesitan tanto en el restaurante. Puede suplirte otra persona.

—Solo tengo seis semanas para prepararme. No puedo ponerme en forma en tan poco tiempo y no puedo recuperar todos los mecanismos que he perdido con la falta de práctica.

—No has olvidado nada, simplemente has enterrado el deseo de ponerte los patines de nuevo.

Micah no apartaba los ojos de ella, como si pudiera leerle el pensamiento. A decir verdad, Tessa se moría de ganas de volver a patinar. Sería una forma de cerrar una de las heridas del pasado, de compensar una de las pérdidas más dolorosas. Cuando dejó de practicar deporte, se abrió un vacío enorme en su vida.

No obstante, la posibilidad de fracasar la aterraba.

—Es que no lo entiendes, de verdad —murmuró ella—. Tú eres un atleta que está en excelente estado de forma. Tienes los cinco sentidos. No partes en situación de desventaja. Es fácil ser valiente cuando no tienes nada que temer.

—Comprendo que tengas miedo al fracaso, pero es que no vas a fracasar. Y te equivocas. Mi vida no es tan perfecta como pueda parecer. Llevo demasiado tiempo pegado a la mesa de trabajo y no estoy en forma. Pero me entrenaré contigo. Lo haremos juntos. Echo de menos salir a correr.

Ella también lo había echado de menos, así que había recuperado la costumbre de salir a correr hacía solo unas semanas. Y había olvidado lo mucho que disfrutaba haciendo ejercicio hasta que empezó a practicar deporte de nuevo todas las mañanas.

—Tú nunca fracasas en nada. No puedes o estarías muerto.

Tessa no quería admitir que algunas de las cosas que había hecho Micah en el pasado la fascinaban y aterrorizaban a partes iguales.

Él frunció el ceño.

—Te equivocas otra vez. He fracasado en muchas cosas. Me he roto muchos huesos antes de llegar a dominar algo, y ahora tengo la sensación de que ya no soy el de siempre. El médico me ha ordenado que no me acerque a la oficina.

—¿Estás enfermo?

Tessa observó con preocupación su cara de cansado.

—No. Según mi médico, solo tengo… agotamiento. —Le lanzó una mirada que permitía entrever que era un hombre que no soportaba tener ninguna debilidad—. Creo que no tiene ni puta idea de lo que dice, pero al final llegué a la conclusión de que no me vendría mal un descanso. Total, cuando paso muchas horas en la oficina empiezo a volverme loco.

De modo que él también se estaba escondiendo del mundo. Tessa quería sonsacarle más información, pero su mirada gélida la hizo desistir. Saltaba a la vista que Micah no quería hablar más del tema, por lo que retomaron el tema original.

—Tu propuesta tiene un fallo —le dijo Tessa, muy segura de sí misma.

—¿Cuál?

—Que no puedo entrenar. La pista que ayudó a construir mi padre está cerrada. Quebró hace varios años, cuando vendió su participación.

Su padre tuvo que vender su parte a sus socios poco después de que ella perdiera el oído.

Micah sonrió.

—No pasa nada. —Se metió la mano en el bolsillo y sacó las llaves—. No sé cuál es la buena, pero soy el propietario de una pista de hielo abandonada.

El corazón de Tessa empezó a latir desbocado. La pista no estaba muy lejos de casa de Randi. ¿Era posible que hubiera comprado la pista de hielo junto con el resto de las propiedades de la zona? Era más que probable, ya que los terrenos que habían salido a la venta se encontraban en la misma área.

«¡Maldición!».

Tessa observó su atractiva sonrisa con cierta preocupación y luego miró las llaves que colgaban entre sus dedos.

Si todo aquello era cierto, estaba perdida.

Capítulo 3

Al cabo de unos días, Micah sucumbió a las dudas porque no estaba seguro de si había hecho lo correcto insistiéndole a Tessa para que volviera a patinar. Su instinto le decía que ella necesitaba y quería volver a patinar. Pero mientras se preparaba para entrenar por primera vez, él se replanteó su táctica. La había desafiado, la había engatusado... Durante los últimos días la había presionado con insistencia para que no renunciara a la posibilidad de comprobar que no había perdido su capacidad para patinar con el sentido del oído.

Se sentía como un capullo de primera, algo que seguramente era cierto, pero no quería admitirlo. Se lo había repetido tantas veces, que al final creía que ella había acabado aceptando solo por orgullo.

Se dejó caer en el sofá con una bebida de proteínas en las manos y frunció el ceño mientras pensaba en la confesión de Tessa, cuando le dijo que hacía años que no patinaba. ¿Y si él se equivocaba? ¿Y si su instinto lo había engañado? Siempre existía la posibilidad, aunque no era lo habitual. Quizá se había comportado de forma equivocada con ella. Diablos, apenas la conocía.

Ella tenía miedo y en los últimos días Micah se había dado cuenta de que había algunas cosas que Tessa no podía hacer. No era una mujer débil y, aunque era menuda, cuando salían a correr por las mañanas no tenía ningún problema para aguantarle el ritmo.

Solían hacer tiradas de cinco kilómetros a buen ritmo para hacer ejercicio aeróbico, y hacia el final él ya estaba para el arrastre. Él había seguido levantando pesas, pero se pasaba gran parte del tiempo preocupándose por el negocio y sentado en un despacho. Además, había tenido que hacer varios viajes relámpago a California por culpa del comportamiento errático de Xander. En los últimos meses se había dejado un poco, no había seguido con el entrenamiento cardiovascular y ahora estaba pagando las consecuencias.

En el pasado podía recorrer la distancia de un maratón con cierta facilidad, pero ahora, una patinadora retirada le hacía sudar la gota gorda. Y no le gustaba.

Aun así, no le quedaba más remedio que admirar el valor de Tessa. Aparte de su reticencia a volver a la pista de hielo, no permitía que su discapacidad le impidiera hacer cualquier cosa factible para alguien que oía. Se había adaptado y había compensado su carencia aprendiendo las habilidades necesarias para ser más funcional en un mundo diseñado para la gente que podía oír bien.

La admiraba; le gustaba.

Por desgracia, seguía teniendo tantas ganas de llevársela a la cama que apenas podía reprimirse. En realidad, el hecho de pasar tanto tiempo con ella, en lugar de curar su obsesión, no había hecho sino empeorarla. Cada vez que ella le sonreía, su riego sanguíneo se concentraba en la entrepierna. Micah no comprendía esa reacción. Tessa era guapa, pero él había estado con un gran número de mujeres despampanantes desde que Anna lo había dejado hacía ya varios años. Sin embargo, ninguna de ellas había sido capaz de desarmarlo con la mirada. Qué diablos, su nivel de obsesión no había alcanzado esos extremos siquiera con Anna, y eso que había sido su novia durante años, la mujer con la que creía que iba a pasar el resto de su vida.

«¿Qué demonios me pasa?».

—Creo que… he engordado —dijo de repente Tessa desde la entrada de la sala de estar.

Sus palabras hicieron que Micah volviera bruscamente a la realidad. Cuando la vio, vestida con el traje de patinadora, casi se le cayó la bebida al suelo.

Era una prenda sencilla, de entrenamiento, con las mangas largas y una falda corta que dejaba al descubierto las piernas. Si algo estaba claro era que había ganado algo de volumen en los lugares adecuados desde que se la había puesto por última vez. La tela elástica se ceñía en torno a dos pechos turgentes que se moría de ganas de acariciar, y a unas curvas que estaba seguro de que se amoldaban a la perfección a las de su cuerpo. La única pega era que preferiría que estuviera desnuda, suplicándole que la llevara al orgasmo, con las piernas entrelazadas en su cintura mientras él la embestía sin piedad y ambos caían rendidos al alcanzar el clímax.

—Estás… muy guapa —dijo él con voz ronca.

«Eres la viva imagen de la inocencia y el pecado, dulce y lujuriosa. ¡Eres una diosa esquiva a la que quiero dar caza para acostarme contigo antes de volverme loco de remate!».

—¿No crees que es muy ajustado? —Tessa giró sobre sí misma, tirando de la tela que se aferraba a su cuerpo.

Micah apuró la bebida, arrepintiéndose de no haber elegido algo más fuerte que un simple batido proteínico, mientras observaba a Tessa, que giraba sobre sí misma con elegancia y tiraba de la tela que acariciaba sus preciosas curvas. Cuando se fijó en el glorioso trasero que asomaba bajo la falda estuvo a punto de atragantarse.

Tosió, intentando disimular el deseo irrefrenable de agarrarla de la coleta, inclinarla sobre la mesa y aliviar de una vez por todas el ataque de priapismo que sufría. De hecho, ahora que llevaban unos días conviviendo, sabía que no le iba a resultar nada fácil dejar atrás el estado de agitación en el que se había sumido su vida.

Quizá la única cura pasaba por ceder a sus instintos e intentar seducirla. Sabía perfectamente que la erección no iba a desaparecer así como así, al menos hasta que dejara de estar sometido al hechizo de Tessa. Lo que necesitaba era aburrirse y hartarse de ella, como le ocurría siempre con las demás mujeres.

Tosió una vez más antes de decir:

—Podemos comprarte un traje nuevo para la actuación. Aunque a mí me parece que ese te queda de fábula. Nadie se fijará en esas cosas.

¡Eso esperaba! Si cualquier otro hombre caía rendido a sus encantos, que sería la reacción normal de cualquiera con un mínimo de sangre en las venas, Micah sabía que le darían ganas de estrangularlo ahí mismo.

—Voy a por los patines —dijo Tessa en voz baja, regresando al dormitorio.

Cuando se fue, Micah exhaló el aliento que ni siquiera sabía que había estado conteniendo. ¡Maldita sea! ¿Cómo iba a aguantar la tentación de estar junto a ella sin llevársela a la cama para hacer el amor hasta perder el conocimiento?

¿Era un pensamiento posesivo lo que acababa de pasarle por la cabeza? ¿Qué diablos era? Él no era un hombre celoso. Nunca se había dado cuenta de que formaba parte de su ADN.

Se pasó una mano por el pelo alborotado y sopesó la opción de irse de Maine, pero entendió que no tenía sentido. El deseo de estar con Tessa era demasiado intenso y la atracción que ejercía sobre él era más compleja. Además, le había prometido que estaría a su lado para que no tuviera que enfrentarse a sus miedos sola. De modo que no pensaba permitir que su entrepierna y su deseo le impidieran cumplir con la promesa que le había hecho, casi sin darse cuenta.

El problema era… que le gustaba de verdad. Tessa tenía un sentido del humor algo peculiar que le hacía reír, y una inteligencia que le hacía pensar en otras cosas que no fueran los negocios y sus problemas con su hermano pequeño. Merecía algo más que un revolcón. Aun así, sabía que la atracción era mutua, lo notaba, pero no quería hacerle daño. Tarde o temprano, él acabaría volviendo a Nueva York y sabía que no era un hombre de relaciones estables. Tessa era una de esas mujeres a la que ningún hombre querría abandonar, y Micah siempre andaba buscando su siguiente subidón de adrenalina.

«Necesita a alguien que se preocupe por ella, un hombre que esté a su lado».

Micah se levantó, nervioso e irritado. Quizá Tessa necesitaba a un hombre distinto en su vida, pero la posibilidad de que pudiera tocarla otro que no fuera él lo sacaba de quicio.

«¡Maldición! ¿Otro pensamiento posesivo?».

—Ya estoy lista. Venga, manos a la obra —dijo con un deje de tristeza cuando regresó a la sala.

Sus palabras hicieron sonreír a Micah cuando se volvió hacia ella, una reacción automática que le salía de forma natural.

—Va, no es para tanto —le dijo con lengua de signos, a pesar de que sabía que no era necesario ya que Tessa no solía tener problemas para leerle los labios.

—Acabaré odiándote por todo esto —le advirtió.

Micah se quedó paralizado. Quizá la había presionado demasiado. Ahora empezaba a dudar de su propio comportamiento, algo que nunca le había sucedido. Sabía que Tessa simplemente intentaba tomarle un poco el pelo, pero ¿había algo de verdad en sus palabras?

—No me odies —le pidió él con voz ronca. Estiró el brazo y le recogió un mechón rebelde de pelo detrás de la oreja—. Creo que en el fondo lo deseas, pero te da miedo hacerlo sola.

Sus ojos se cruzaron y Micah se quedó helado al ver su mirada vulnerable. Empezó a cuestionarse de nuevo los motivos y las artimañas de las que había echado mano mientras observaba sus ojos verdes, casi sin aliento. Tenía la sensación de que Tessa lo necesitaba, pero se sentía como un acosador por obligarla a hacer algo que no quería. A decir verdad, lo único que deseaba era abrazarla para protegerla y mantenerla a salvo. Tessa había sufrido y perdido mucho. Sin embargo, tenía más energía que cualquier otra mujer que hubiera conocido jamás.

—No te odiaré, te lo prometo —le dijo con voz suave, acariciándole el antebrazo cuando él apartó los dedos de su melena—. Tienes razón. Debo enfrentarme a este fantasma de mi pasado. El último que me ronda. Créeme, no lo intentaría si una parte de mí no quisiera hacerlo de verdad.

—¿Estás convencida? —preguntó él, que se sentía muy inseguro, algo poco típico en él.

Tessa asintió con un gesto lento que tranquilizó a Micah y le tomó la mano.

—Entonces, vamos.

De pronto Micah tenía tantas ganas de dar ese primer paso como Tessa.

—¿Seguro que la pista está preparada? —preguntó ella, nerviosa, mientras la arrastraba hacia la puerta.

Él asintió. Micah estaba convencido de que la pista de hielo estaba preparada para que Tessa entrenara. Había contratado a un grupo de obreros desde su llegada a Amesport para que lo tuvieran todo a punto. Las instalaciones estaban en buen estado, así como el hielo, para que ella no tuviera ningún problema. El edificio había quedado abandonado durante años, pero era una construcción sólida.

Micah tomó sus patines de la silla, junto a la puerta, antes de salir a la calle, y le soltó la mano a Tessa antes de adentrarse en el aire cálido y húmedo de Amesport. Aún no había llegado el otoño y hacía más calor de lo habitual. El sol de mediodía caía a plomo.

Cerró la puerta mientras Tessa se dirigía a su vehículo, una furgoneta negra que había alquilado al llegar a Maine.

Ella no abrió la boca mientras recorrían la escasa distancia hasta la pista, lo que permitió que Micah tuviera más tiempo para pensar.

«¿Y si se hace daño?».

Micah hizo una mueca, consciente de que a Tessa no le iba a quedar más remedio que entrenar piruetas arriesgadas que podían provocarle heridas o alguna fractura. Había estudiado ingeniería y siempre le habían preparado para que sus actividades se realizaran con la máxima seguridad. Su equipo siempre investigaba nuevas medidas de seguridad para su equipamiento deportivo, lo que lo había convertido en el líder de la industria. Era cierto que se había roto más de un hueso y se había dado tantos golpes que ya había perdido la cuenta. Siempre existía cierto riesgo en todo lo que hacía porque había cosas que escapaban a su control, pero disfrutaba como un niño de la emoción y confiaba plenamente en sus habilidades como ingeniero. Su objetivo principal era mejorar su equipamiento. La gente como él siempre practicaría deportes peligrosos, pero quería reducir al mínimo el riesgo.

«Pero esta vez no soy yo quien corre peligro».

No era él quien asumía un riesgo y era eso lo que lo asustaba.

La preocupación seguía reconcomiéndolo cuando aparcó la furgoneta y se dirigieron a la antigua pista de hielo.

Tessa se sentó de inmediato en uno de los bancos de madera y empezó a ponerse los patines.

—Creía que no sabías patinar —le dijo, con una mirada de curiosidad.

—De adolescente jugué mucho a hockey y no lo dejé del todo en la universidad.

Ya no patinaba tan bien como entonces, había perdido parte de su elegancia, pero se manejaba bien si lo único que quería era deslizarse por el hielo.

Se puso los patines que le había pedido a su ayudante que le enviara, todavía de un humor muy sombrío. Se arrepentía de haber leído el mensaje de Tessa. ¿Cómo la habían localizado los trabajadores de su organización benéfica? Micah sabía que estaban ocupados con los preparativos del acto de reencuentro de antiguos deportistas, pero no tenía ni idea de cómo habían dado con los exatletas. Tessa había llevado una vida muy discreta, al margen de los medios de comunicación, y Micah dudaba que el comité supiera que había perdido el oído. Solo sabían que se había retirado, una noticia que había provocado cierta conmoción en el mundo de los deportes, pero nadie estaba al corriente de los motivos que la habían llevado a tomar esa decisión y, como ya habían transcurrido varios años, tampoco era algo que preocupara a los aficionados al deporte.

A decir verdad, Micah nunca se había implicado más de la cuenta en la gestión de la Fundación Sinclair. Era una organización grande que contaba con empleados capaces de dirigirla. Todos los hermanos Sinclair realizaban aportaciones y se lo recomendaban también a otros empresarios, pero ninguno de ellos participaba del día a día ya que no tenían tiempo para ello.

—Ya estoy lista —dijo Tessa con estoicismo cuando acabó de atarse el segundo patín.

Micah se ató también los suyos, se levantó al mismo tiempo que ella y la siguió torpemente hacia la pista. Tessa se quitó los protectores de las cuchillas y los tiró en un banco.

—Puedo hacerlo —susurró.

A Micah se le encogió el corazón cuando vio un destello de duda e incluso de miedo en su gesto. Por un instante tuvo la tentación de agarrarla, de llevársela a la furgoneta y olvidarse de la estúpida actuación de patinaje.

Sin embargo, las palabras de Tessa no iban dirigidas a él, solo quería tranquilizarse a sí misma.

Aun así, el hecho de que tuviera que convencerse de que podía hacerlo era motivo suficiente para que Micah quisiera anularlo todo. Tessa no tenía que demostrarle nada a nadie.

Salió a la pista de hielo rápidamente; tanto, que no tuvo tiempo de decirle nada, de comprobar si quería seguir adelante o dejarlo todo. Supuso que al final ella había llegado a la conclusión de que o bien daba un paso al frente con decisión, o bien volvía a la furgoneta.

El corazón de Micah se llenó de orgullo cuando vio que Tessa se ponía a patinar.

Empezó lentamente, algo insegura durante la primera vuelta a la pista. Vio que poco a poco ganaba algo de velocidad, aunque con cierto miedo, y comenzaba a cambiar de dirección.

«De cara».

«De espaldas».

«De cara».

«De espaldas».

Se quedó aferrado a la barandilla de madera que rodeaba la pista. Se agarraba con tanta fuerza, que se le quedaron los dedos blancos.

—¡Dios mío! —exclamó al ver que Tessa hacía el espagat con la elegancia de antaño, y contuvo el aliento hasta que la vio posarse de nuevo en el hielo sin problemas.

Incapaz de apartar la mirada de sus movimientos cautivadores, se dio cuenta de que no tenía ningún sentido acudir a su rescate. No lo necesitaba. En el pasado había sido la mejor patinadora del mundo, y estaba recuperando la seguridad en sí misma a pasos agigantados. No había perdido ni un ápice de habilidad, simplemente había permanecido en estado latente. Se sentía tremendamente afortunado de ser testigo de su renacimiento.

Tessa se movía como si estuviera haciendo una de sus rutinas, cambiando algunos de los saltos más complicados que debían de haber formado parte de su programa por movimientos más sencillos.

Micah le vio la cara un instante cuando pasó a toda velocidad junto a él, y su gesto era una mezcla de euforia y elocuencia.

Había nacido para competir, pero el destino le arrebató el sueño antes de tiempo. Tessa le había contado que cuando perdió el oído se estaba entrenando para acudir a los siguientes Juegos Olímpicos y defender su medalla de oro. Por desgracia, no tuvo la oportunidad de revalidar su título.

Tessa se deslizó hasta el centro de la pista y su figura se convirtió en una imagen borrosa cuando empezó a girar más y más rápido, hasta que se detuvo bruscamente y adoptó una pose elegantísima con su precioso cuerpo antes de bajar los brazos.

—Lo he hecho. Puedo hacerlo —dijo entre jadeos.

Micah la oyó y se maravilló por el deje de sorpresa que transmitían sus palabras. ¿Acaso creía que no sería capaz de patinar? Nadie podía olvidar una habilidad semejante. Tessa, Theresa Sullivan, empezó a patinar cuando aprendió a andar y durante su adolescencia y juventud se entrenó de forma muy intensa.

Micah la aplaudió, Tessa hizo una reverencia elegante, pero él se quedó paralizado cuando vio que ella se arrodillaba en el hielo y se tapaba la cara con las manos.

«Está llorando».

Saltó a la pista de hielo y recorrió la distancia que los separaba en un abrir y cerrar de ojos. Se arrodilló frente a ella, sin importarle el frío que le helaba las rodillas.

—¿Qué te pasa, Tessa? —le preguntó a pesar de que no podía oírlo, e intentó apartarle las manos de la cara.

Entonces oyó sus sollozos desgarradores y el corazón empezó a latirle con fuerza, asustado.

—¿Te has hecho daño?

—No —respondió ella entre gemidos, llorando desconsoladamente mientras daba rienda suelta a sus sentimientos—. Lo he hecho. He patinado —añadió sin dejar de llorar. Al final se apartó las manos de la cara y las apoyó en los muslos—. He oído la música en mi cabeza. Aún la recuerdo.

—Claro que la recuerdas, cielo. Eres increíble —le dijo él para intentar calmarla y muy aliviado de que no se hubiera hecho daño.

Se sorprendió cuando Tessa se lanzó a sus brazos, entregándose sin reservas, y siguió llorando.

Micah se recuperó enseguida del desconcierto y la abrazó mientras ella derramaba las lágrimas de miedo y desconcierto que había reprimido en su interior.

Él se estremeció. En ocasiones era un auténtico cretino, pero era imposible mantenerse impertérrito ante el llanto desconsolado de una mujer como Tessa, que estaba liberando la tensión acumulada durante años, con lágrimas de felicidad y alivio incrédulo.

—Gracias —le dijo ella entre sollozos.

Él le acarició el pelo, consciente de que era la palabra más dulce que había oído jamás.

Capítulo 4

Al final, Tessa dejó de balbucear como una idiota, pero no quiso abandonar la seguridad que le proporcionaban los brazos de Micah. Temblaba de pies a cabeza y le había costado horrores volver a salir a la pista de hielo. Sin embargo, cuando empezó a patinar le pareció algo mágico.

Su cuerpo se adaptó de manera fantástica al nuevo entorno y siguió a pies juntillas la secuencia de movimientos que debía de tener grabada en la cabeza. En realidad, no necesitó realizar un gran esfuerzo para pensar en lo que estaba haciendo. Lo único que hizo fue escuchar la música que sonaba en su cabeza y patinar.

Se relajó al sentir el roce de los músculos tensos de Micah protegiéndola. El vínculo que se estableció entre ambos le hizo lanzar un suspiro de satisfacción. Quizá en su mundo reinaba el silencio, pero los demás sentidos estaban en alerta máxima.

Micah olía a tentación, a hombre, a virilidad; era un pecado sensual. Lo que para él no era más que un abrazo de consuelo, para ella era algo muy distinto.

«Ni lo pienses, Tessa. Micah Sinclair solo es un amigo».

Al final se apartó y lo miró a los ojos.

—Creo que puedo hacerlo. Tendría que entrenar saltos más complicados y debo encontrar una forma de sincronizar la música que suena en mi cabeza con la que oirán los espectadores, pero no me parece que sea imposible. Creo que solo es necesario que idee una serie de gestos que me pueda hacer alguien desde la primera fila para asegurarme de que sigo el ritmo de la música.

Micah sonrió y Tessa se fijó en un mechón rebelde de su pelo que le tapaba la frente y le confería un aspecto muy relajado, como no lo había visto nunca desde su llegada a Amesport.

—Casi nada es imposible —le dijo él.

—Quizá para ti —replicó ella en tono burlón.

Algunas de las cosas que Micah había hecho en el pasado con el único fin de demostrar que no eran gestas irrealizables hacían que se le encogiera el corazón. Tessa recordaba haber visto en televisión, con la respiración contenida, los saltos de paracaidismo acrobático que habían hecho Micah y su equipo de élite, unas piruetas nunca vistas hasta entonces. Y recordaba también el suspiro de alivio que lanzó ella al comprobar que todos lograban aterrizar sanos y salvos. Tenía la sensación de que en su juventud el único objetivo de Micah era conseguir récords mundiales, muchos de los cuales aún no había superado nadie. Había pocas locuras que no hubiera intentado acometer en el pasado uno de los especialistas en deportes extremos más ricos y más famosos del mundo: Micah Sinclair.

Al final se levantó y le tendió una mano a ella para que hiciera lo mismo.

—Para ti tampoco hay muchas cosas imposibles —le dijo él, hablando con lengua de signos.

«Es que hasta sabe hablar bien la lengua de signos. ¿Hay algo que se le dé mal?».

Micah le había hablado del amigo sordo que había tenido en la universidad, gracias al cual había aprendido también la lengua de signos. Según le había dicho, llevaba varios años sin practicarla porque su amigo se había puesto implantes cocleares y ya no la necesitaba. Pero aun así se manejaba con soltura y naturalidad. Hacía los signos con seguridad y con el mismo descaro que empleaba en otras facetas de su vida.

Tessa sintió la tentación de decirle que había muchas cosas imposibles para ella, pero sentía un alivio tan grande después de haberse calzado los patines de nuevo, que cambió de opinión. Durante años, había tenido miedo de no ser capaz de volver a patinar. Fuera un miedo racional o no, no se había atrevido a comprobar si había perdido su don para el patinaje junto con el sentido del oído. Ambas cosas estaban interrelacionadas: patinaje y música. Supuso que si no podía oír la melodía, no podría rendir al mismo nivel del pasado.

«He perdido práctica, pero puedo entrenarme para hacer los saltos más difíciles».

Lo había hecho una vez y sabía que podría volver a hacerlo. Quizá no llegaría a alcanzar el mismo nivel de antes: era mayor, no oía y hacía años que no se entrenaba. Pero no había perdido ni un ápice de la habilidad básica para llevar a cabo una buena rutina. Solo necesitaba pasar algo más de tiempo en la pista de hielo.

El corazón aún le latía desbocado debido al esfuerzo y la euforia cuando miró a Micah y sonrió. Se alegraba de que la hubiera presionado. Gracias a él, había reincorporado a su vida una de las cosas que le provocaban un mayor placer.

La mirada peligrosa y ávida que se reflejaba en los ojos de su compañero le heló la sonrisa y despertó una reacción primaria de su cuerpo, que anhelaba algo más que un simple abrazo.

«No puedo desearlo de este modo. Es un Sinclair y yo una excampeona olímpica en horas bajas. Él solo sale con supermodelos, por el amor de Dios. No puedo confundir su bondad con deseo».

Tessa llevaba varios días intentando reprimir sus instintos, y cada vez le costaba más no pensar en el cuerpo desnudo y musculoso de Micah. Dios, era la viva imagen de la perfección masculina y no podía quitársela de la cabeza. Por desgracia, sabría que nunca lograría quitársela, y cuando él la miró como si quisiera devorarla para cenar, tuvo la tentación de tirarse encima de él y suplicarle que diera rienda suelta a todos sus instintos.

Tessa se quedó paralizada, incapaz de apartar la mirada. El anhelo que sentía se reflejaba en los cautivadores ojos oscuros de Micah.

«No puede desearme. No puede desearme. No puede desearme».

El mantra resonaba con una insistencia machacona en su cabeza, pero cuando ambos se inclinaron hacia delante y se besaron, el pensamiento desapareció de su mente.

Ahora sí que la deseaba, y el sentimiento era mutuo.

Tessa lanzó un gemido de placer cuando el abrazo de Micah le dejó la mente casi en blanco. En realidad, solo pensaba en una cosa: en estar más cerca de él y sentir el dominio y la pasión autoritaria de su boca. La lengua de Micah la buscaba con avidez, quería poseerla. Ella se abrió a sus deseos y cedió encantada al placer lujurioso que transmitía el dominio que Micah ejercía sobre sus sentidos.

Él se mostró implacable, le soltó el pelo, hundió los dedos en sus rizos y le inclinó la cabeza hacia atrás para que ningún obstáculo se interpusiera en su camino.

«Sí. Sí. Sí».

El deseo sexual se apoderó del cuerpo de Tessa cuando abrazó del cuello a Micah. Estaba tan excitada que daba la sensación de que su único anhelo era estar tan cerca de él como fuera posible. El corazón le latió de pasión cuando deslizó los dedos por su pelo y notó su roce. Como en su mundo reinaba el silencio, podía concentrarse mejor en los demás sentidos, que se volvían mucho más sensuales.

Tessa cerró los ojos, renunciando así también al sentido de la vista. Solo quería sentir el tacto de Micah. Se dejó arrastrar por su abrazo apasionado y sus pezones se pusieron duros cuando él la atrajo hacia sí y sus curvas suaves y delicadas se acoplaron a su cuerpo fornido. Tessa se estremeció al notar la mano de Micah, que la agarró del trasero con fuerza para ponerla encima de él, rodeándole la cintura con las piernas.

Él todavía llevaba los patines, pero apenas se inmutó cuando la apoyó en el muro de la pista de hielo: seguía a lo suyo, besándole la zona más sensible del cuello.

—Más, Micah. Necesito más —gimió ella, que lo agarró del pelo con desesperación cuando notó que se apartaba unos segundos. Entonces notó que él le acariciaba la cara para que lo mirase.

Tessa abrió los ojos automáticamente y lo miró a la boca.

—Necesito tocarte, Tessa. Necesito que llegues al orgasmo, y que lo hagas para mí —le dijo con una mirada implacable y animal.

—Entonces tócame —le suplicó ella—. Por favor.

No soportaba que hubiera dejado de besarla.

Necesitaba…

Ardía en deseos de…

Tenía que hacer algo de inmediato para aliviar el dolor que sentía entre las piernas, que aliviara sus pezones excitados, que aplacara el salvaje anhelo de su alma.

Hacía mucho tiempo que no estaba con un hombre y jamás había sentido una pasión como la que experimentaba… Nunca.

Cuando notó el roce de los dedos de Micah en la entrepierna lanzó un gemido desde lo más profundo de la garganta. La acarició con delicadeza por encima de la suave tela del traje, y se lo apartó enseguida para que no se interpusiera nada en su camino hacia el clímax.

Tessa se estremeció al notar el aire frío de la pista entre los muslos, una sensación de lo más erótica. Siguiendo su antigua costumbre, se había depilado para ponerse una falda de patinaje. Sin embargo, sintió una mezcla de vulnerabilidad y excitación cuando Micah le acarició la piel sensible y desnuda.

Ella lo agarró con más fuerza del pelo e intentó cerrar los ojos, pero él se detuvo hasta que volvió a abrirlos.

—Por favor —fue la única palabra que pudo pronunciar. Su cuerpo y su cerebro habían dejado de obedecerla, solo quería notar las manos de Micah en todos los rincones.

—No cierres los ojos —insistió él—. Mírame. Quiero que veas al hombre que está a punto de llevarte al clímax.

¿Cómo iba a olvidarlo? Tessa sintió un escalofrío al notar que sus dedos se abrían paso entre sus labios húmedos, como si quisieran descubrir hasta el último de sus secretos.

—Oh, Dios —gimió ella, mientras su cuerpo reaccionaba a cada movimiento que hacía él.

Micah no dudó ni un instante y cuando por fin llegó al clítoris, empezó a estimularlo con el pulgar mientras la penetraba con los otros dedos.

Tessa se quedó sin aliento cuando él introdujo un dedo con ímpetu y sus músculos vaginales se contrajeron, como si tuvieran vida propia.

—Sí. Por favor, Micah —exclamó ella, moviendo las caderas para notar el roce de su mano.

—Yo me ocuparé de todo, Tessa —le dijo él mientras ella lo miraba, incapaz de apartar los ojos—. ¡Dios! No sabes cómo me excita que estés tan mojada. Es maravilloso.

—¡Te necesito! —gritó ella, que a duras penas podía mantener los ojos abiertos.

—Me alegro. Porque yo te deseo desde la primera vez que te vi. —Su mirada rozaba el paroxismo del placer a medida que aumentaba la excitación de Tessa.

Si ella aún fuera capaz de pensar, habría puesto en duda sus palabras, pero Micah se había hecho con el control de su cuerpo y lo manejaba como un instrumento musical.

Ella se entregó sin reservas al ritmo acelerado del vaivén de los dedos mientras él seguía acariciándole el clítoris con el pulgar y sin piedad.

Tessa se estremeció y el nudo que se le había formado en el vientre se deshizo cuando Micah aumentó el ritmo de sus acometidas.

La miraba fijamente, con un gesto de determinación, y su mirada sexual hizo que acabara entregándose a un orgasmo explosivo. Como no oía, la mirada de Micah la excitó aún más. Ella solo podía guiarse por la vista y el tacto, cuya combinación resultaba mortalmente erótica.

El clímax se fue apoderando de ella, la embistió como la ola de un mar embravecido, y su cuerpo acabó entregándose, rendido, al éxtasis del orgasmo.

—Sí. Oh, Dios.

Cerró los ojos justo después del momento de máximo placer.

Cuando Micah se inclinó para besarla y arrebatarle el último aliento que le quedaba, empezó a temblar. Aun así, le devolvió el beso para intentar transmitirle todo lo que estaba sintiendo.

Al final, la rodeó con ambos brazos mientras ella recuperaba el resuello.

Tessa se embriagó con el aroma único y masculino de Micah, y apoyó la cabeza en su pecho, agotada. Aquel hombre la había hecho estremecerse de gusto y no se había quitado ni una prenda de ropa.

Él le inclinó la cabeza hacia atrás y le apartó el pelo de la cara.

—Estabas preciosa cuando has llegado al orgasmo, Tessa. Y aún lo estás.

Ella negó con la cabeza.

—Estoy horrible —replicó ella.

—Te deseo, Tessa. Pero no aquí. No de esta manera. —Hizo una pausa antes de preguntarle—: ¿Has estado con algún hombre últimamente? Te he notado algo tensa.

Tessa tenía tantas ganas de estar con Micah que se le pasó por la cabeza la posibilidad de mentir, pero al final no lo hizo. Le gustaba demasiado y le debía mucho para mentirle.

—No me he acostado con nadie desde que perdí el oído —confesó—. Y antes solo había estado con un hombre.

Ella lo observó y vio que su gesto pasaba de la incredulidad al recelo.

—¿Tanto tiempo? —preguntó él—. ¿Cómo? ¿Por qué?

Tessa negó con la cabeza.

—Acababa de cumplir los veintiún años cuando me quedé sorda. Por entonces estaba comprometida con un chico al que había conocido en los Juegos Olímpicos. Era mayor que yo, un hombre de negocios importante. Creo que me sentí abrumada porque me colmó de atenciones. Pero al final me di cuenta de que solo quería presumir de novia atleta por causa de sus negocios y también para satisfacer su ego. Yo era una campeona olímpica y él tiene una empresa de equipamiento deportivo. Y, claro, cuando dejé de ser un trofeo del que pudiera presumir, me dejó.

Hizo una pausa al recordar todos los esfuerzos que había hecho para convertirse en la mujer que quería Rick, incluso antes de perder el oído. Tessa se vestía, caminaba y hablaba como él quería. No le importó someterse a sus exigencias porque simplemente no acababa de creerse que un hombre tan rico como Richard Barlow pudiera desearla.

Al principio, Rick se dejaba la piel para cautivarla, la llevaba a cenar a restaurantes de lujo donde probaban los mejores vinos. Sin embargo, con el tiempo Tessa descubrió lo que se escondía tras esa personalidad tan fascinante: un montón de basura. Todo en él era falso y ella nunca había sido el gran amor de su vida, sino su esclava, moldeada para ajustarse a la imagen perfecta de lo que él quería. Por desgracia, la Theresa Sullivan que él había intentado crear se hizo pedazos y su exprometido no quiso saber nada de ella. Solo le interesaba la atleta excepcional.

Su rechazo fue un golpe devastador para una mujer que aún estaba intentando adaptarse a su nuevo mundo. Se mudó a

Amesport, con sus padres, y empezó una nueva vida como mujer sorda. Sin embargo, el destino le deparó más golpes antes de que pudiera asimilar la pérdida del hombre que la había seducido y el único con el que había mantenido relaciones íntimas.

Le contó de forma resumida sus pensamientos a Micah y le dijo que desde que había perdido el oído y Rick había roto su compromiso, ningún hombre había mostrado un gran interés por estar con ella.

A decir verdad, nadie se había tomado la molestia de intentar conocerla desde que se había quedado sorda.

—Créeme, sí que les interesas. Eres demasiado guapa para que los hombres no se fijen en ti.

Tessa oyó su voz en su cabeza.

Se imaginó que Micah le hablaba con un tono más parecido a un gruñido, grave y salvaje, auténtico reflejo de su expresión animal.

No era que le gustara torturarse, pero era un hecho que se encontraba en posición de desventaja en el mundo de las citas. Se encogió de hombros.

—Pues no he conocido a ninguno de esos hombres de los que me hablas —le dijo con un deje de tristeza, consciente de que quizá era su actitud distante la causa de que los hombres no se acercaran a ella. No quería volver a sufrir como en el pasado; en estos momentos se encontraba bien y no deseaba más cambios en su vida.

—Ya lo creo que has conocido a uno —replicó Micah, señalándose en el pecho con un dedo—. Yo. Te deseo.

Micah era la excepción. Ella sabía que la deseaba, pero no comprendía el motivo.

—Me haces sentir cosas que nunca he sentido —confesó ella.

Él tenía el don de hacerla arder de pasión con solo mirarla, tal y como estaba haciendo ahora.

Tessa dejó que la levantara del muro que rodeaba la pista y la devolviera lentamente al hielo. Micah la agarró de la mano para acompañarla hasta el banco, donde empezó a quitarse los patines.

Quizá su confesión lo había hecho sentirse incómodo, pero en los últimos días habían iniciado el proceso para forjar su amistad. Y aunque no siempre se había mostrado tan comunicativa y abierta como ahora, tampoco le gustaba mentir a sus amigos. Era cierto que Micah la deseaba, pero lo que ella sentía iba más allá de la lujuria.

Cuando ambos estuvieron listos para irse, Micah le tomó la mano, pero dudó antes de dirigirse hacia la puerta.

—¿Por qué no has probado los implantes cocleares? ¿No puedes?

Tessa se puso rígida y apartó la mano.

—Sí que puedo. Y los probé, pero no funcionaron.

Acababa de sacar el último tema del mundo del que le apetecía hablar en esos momentos.

—¿Por qué?

Tessa lanzó un suspiro, consciente de que no iba a darse por satisfecho con una explicación a medias.

—Me puse muy contenta cuando me operaron para el primero y empecé a oír. Las voces eran un poco robóticas y no se parecían en nada a como yo las recordaba, pero me acostumbré y con el tiempo los sonidos se normalizaron. —Hizo una pausa al recordar el dolor que sintió cuando perdió de nuevo el oído—. Entonces sufrí una infección y el dispositivo empezó a fallar. Al final tuvieron que quitarme el implante y volví a quedarme sorda antes de que pudieran ponerme el segundo.

Quizá era mejor que no hubiera podido disfrutar de la experiencia de recuperar el oído del todo, pues tal vez había convertido la experiencia en algo menos traumático. Aun así, fue devastador que el implante no funcionara. No se imaginaba nada peor.

—¿No podrías volver a intentarlo?

Tessa se dirigió hacia la puerta y Micah la siguió.

—Podría, pero el riesgo de infección sigue ahí y es muy caro. Para nosotros es más importante el restaurante que mi oído.

—El seguro…

—No lo cubre todo —le cortó ella, que se dio la vuelta y vio la palabra en sus labios—. Los implantes son carísimos, unos cien mil dólares los dos. Liam y yo no tenemos el dinero para volver a probarlo. Si no funciona, sería como tirarlo. Quiero hacer las obras del restaurante antes de plantearme la opción de los implantes. Es nuestro medio de vida. El legado de nuestros padres. No podemos posponerlo más.

—Pero ¿no valdría la pena correr ese riesgo algún día si existe la opción de que recuperes el oído?

—¡No!

Tessa le dio la espalda y salió por la puerta como alma que lleva el diablo. Micah se quedó solo para cerrar la pista de hielo.

Capítulo 5

Esa noche, Tessa se tumbó en la cama para leer, pero estaba demasiado inquieta. Se había portado mal con Micah. Después de todo, él solo había intentado ayudarla. Tessa lo sabía, pero el dolor de la decepción por el fracaso de los implantes no la había abandonado. El seguro médico cubría una gran parte del coste, pero sabía que Liam había puesto dinero que no tenían para ayudarla. Ella había recibido algunas ofertas de contratos publicitarios después de ganar la medalla de oro, pero Richard la había convencido para que no aceptara nada que pudiera distraerla del patinaje. Le había dicho que ya tendría tiempo de ganar dinero más adelante, pero ese momento nunca llegó. Dejó escapar varias oportunidades para convertirse en la estrella personal de Richard. Se arrepentía de muchas cosas que había hecho, de cómo había gestionado su carrera después de los Juegos Olímpicos. Durante todo ese tiempo rechazó un buen número de ofertas por culpa de un hombre que no valía la pena.

«Era muy joven e ignorante».

Lanzó un suspiro al pensar en el fracaso del implante coclear. Durante un tiempo había recuperado el oído, aunque todo sonara distinto. Siempre había albergado la esperanza de que cuando le pusieran el otro su vida regresaría a la normalidad.

Sin embargo, eso nunca sucedió.

En lugar de recuperar el oído, se vio arrastrada a un mundo sin sonidos, el mismo en el que había vivido antes del implante. En ocasiones pensaba que habría sido mejor no disfrutar de la experiencia fugaz de volver a oír durante unos días para nada. Se sumió en una depresión que estuvo a punto de acabar con ella. Después de la muerte de sus padres, fue un golpe devastador, una experiencia por la que no quería volver a pasar.

Era cierto que ahora, gracias a la experiencia que había adquirido con el paso de los años, probablemente sería capaz de gestionar mejor la situación. Una gran parte de las causas del dolor habían desaparecido, pero no había podido desprenderse de cierta sensación de cansancio. Sentía la necesidad de protegerse a sí misma de caer de nuevo en un pozo del que quizá no podría volver a salir.

Tessa se estremeció y dejó el libro junto a la mesita de noche. Apartó las mantas a un lado y se levantó, consciente de que no le iba a resultar nada fácil conciliar el sueño.

El riesgo que había asumido al aceptar la invitación del acto que había organizado la Fundación Sinclair ya era importante. Existía la posibilidad de que se diera de bruces contra el suelo e hiciera el ridículo más espantoso, pero ese riesgo siempre había existido, incluso cuando oía. Tessa sabía que podía manejar bien la presión. Estaba acostumbrada a ello.

Sin embargo, lo desconocido la asustaba mucho más.

Notó un rugido en las tripas y se dio cuenta de que tenía hambre. Como no sabía qué hacer para calmarse, decidió ir a la cocina y prepararse un sándwich. Las preguntas de Micah sobre sus implantes la habían pillado tan desprevenida que prácticamente bajó corriendo de la furgoneta cuando la dejó en casa y no le preguntó si quería quedarse a cenar, como habría hecho en otras circunstancias.

Tessa empezó a rellenar el pan de pita de atún y, con el ceño fruncido, admitió que echaba de menos su compañía, que se arrepentía de no haberle preguntado si quería cenar con ella. Había empezado a acostumbrarse a su presencia en la casa y cada vez que pensaba en lo que había pasado en la pista de hielo, se le aceleraba el corazón. Micah había puesto su mundo patas arriba muy fácilmente: solo había necesitado besos y caricias en sus partes más íntimas.

«No lamento lo que ha pasado, pero lo nuestro no puede ir más allá».

Micah Sinclair era peligroso, un chico con el que podía encariñarse más de la cuenta. Si no levantaba un muro a su alrededor para proteger sus sentimientos, sabía que el futuro solo iba a depararle más pena y dolor. El problema era que… no resultaba fácil ponerle límites. Era alguien acostumbrado a mandar, pero no era ese el principal motivo por el que le resultaba tan difícil mantener las distancias con él.

«El problema es el vínculo que existe entre nosotros».

Por algún motivo que ignoraba, no le costaba expresarle sus sentimientos. Es más, como no fuera con cuidado, podía sonsacarle todas sus intimidades. Simplemente tenía un don especial para obligarla a sincerarse con él, y lo hacía sin criticarla. A decir verdad, era muy fácil hablar con él. Para ser un hombre que se ganaba la vida burlando a la muerte, tenía los pies muy bien plantados en el mundo real.

Tessa se comió el sándwich sobre el fregadero, sonriendo al fijarse en el gran surtido de chocolatinas que había comprado en el supermercado. Micah llevaba una dieta muy sana, pero el chocolate era su perdición. De hecho, también era uno de los dulces favoritos de Tessa, pero ella había intentado no caer en la tentación desde que había tomado la decisión de volver a entrenarse. Le costaba tan poco engordar que bien podía tomar una de las chocolatinas, quitarle el envoltorio y embadurnarse el trasero con ella. Total, era ahí donde iba a ir a parar. Sin embargo, en los últimos años se había controlado bastante y solo tomaba alguna en ocasiones especiales.

«Creo que esta noche es una de esas ocasiones».

Tomó una barrita de Snickers del montón que había sobre la encimera y le estaba quitando el envoltorio cuando vio que se encendía la luz de su teléfono. Le dio un buen mordisco, mezcla de chocolate, frutos secos y caramelo, y lanzó un gemido de placer. Luego desbloqueó el teléfono con un dedo y se apoyó en el fregadero.

Vio que tenía un mensaje de Micah y lo abrió con curiosidad. Habían intercambiado los números por si tenían que anular un entrenamiento en la pista de hielo o una de sus salidas para correr, pero nunca lo habían utilizado. No lo habían necesitado.

Tengo hambre. Me has malacostumbrado haciéndome de comer todos los días.

Tessa soltó una risotada y estuvo a punto de atragantarse. Era una queja tan típica de Micah que le hizo gracia. Y le pareció divertido que se hubiera puesto en contacto con ella por la comida.

Lo cierto era que para Tessa fue un gran alivio que Micah hubiera dado el primer paso para salvar el abismo que se había abierto entre ellos después de lo sucedido en la pista de patinaje.

Escribió un mensaje de respuesta con un solo dedo mientras se acababa la chocolatina y tiró el envoltorio al cubo de la basura que había bajo el fregadero.

En ocasiones tienes que arreglártelas por tu cuenta. Por cierto... Me estoy zampando una de tus chocolatinas.

Supo que Micah estaba cerca del teléfono porque respondió de inmediato.

Espero que no sea el Snickers. Es mi favorita.

Tessa se relamió los dedos con una sonrisa malvada antes de lavárselos.

Pues sí que lo era. Y estaba buenísima. También es mi favorita.

Como no aprendas a controlarte, mañana te las confisco.

Tessa se fue a su habitación con el teléfono y le respondió sentada en la cama, con las piernas cruzadas.

Siento lo que ha pasado antes. No ha sido muy agradable y sé que tú solo querías ayudar.

Micah tardó unos minutos en contestar.

Lo entiendo. Está claro que fue una experiencia dura.

Claro que la entendía. Como siempre. Antes de que pudiera responder, recibió otro mensaje.

Solo te pido que no me prives de la posibilidad de cenar. Me pongo de muy mal humor.

Tessa entornó los ojos.

¿Es que solo piensas en eso?

No. Cuando estamos juntos, la mayor parte del tiempo pienso en acostarme contigo.

Fue una respuesta muy directa, pero Tessa se rio.

Eso no volverá a suceder.

Vale. De todos modos, prefiero usar la lengua.

Tessa se quedó sin aliento al imaginarse a Micah entre sus piernas y se estremeció.

No me refería a eso, sino a que no podemos mantener relaciones íntimas. No me gustan las relaciones de una noche. Lo que ha pasado ha sido increíble, pero me dejé llevar por las circunstancias del momento. Ha sido un día muy intenso. Pero no podría tener muy buena opinión de mí misma si ocurriera algo más.

Te aseguro que disfrutarías mucho.

Tessa lanzó un suspiro y se preguntó si podría tener una aventura con él. Quizá nunca llegaría a nada serio, pero necesitaba saciar de algún modo el deseo que sentía de que la poseyera, de sentirlo dentro de ella. Intentó razonar con él de nuevo.

No me van las aventuras de una noche.

Contigo no me bastaría una noche.

Sabía a qué se refería. Aunque ocurriera algo entre ellos, para Tessa siempre sería algo más importante que el sexo.

¿Cuántas necesitarías?

Muchas.

La sucinta respuesta hizo que le diera un vuelco el corazón. Tessa sabía que tenía razón.

¿Por qué me deseas de esta manera? Podrías acostarte con cualquier mujer que eligieras.

Era un hombre inteligente, guapísimo, multimillonario y miembro del clan Sinclair. No le cabía ninguna duda de que la mayoría de las mujeres se lanzarían a sus brazos.

No quiero a nadie más. Te quiero a ti.

La respuesta la dejó sin aliento. Estaba muy excitada a pesar de que Micah no estaba cerca de ella.

A mí no puedes tenerme. No puedo hacerlo. Lo siento.

Cuando envió el mensaje ya sabía que su cuerpo no podría resistirse a los encantos de Micah si insistía.

«Por favor, por una vez… no insistas».

¿Solo amigos?

Cuando leyó la pregunta, Tessa no supo si sentía alivio o tristeza.
Sí.

Creo que nunca he tenido una amiga.

Deja de salir con supermodelos y así no sentirás la necesidad de acostarte con todas.

En realidad no salgo con ellas. Hace tiempo que no lo hago.

Siempre te fotografían acompañado de mujeres despampanantes.

Son conocidas que quieren ir a una fiesta u otro acto social. No me las llevo a la cama.

¿Ah, no?

No. ¿Celosa?

Tessa meditó la respuesta antes de responder.

No tengo ningún derecho a estar celosa. Solo soy una amiga.

No eres solo una amiga. Pero si eso es lo que quieres, me esforzaré para que así sea.

Ella sabía que nunca podría considerarlo solo un amigo después de los momentos de intimidad que habían compartido, a pesar de que estaba convencida de que su relación no podía ir más allá.

Me voy a la cama.

Tenía que poner fin a la conversación antes de que, sin darse cuenta, le suplicara que fuera hasta su casa para hacer el amor como dos animales contra la pared o encima de la mesa. Debía hacer lo que fuera necesario para cortar el deseo frustrado que se estaba apoderando de ella.

Ojalá pudiera estar ahí contigo. Nos vemos por la mañana. Que sueñes conmigo.

Tessa se rio al leer su mensaje arrogante. Dejó el teléfono en la mesita de noche, junto al libro, se tumbó en la cama y apagó la lámpara.

Le costó conciliar el sueño, pero cuando lo logró, le concedió su deseo a Micah.

Tuvo unos sueños muy reales y eróticos.

Carnales.

Excitantes.

Y en todos ellos aparecía Micah Sinclair como el hombre capaz de atravesar su coraza de miedo y obligarla a entregarse a la pasión que existía entre ambos.

¡Maldición!

Capítulo 6

—¿Qué pasa con tu exprometido? —le preguntó Micah antes de tomar un trago de agua.

Ella se puso muy tensa. Micah y ella habían salido a correr, pero habían tomado una ruta distinta a la habitual, habían seguido un camino que atravesaba el bosque y acababa en un claro, junto al océano. Él pidió un descanso porque habían corrido más de lo habitual. Tessa lo miró fijamente. Micah también la observaba mientras hacía estiramientos en la hierba. Llevaba una camiseta vieja y gastada que se aferraba a su torso y sus bíceps, que parecían esculpidos con cincel.

—¿A qué te refieres? Era mi prometido y rompimos —respondió ella, algo incómoda. No le gustaba demasiado hablar de Rick con nadie. Su relación era historia, una parte de su vida que no le apetecía recordar.

—¿Por qué? —preguntó él con naturalidad.

Tessa se tocó el pelo para devolver a su sitio algunos de los rizos que se habían soltado mientras corrían. Micah la sacaba de quicio cuando se ponía tan insistente. Era obvio que quería sonsacarle una respuesta, por mucho que le costara. Ella lo miró a la cara y vio su gesto de determinación.

Después de recogerse el pelo, Tessa lanzó un suspiro y dejó caer los brazos.

—¿De verdad quieres saberlo? —preguntó, hastiada, con la esperanza de que él respondiera que no era necesario. Pero sabía que no iba a suceder.

—Sí.

«¡Justo lo que me temía!».

Micah se apoyó en los codos y la miró expectante.

Dios, qué guapo era. La luz de la mañana se reflejaba en su pelo mientras la suave brisa se lo alborotaba solo un poco, lo suficiente para hacerlo aún más irresistible. Tessa deslizó los ojos hasta los pantalones de deporte y las caras zapatillas que llevaba. ¿Cómo podía hablarle de su ruptura a un hombre tan guapo?

—Richard era muy rico y poderoso. Empezamos a salir cuando cumplí los dieciocho, justo después de los Juegos Olímpicos. Cuando llevábamos unos meses juntos, me convenció para que fuera a vivir a Boston con él. Y eso hice. Vivimos juntos un año y entonces me pidió matrimonio.

Tessa se calló y se puso a pensar en lo inocente que había sido. Creía que estaba viviendo un sueño, que había encontrado al hombre que la amaría eternamente. Sin embargo, la vida nunca era tan fácil y su relación se volvió muy exigente y complicada.

—¿Y luego? —insistió Micah.

—Supongo que por entonces todo nos iba bien. Yo lo acompañaba en sus viajes siempre que podía. Al principio creía que era la situación ideal porque mi entrenadora era de Boston, de modo que pudo regresar a su ciudad. Yo, por mi parte, asistía a las fiestas de Rick, convirtiéndome en la mujer que él deseaba.

Micah la miró fijamente.

—¿Qué significa eso?

—No le gustaba toda la ropa que me ponía, ni algunas de mis costumbres o amistades. Cambié de arriba abajo para ajustarme a lo que él quería. Necesitaba una mujer que fuera más madura.

—Tenías dieciocho años y hasta entonces habías vivido entregada en cuerpo y alma al deporte. ¿Qué más quería? —preguntó Micah con una expresión sombría.

—Todo —admitió Tessa—. Quería que vistiera de forma distinta, que tuviera un comportamiento más correcto y sofisticado. Quería que cultivara las amistades de su círculo.

Micah negó con la cabeza.

—Esnobs.

Ella se encogió de hombros.

—Bastante. No fue hasta más adelante cuando me di cuenta de lo mucho que odiaba mi vida, por muchas fiestas elegantes a las que asistiéramos. No era yo. Seguía siendo una chica sencilla de pueblo. Ese no era mi lugar.

—Tu lugar no estaba junto a él. ¿Cómo rompisteis?

—Cuando me quedé sorda y salí del hospital, nuestra relación no volvió a ser la misma. Aprendí a leer los labios muy rápido, pero él no soportaba la idea de que no pudiera oír. Me había convertido en una discapacitada y ya no le hacía ninguna gracia llevarme a ningún lado. —Y añadió, en voz baja—: Creo que se avergonzaba de mí. Tuvo una aventura con otra mujer y anulamos nuestro compromiso el día de su cumpleaños. Me pidió que me fuera al día siguiente. Supongo que mi sustituta ya estaba lista para ocupar mi sitio.

—Menudo imbécil. ¿Quién es? —le preguntó con una expresión que daba miedo.

—Richard Barlow. Un multimillonario que asiste a muchos acontecimientos deportivos.

—Lo conozco. Es un cretino engreído. Hemos coincidido unas cuantas veces. Como ambos trabajamos en el mundo del equipamiento deportivo, nuestros caminos se han cruzado en más de una ocasión, aunque mi empresa está especializada en deportes extremos.

Tessa se acercó a él y le acarició el antebrazo.

—Ya no me importa. Tuve suerte de perderlo de vista. Si me hubiera casado con él, dudo mucho que fuera la misma persona que soy ahora.

—Sí que lo serías, pero también te habrías convertido en su títere, y eso te habría hecho muy desdichada. No deberías cambiar por nadie. Joder, eres perfecta tal y como eres.

Micah parecía furioso.

Tessa decidió acabar de contarle la historia que había empezado.

—Al final decidí volver a casa y empecé a ayudar a mis padres en el restaurante. Liam no vivía aquí, por lo que estábamos los tres solos, pero regresó cuando murió mi padre. Desde entonces no se ha apartado de mi lado. Dejó su trabajo de técnico de efectos especiales en el cine y la televisión para estar conmigo.

—Por eso te resulta tan difícil decirle que se meta en sus asuntos —apuntó Micah.

—Sí. Sé que lo hace con buena intención, pero ya no necesito su ayuda. Le estoy muy agradecida por haber estado a mi lado cuando más lo necesitaba, pero no tiene por qué seguir sacrificándose por mí. Lo único que necesito es su amor. Sin embargo, creo que aún no se ha dado cuenta de ello. Todavía se culpa a sí mismo de mi sordera.

—¿Cómo fue? —preguntó Micah con un gesto menos airado.

Tessa lanzó un suspiro y se tumbó en la suave hierba.

—Nada que pueda considerarse culpa suya. Los dos estábamos ocupados, pero queríamos vernos. Lo más fácil para ambos era quedar en Amesport porque nos gustaba disfrutar de actividades al aire libre. Uno de nuestros pasatiempos favoritos era el senderismo. Liam tenía mucho trabajo y tuvo que posponer su viaje a Maine. Aun así, decidí hacer una de nuestras rutas favoritas. Solo duraba un día y la había hecho en otras ocasiones.

Tessa se puso de lado, mirando a Micah, y apoyó la cabeza en la mano.

—¿Te hiciste daño durante la ruta?

Ella negó con la cabeza.

—No, me puse enferma. Ya no me encontraba muy bien cuando salí por la mañana, pero creía que era por culpa del estrés. Había pasado un tiempo fuera del país, compitiendo, sin parar de viajar. Acababa de volver a Estados Unidos y vine directamente a Maine. Estaba agotada, pero a medida que seguía la ruta, empecé a tener fiebre. Me desorienté y acabé abandonando el itinerario establecido. A decir verdad, no recuerdo gran cosa de ese día.

—¿Qué pasó luego?

A juzgar por la expresión de Micah, Tessa sabía que la estaba escuchando con atención. Estaba muy rígido. Quizá no pudiera oír a la gente, pero se había convertido en toda una experta en interpretar las expresiones y el lenguaje corporal de los demás.

Ella se encogió de hombros.

—Solo recuerdo que estaba agotada y tenía frío. Me senté para descansar y a partir de ese momento… No recuerdo haber pasado la noche sola, pero no me encontraron hasta el día siguiente, por la tarde. Mis padres se preocuparon y llamaron a Liam, que avisó a las autoridades. No recuerdo nada más hasta que me desperté en el hospital, aterrorizada porque no oía nada de lo que me decían. Tuve una meningitis bacteriana. Liam me contó una parte de lo que me había pasado, pero es como si esa semana de mi vida se hubiera desvanecido. Y cuando por fin abrí los ojos, estaba sorda.

Micah se tumbó boca abajo junto a ella, le dirigió su mirada más dulce y le tomó la mano.

—Debías de estar muy asustada.

Tessa se deleitó con el roce de su mano, que rodeó por completo la suya.

—Fue horrible —admitió ella—. Cuando recuperé un poco las fuerzas, empecé a comunicarme por escrito, pero fue muy frustrante.

—De modo que Liam se culpa de no haber estado a tu lado.

—Así es. Cree que si hubiera estado ahí, yo habría recibido ayuda mucho antes y quizá no habría perdido el oído.

—¿Eso es verdad?

—Vete a saber. Pero fui yo quien tomó la decisión de ir sola y mis padres sabían que había ido de senderismo. No empezaron a preocuparse hasta la mañana siguiente. Nadie podía imaginarse que me pondría enferma en el bosque, o que sería tan grave. Una nunca piensa en esas cosas, sobre todo a la edad en que me sucedió. Fue todo muy rápido.

Tessa vio la mirada de desaprobación de Micah.

—Podrías haber muerto.

—Pero no fue así. Y doy gracias por ello. Liam insiste en declararse responsable de haberme arruinado la vida y mi carrera deportiva. Es absurdo. Él no influyó en mi decisión. Yo era una mujer adulta. A veces creo que nací siendo adulta.

De niña nunca tuvo mucho tiempo para jugar. En su vida solo había espacio para los entrenamientos y los concursos.

Micah sonrió. Fue una sonrisa voraz que le aceleró el corazón a Tessa.

—Quizá te vendría bien jugar un poco.

Tessa puso los ojos en blanco.

—Ya soy un poco mayor para esas cosas.

—La edad no importa para jugar.

—Dice el niño eternamente joven que solo sabe hacer locuras que nunca se le pasarían por la cabeza a la mayoría de los adultos.

Micah puso un gesto serio.

—Ya no lo hago tanto como antes. Tengo una empresa que dirigir y una familia de la que cuidar. El único deporte que practico en serio es el paracaidismo con mi equipo.

—¿Y tus padres? —preguntó Tessa con curiosidad.

A Micah se le ensombreció el rostro aún más.

—Murieron hace años.

Tessa apartó la mano y le acarició la cara.

—Lo siento. ¿Qué pasó?

—Mi padre se jubiló bastante joven y se mudaron a California para huir de los inviernos gélidos de aquí. Un día, entraron a robar en su casa cuando estaban dentro y los asesinaron. Xander era el único de los hermanos presente, y el único que sobrevivió… por llamarlo de algún modo. Pudo llamar a la policía, y se produjo un tiroteo a pocos kilómetros de casa de mis padres. El asesino de nuestros padres murió, pero no fue algo que nos hiciera sentir mejor.

A Tessa se le empañaron los ojos. Sintió una gran pena por Micah. Ella también había perdido a los suyos y sabía lo mucho que había sufrido cuando murieron, de forma casi consecutiva, las dos personas a las que más amaba. Sin embargo, la atrocidad de perder a ambos simultáneamente en circunstancias tan trágicas tuvo que ser devastadora.

—¿Qué quieres decir? Tu hermano sobrevivió, ¿no?

—Está vivo, si te refieres a eso. Pero no ha vuelto a ser el mismo. Era un músico de gran talento, conocido en todo el mundo. Por desgracia, abandonó su carrera. Aún no se ha recuperado. Las heridas físicas cicatrizaron, pero está destrozado a nivel emocional. Drogas, alcohol y una depresión aguda. Siempre que puedo voy a la costa oeste a verlo. No es que le apetezca mucho ver a nadie, pero hay que vigilarlo de vez en cuando. Creo que en estos momentos le da igual estar vivo o muerto.

—Lo siento mucho —dijo Tessa, y le cayó una lágrima por las mejillas.

—¿Por qué?

Le estrechó la mano de nuevo.

—Porque has tenido que ser el fuerte, el que asumió el control de todo cuando murieron tus padres. Siento lo de tu hermano, que tuviera que ser testigo del asesinato. ¿Sufrió heridas graves?

—Bastante, sí. Mis padres recibieron varios disparos, pero Xander solo uno, aparte de varias puñaladas. Estuvo ingresado en el hospital una buena temporada. No estábamos seguros de que fuera a sobrevivir.

Tessa conoció a Julian cuando estuvo en Amesport. Xander no se había desplazado para acudir a las bodas de sus primos ni a ningún otro acto familiar, salvo para la ceremonia de Sarah y Dante, a la que Tessa no había asistido. Sin embargo, recordaba haber oído comentarios sobre lo guapos que eran todos los primos Sinclair. Desde entonces, Xander no había vuelto a Amesport. Y ahora sabía el motivo.

—¿Y Julian?

—Está viviendo su sueño. Se ha esforzado mucho para triunfar en la industria cinematográfica y está muy solicitado desde que ganó el premio de la Academia por su primera película. En estos momentos está acabando el rodaje de la tercera.

Tessa se dio cuenta de lo orgulloso que estaba Micah de Julian, pero ¿era justo que no compartiera con su hermano la carga que suponían los problemas de Xander?

—Pero podría echarte una mano. Tú también debes atender tu negocio y cumplir con tus obligaciones profesionales.

Micah negó con la cabeza.

—Pasa gran parte del tiempo rodando en exteriores.

—No quieres que Julian sepa lo mal que está Xander —replicó Tessa, frunciendo el ceño.

Micah no podía evitar cargar con todos los problemas de la familia. Dirigir una empresa como la suya no debía de ser nada fácil. ¿Cómo podía viajar de una costa a otra para cuidar de su hermano? Quizá había aflojado un poco su participación en deportes extremos, pero aún tenía responsabilidades como líder del equipo de paracaidismo Xtreme Dive Crew. Aunque no fuera aficionada al paracaidismo, había poca gente que no hubiera oído hablar del equipo de Micah o que no hubiera visto alguna de sus peligrosas actuaciones. El grupo reunía a los mejores especialistas y Micah era el patrocinador y director del equipo, que llevaba el nombre de su empresa: Xtreme Dive Sports Equipment.

—Julian renunciaría a su carrera si lo supiera, o trabajaría menos para ayudar a Xander, que ya echó por la borda su carrera de músico. No quiero que Julian haga lo mismo —le dijo apretando la mandíbula, con los ojos cerrados.

A Tessa le vino a la cabeza un recuerdo.

—Me has dicho que Xander era músico. ¿Estrella de rock?

Micah la miró con curiosidad y enarcó una ceja.

—Sí. ¿Te gustaba su música? Empezó cuando era muy joven, seguramente antes de que perdieras el oído.

Tessa negó con la cabeza.

—¿Cómo era?

Había algunas coincidencias, pero «su» Xander, un tipo muy amable al que nunca había podido olvidar, y el hermano pequeño de Micah no podían ser la misma persona. ¿Qué probabilidades había?

—Pelo oscuro, ojos castaños… Acaba de cumplir los treinta.

Tessa se dio cuenta de que la descripción coincidía, lo que implicaba que estaban hablando de la misma persona. ¿Cuántos rockeros de éxito llamados Xander podía haber en el mundo?

—Lo conocí hace años —le explicó con el corazón en un puño—, cuando vivía en Boston. Tenía un concierto en la ciudad y me ayudó. Solo coincidimos una vez, pero no he olvidado lo importante que fue en ese momento.

Tessa le contó cómo se conocieron. No podía imaginar a un Xander distinto del que había visto ella… Una estrella de rock descarada pero adorable.

—Me parece algo muy típico de él —admitió Micah—. Pero ahora… ha cambiado.

Tessa sintió una punzada de dolor en el pecho al pensar que alguien tan bueno se encontraba tan mal. La vida era increíblemente injusta en ocasiones.

—Quizá necesite su tiempo para curarse —sugirió. Se sentía desolada, como si un ser cruel le hubiera arrancado el corazón.

—No ha mejorado —replicó Micah con un deje de tristeza y frustración.

—Pero lo hará —insistió Tessa, que apoyó su frente en la de Micah—. Ojalá pudiera ayudarlo de algún modo.

Micah la estaba ayudando tanto que ella solo quería devolverle el favor de algún modo. Era obvio que aquella serie de desgracias le estaban afectando. Había perdido a sus padres y ahora se sentía como si hubiera perdido a su hermano.

Tessa reprimió un grito de sorpresa cuando Micah se incorporó y la sentó en su regazo.

—Sí que puedes. Dime qué opinas: ¿qué te parecería si construyera mi casa aquí?

Tessa lo entendió a duras penas ya que tuvo que centrar todos sus esfuerzos en agarrarse del cuello de Micah para no caer al suelo.

—¿Aquí?

Tenía la sensación de que no quería hablar más de su hermano y decidió no insistir. Micah había ido a Amesport para cambiar de aires y merecía la oportunidad de relajarse y olvidarse de sus problemas.

—Sí, creo que es un lugar perfecto para una segunda residencia.

La abrazó con fuerza.

—Es un lugar precioso, muy tranquilo —dijo Tessa mirando a su alrededor. Solo había árboles y la playa. Estaba en una zona algo elevada, por lo que las vistas serían fantásticas.

—Yo también lo pienso.

—Pero no sabía que querías pasar más tiempo en Amesport. Es un lugar aburrido.

Micah vivía en una búsqueda constante de acción y aventuras. Amesport era divertido en verano por el océano y los turistas, pero estaba segura de que se aburriría enseguida. No tenía nada que ver con Nueva York.

—También quiero construir una casa para mis hermanos. Quiero hacer lo mismo que Jared: reunir a toda la familia. No viviré aquí todo el año, pero me gusta la idea de que cada uno tenga su casa, como hizo Jared.

Tessa percibió un anhelo en su sonrisa triste que no podía explicar.

—De modo que has comprado todos estos terrenos solo para construir unas cuantas casas.

Él se encogió de hombros.

—Me lo puedo permitir, de modo que sí, es lo que he decidido hacer.

—¿Y la pista de hielo?

—A los Sinclair nos gusta tener nuestro espacio y nuestra intimidad —respondió Micah con una sonrisa sincera—. La compré por los terrenos, pero si crees que la usarás, puedo reabrirla.

Tessa lo miró a los ojos y se dio cuenta de que hablaba en serio. Estaba dispuesto a reabrir la pista de hielo solo para hacerla feliz.

—Me encantaría verla abierta, pero no sé si generaría suficientes ingresos. Mi padre nunca ganó mucho dinero. Está en las afueras de la ciudad y en verano los turistas vienen aquí para ir a la playa. Solo la utilizaba la gente de Amesport.

—Entonces supongo que tendríamos que convertirla en el lugar de moda de Amesport. Además, no lo hago para ganar dinero, sino por ti.

El corazón de Tessa empezó a latir con fuerza cuando vio que Micah se acercaba y la miraba fijamente.

—¿Por qué? Apenas me conoces —le preguntó con perplejidad.

Tessa soltó un grito de sorpresa cuando Micah la tiró sobre la hierba y la agarró de los brazos.

—Te conozco. Pienso en ti a diario. Cuando estoy a tu lado se me pone más dura que una piedra. Me estoy volviendo loco.

El gesto de feroz determinación de Micah hizo que el corazón de Tessa empezara a latir con tanta fuerza que hasta ella lo notaba. Él se había puesto encima y su peso la inmovilizaba contra el suelo.

—No lo entiendo —dijo ella con la respiración entrecortada.

—Pues voy a ser muy sincero. Tengo tantas ganas de acostarme contigo que me falta el aliento. Tengo ganas de metértela hasta el fondo para que pierdas el conocimiento de gusto, y lo único que tú quieres es que lo hagamos como animales salvajes y gritar mi nombre mientras llegas al orgasmo.

El deseo sexual que se reflejaba en su mirada era más que obvio y Tessa sabía que no mentía. En esos momentos Micah parecía un depredador a punto de devorarla y ella notó que empezaba a mojarse solo de imaginar la escena que describía él.

«Los dos desnudos, nuestros cuerpos entrelazados. Yo perdiendo el control mientras él me embiste hasta que grito de placer, entregada a un orgasmo brutal».

Se le hizo un nudo en el estómago mientras el deseo invadía todo su cuerpo, que se estremeció.

«Esto es lo que pasa cuando un hombre me desea de verdad».

Era una sensación aterradora y excitante al mismo tiempo, seguramente porque ella también lo deseaba.

Su rostro estaba muy cerca, tanto que notaba su aliento en la mejilla. La tentación era irresistible, el intenso anhelo de sentir ese vínculo tan especial y humano con él. Él. Micah Sinclair. El único hombre que le había provocado un escalofrío tocándola.

—No puedo —murmuró ella.

—¿No puedes o no quieres? —preguntó Micah con una expresión de angustia.

—Ambas —respondió ella de forma algo ambigua.

Si algo deseaba era a Micah. Su cuerpo y su alma le estaban suplicando que cediera, que se entregara al placer que sabía que podía proporcionarle, pero su lado más racional se opuso. Con fuerza.

Entonces él la besó, se acercó a ella como si sintiera una atracción irrefrenable. Tessa se relajó un instante y se dejó arrastrar allí donde quisiera llevarla la pasión dominante de Micah, que la había provocado, conquistado, la había hecho suya. Ella cedió, dejó que su lengua se apoderase de su boca. Entre gemidos, fundidos en un beso lujurioso, Tessa cayó en la cuenta de que había cedido a la pasión autoritaria e imponente de Micah.

«Como me pasó en la pista de hielo».

Quería dejarse llevar.

Quería dejarse arrastrar por él y olvidarlo todo.

Quería que el vínculo que existía entre ambos se hiciera más y más profundo, hasta que fuera incapaz de recordar su propio nombre.

Pero no pudo.

Apartó la cabeza y gritó:

—¡No! No puedo. Por favor. No puedo volver a hacerlo.

Él se apartó de inmediato.

—¿Qué pasa? ¿Qué es lo que no puedes volver a hacer?

Tessa le leyó los labios y supo que lo había confundido. Quizá le había enviado una señal equivocada cuando se entregó a él tan fácilmente. No se arrepentía de lo ocurrido, pero sabía que no quería que se repitiera.

Micah le soltó las muñecas, se incorporó y la atrajo hacia sí en su regazo.

Ella apartó la cara y no lo miró hasta que él le levantó el mentón.

—Dímelo.

Quizá merecía una explicación, pero Tessa no sabía exactamente qué decir y acabó contándole cómo se sentía.

—Cuando rompí con Rick y murieron mis padres, pasé una depresión tremenda. Había perdido el oído, lo que me hizo perder al hombre al que amaba. Mi carrera se había ido al garete, de modo que estaba en una especie de limbo ya que se había desvanecido todo lo que era importante para mí. Había cambiado de arriba abajo para ser la mujer que Rick quería, pero… no lo era. Mis padres habían muerto y me había quedado sola. —Hizo una pausa para poner en orden los pensamientos que se arremolinaban en su cabeza, pero le estaba costando mucho—. Es el único hombre al que he querido, pero me abandonó a pesar de que yo hice todo lo posible para satisfacerlo. Al final, daba igual. Me dejó porque yo no era la muñeca perfecta que él había intentado crear para llevarme a fiestas a las que no quería ir, vestirme como a él le gustaba y comportarme como él quería. Ya nada de todo aquello importaba porque yo no era la mujer que él buscaba.

—Rick no era tu hombre —dijo Micah cuando Tessa paró para tomar aire y recuperar el aliento.

—No, no lo era. Pero por entonces yo no lo sabía. Yo era joven y dejé que se convirtiera en lo más importante de mi mundo. Me reinventó porque yo era joven, tonta y aún no me había encontrado a mí misma. El patinaje lo era todo para mí. Hasta que lo conocí, mi vida giraba exclusivamente en torno al deporte. Yo era demasiado inocente y dejé que me programara para hacerlo feliz, lo cual estuvo a punto de acabar conmigo.

Respiró hondo antes de mirarlo a los ojos.

—Caí en una depresión tan profunda que intenté suicidarme. Llegué a tal punto que ya me daba igual vivir o morir. Seguramente tu hermano está pasando por una fase parecida, aunque yo no bebía ni tomaba drogas.

Tessa esperó, compungida, consciente de que a partir de ese momento Micah no volvería a mirarla con los mismos ojos. Sabía también que su rechazo le iba a doler.

***

Micah tardó unos segundos en asimilar lo que acababa de confesar Tessa. ¿Le había dicho que en cierto momento de su vida se había sentido tan sola y desesperada que había intentado quitarse la vida?

Él supo que debía descartar de inmediato la idea de que Tessa habría sido capaz de seguir adelante. Ella quería mucho a su hermano y, en el fondo, el deseo de sobrevivir no le habría permitido quitarse la vida. Aun así, el simple hecho de pensar en un mundo sin Tessa era aterrador.

La ira que le provocaba saber la tragedia a la que se había enfrentado esa mujer lo golpeó despiadadamente y lo dejó sin habla.

—¿Has vuelto a pensar en ello? —le preguntó cuando reunió las fuerzas necesarias.

Ella negó con la cabeza.

—No. Fui a terapia. Tardé un tiempo en resolver los problemas, en pasar el duelo por todo lo que había perdido. Ese fue el punto de inflexión. Todo había ocurrido tan rápido que no había tenido tiempo de asimilarlo. Imagino que reprimí mis sentimientos hasta que al final me derrumbé.

Micah se levantó. No sabía qué decir, no sabía cómo consolarla. Había caído presa de una ira irrefrenable contra el mundo. No soportaba que Tessa lo hubiera pasado tan mal que hubiera estado a punto de renunciar a todo.

«Estuvo al borde del abismo. Pero no dio el paso al frente».

Le tendió una mano y la ayudó a levantarse.

—¿Estás mejor ahora?

Era una pregunta estúpida, incómoda, demasiado educada, pero tenía que hacérsela.

Ella asintió.

—Sí, estoy mejor. Pero sigo trabajando para estar de fábula.

Micah apenas abrió la boca de nuevo mientras atravesaban el bosque, ensimismado en sus propios pensamientos. Ojalá supiera cómo consolarla.

Lo único que sabía era que iba a hacer todo lo posible para que estuviera «de fábula» cuanto antes. Ya había vivido suficientes desgracias. Había llegado el momento de que se sintiera «increíblemente fabulosa».

Capítulo 7

Julian Sinclair era la última persona a la que Kristin Moore quería ver en el Shamrock. Había sido un día asqueroso y cuando vio entrar a Julian supo que iba a acabar de mierda hasta el cuello.

A pesar de que era sábado, como estaban entre la hora de la comida y de la cena, reinaba la tranquilidad en el pub y solo había una pareja tomando algo en una mesa. La temporada alta del turismo se había acabado, por lo que el trabajo no repuntaba hasta las siete o las ocho de la tarde.

Julian, como no podía ser de otra manera, fue directo a la barra, donde Kristin estaba secando unos vasos, y aposentó su trasero prieto en un taburete.

—¿Qué tal, Roja? —le dijo en tono provocador, como si tuviera ganas de pelea.

—Bien hasta que has llegado tú —replicó ella, como si su visita le hubiera dado dentera.

¿Qué tenía ese hombre para ponerla de inmediato a la defensiva? Aparte del hecho de que era uno de los tipos más guapos que conocía, era una superestrella y multimillonario. Su pelo rubio platino y sus ojos azules podían seducir a cualquier mujer. Su cuerpo tonificado y sus bíceps enormes no pasaban desapercibidos a nadie. Era uno de los actores más famosos de Hollywood.

Siempre dejaba propinas muy buenas, algo que descubrió la noche del baile de invierno de Hope Sinclair, cuando le dejó un fajo de billetes de cien dólares que le permitieron pagar el alquiler y varias facturas de ese mes.

Por desgracia, a pesar de todo, aún la sacaba de quicio.

—Bonita forma de saludar a un cliente. Creía que esto era un pueblo turístico —le espetó Julian.

—Los turistas ya se han ido. ¿Qué quieres? Estás un poco lejos de Hollywood, ¿no, famosete?

—¿Me pones una cerveza? —preguntó con tono menos sarcástico.

Kristin lo miró a la cara detenidamente por primera vez desde que había entrado, ya que hasta entonces su cuerpo musculoso la había distraído demasiado.

Ahora que podía observarlo con calma, se dio cuenta de que parecía cansado y que tenía algunos cortes en su rostro perfecto y en el cuello. Julian vestía informal, con pantalones *sport* y un polo azul oscuro que combinaba con el color de sus ojos, pero también se fijó en que parecía algo más delgado que la última vez que habían coincidido. Seguía estando guapísimo, pero tenía un aspecto agotado.

Kristin se dio la vuelta en silencio, entró en la cocina y volvió con un sándwich de pescado y un vaso de leche.

—Te he pedido una cerveza —le dijo algo molesto.

Ella señaló el sándwich con la cabeza.

—Creo que te vendrá mejor esto. ¿Qué te ha pasado?

—Película de acción —dijo, como si esas tres palabras lo explicaran todo.

—Pues parece que te has llevado la peor parte de la acción —replicó ella, que esbozó una sonrisa. Julian tomó la mitad del sándwich y empezó a comerlo.

—No me he llevado la peor parte. Estábamos en la selva y yo he intentado hacer las escenas de peligro. Y me he llevado algún que otro golpe. —Engulló otro bocado y añadió—: Supongo que sí tenía hambre. Qué bueno está. ¿Le has echado veneno? —preguntó, aunque no parecía muy preocupado ya que devoró el resto del sándwich acompañándolo con grandes tragos de leche.

—Supongo que lo averiguarás dentro de diez minutos —respondió Kristin con alegría—. Es una toxina que actúa muy rápido, famosete.

Julian sonrió sin dejar de comer el sándwich.

—Tú nunca me matarías. Te gusta demasiado discutir conmigo, Roja.

Dios, no soportaba ese apodo. Su melena pelirroja y sus curvas rotundas eran los dos rasgos físicos que más había odiado en su adolescencia, época en la que muchos chicos la llamaban así. No era algo que le trajera buenos recuerdos a la memoria, y Julian había usado ese apodo desde el día en que se conocieron, lo que seguramente provocó que se pusiera a la defensiva casi desde un primer momento.

A Kristin se le aceleró el pulso. La estúpida sonrisa de Julian tenía la capacidad de sacarla de quicio.

—A lo mejor me he cansado de discutir contigo.

—No, no me lo trago. Te gusta —dijo Julian antes de darle el último mordisco al sándwich.

Kristin se volvió y le cortó un trozo de tarta, lo puso con cuidado en un plato, tomó una cuchara y se lo dejó delante.

—No me gusta discutir —le dijo con sinceridad—. Pero es que no puedo evitarlo.

Cuando estaba con Julian los insultos le salían de forma natural. Normalmente no tenía una mecha tan corta, a pesar de que era una mujer de carácter, pero él tenía la capacidad de sacar a relucir su lado más malo.

—¿Cómo sabes que me gusta el chocolate? Podría ser alérgico —le preguntó Julian con voz grave.

Kristin le había dado un trozo de la tarta especial del día. Era un pastel cremoso de chocolate con leche y nata montada. En realidad, no tenía mucho donde elegir. Era el único tipo que tenían.

—Quizá lo he hecho con la esperanza de que lo fueras. ¿Lo eres?

—No. —Julian tomó el tenedor y pinchó un trozo de pastel.

—Qué pena. A lo mejor es que me has parecido uno de esos tipos que cede a la tentación… a menudo —le soltó Kristin.

Julian la miró fijamente para ponerla nerviosa.

—No lo soy —le dijo con voz ronca y sinceridad, algo que confundió a Kristin, que intentó apartar los ojos de su mirada hipnótica.

Era la primera vez que hablaba con tanta franqueza en presencia de Kristin, que se estremeció porque sabía que esas tres palabras eran algo más que una simple respuesta a su pregunta.

Estaba intentando decirle algo.

—Bueno, ¿qué te trae por aquí? —se apresuró a preguntarle con ganas de cambiar de tema.

—Se ha acabado el rodaje de la película y estaba buscando a Micah. Sus empleados me han dicho que estaba aquí.

Kristin se alejó un poco de Julian y apoyó los codos en la barra. Le dolían mucho los pies y sabía que tenía un aspecto lamentable. Apenas quedaba rastro ya de la trenza que se había hecho por la mañana y el delantal blanco que llevaba estaba lleno de manchas de comida del servicio de mediodía.

—Pues no lo he visto. Ni siquiera sabía que estaba aquí.

—Sí, se ha instalado en la casa de invitados de Jared. Pero he ido a verlo allí y no estaba. Mi hermano me ha dicho que probara en la antigua casa de Randi. Supongo que Micah debe de haber comprado varios terrenos aparte de la casa.

Kristin se sorprendió, una reacción poco habitual en ella.

—¿Ha comprado una casa antigua en las afueras? ¿Por qué?

—Ha comprado varias fincas. Algunas están en primera línea de mar. Al parecer le ha dicho a Jared que lo ha hecho como inversión.

—¿Por qué aquí?

Kristin aún no comprendía por qué un tipo que tenía tanto dinero que no sabía qué hacer con él había comprado terrenos en Amesport.

Julian se encogió de hombros.

—¿Por qué no? Podría edificar y contribuir a mejorar la economía de la ciudad. Supongo que entiendo su plan. Pero no suele dedicarse a los negocios inmobiliarios. Creo que tiene otros motivos en mente.

A Kristin no le hizo gracia la sonrisa malvada de Julian y no soportaba la idea de que Amesport se convirtiera en un pueblo entregado al turismo. La zona había ido prosperando con los años, pero Amesport aún tenía ese aire de pueblo pequeño y le gustaba que así fuera.

—¿A qué motivos te refieres?

Julian apartó el plato vacío y apuró el vaso de leche.

—Es un presentimiento. En breve averiguaré si tengo razón.

Kristin lo miró.

—Entonces, ¿no piensas decirme nada?

—Roja, si hubiera sabido que querías compartir algo conmigo, te habría dejado un trozo de tarta.

La había malinterpretado a propósito e intentaba provocarla. Era obvio que no iba a decirle nada más.

—Si crees que está en la antigua casa de Randi, ¿por qué has parado aquí?

Julian se levantó, sacó un fajo de billetes del bolsillo de los pantalones y lo dejó caer junto al plato vacío.

—Porque me apetecía una cerveza —dijo como quien no quiere la cosa.

—¿Aún la quieres? —intentó preguntarle Kristin con educación. A fin de cuentas era un cliente.

—No —respondió, y con un gesto rápido la agarró de la trenza antes de que pudiera apartarse—. Creo que tú me has dado lo que necesitaba de verdad, Roja. —Se acercó con otro gesto rápido y Kristin notó su aliento en la oreja—. Solo quiero una cosa más.

El cuerpo de Kristin reaccionó ante la proximidad de ambos y se quedó casi sin habla.

—¿Qué? —preguntó ella, y se odió a sí misma porque había pronunciado la palabra casi entre jadeos.

—Más postre —le susurró él con voz grave, y le inclinó la cabeza ayudándose de la trenza cuando la besó.

Kristin se sobresaltó durante una fracción de segundo antes de que su cuerpo estallara en llamas. Rodeó los musculosos hombros de Julian con los brazos, intentando atraerlo hacia ella, desesperada por notar su contacto físico.

El abrazo fue fugaz, pero lo suficiente para que ella se estremeciera de pies a cabeza. Julian no era tímido y la besó con todo el descaro del mundo mientras la pareja del rincón los observaba con curiosidad.

Cuando se apartó, Kristin abrió los ojos. No sabía en qué momento los había cerrado para disfrutar del beso.

Julian le recogió un mechón de pelo detrás de la oreja y le acarició la mejilla con el dorso de la mano.

—No diré que estoy satisfecho —dijo con voz grave—, pero he conseguido lo que venía a buscar.

Kristin salió de su estado de aturdimiento cuando la soltó.

«¿Qué? ¿Qué ha venido a buscar? ¿Una cerveza? ¿Un beso? ¿Solo quería llenar su estómago vacío? ¿Qué?».

Pero no se lo preguntó. Julian se fue tan rápido como había llegado y solo le permitió echar un último vistazo fugaz a su cuerpo macizo mientras salía por la puerta.

***

Julian logró la ansiada cerveza cuando se sentó en la sala de estar de Dante, disfrutando de la brisa con sus primos y su hermano mayor, Micah. Solo faltaba Evan, que aún estaba en plena luna de miel con Randi.

—Menuda cara tienes —dijo Micah con cierta indiferencia.

—Gracias, hermano. Yo también me alegro de verte.

Julian era perfectamente consciente de que había perdido algo de peso durante el rodaje en la zona interior de Australia, pero estaba harto de que la gente le recordara que tenía rasguños y cortes. Y no le preocupaba tanto como a su agente que su rostro perfecto tuviera una cicatriz. ¡Por Dios! No soportaba que todo el mundo estuviera tan preocupado por su aspecto físico.

—Me alegro de verte, pero no parece que haya sido un rodaje sencillo —dijo Micah con sinceridad.

—Es que no lo ha sido.

No quería entrar en demasiados detalles porque era una superproducción, una película muy esperada, pero para él no había supuesto un gran desafío interpretativo más allá de las escenas peligrosas. A decir verdad, echaba de menos el cine más sencillo que le había permitido ganar el Óscar. La película que acababa de filmar iba a ser un taquillazo por los efectos especiales, pero no tenía sustancia.

—¿Por qué has venido por aquí antes de volver a California? —preguntó Micah con curiosidad.

—No lo sé. Supongo que quería ver qué tal estabas. Cuando supe que andabas por aquí, pensé que debía tomarme un descanso. Aquí se está muy tranquilo.

Se estaba engañando a sí mismo y a Micah. En Amesport reinaba la calma cuando se iban los turistas, pero no podía tener nada de relajante mientras Roja viviera aquí.

—Creía que a lo mejor querías que te llevara a algún lado en mi avión —le dijo Micah con ironía.

—Ahora ya tengo el mío —replicó Julian con humor después de tomar un trago de cerveza.

—Ya era hora —gruñó Micah, que también bebió de su botella.

—Bueno, ¿qué vas a hacer con todos los terrenos que has comprado? —le preguntó Grady desde el sofá—. Espero que no las parceles.

Julian observó la cara de pocos amigos que tenía Grady. Sabía que siempre era muy posesivo con dos cosas: su mujer, Emily, y Amesport. Llevaba viviendo aquí mucho más tiempo que los demás hermanos y le gustaba la privacidad que le ofrecía la península, en concreto, y Amesport, en general.

Micah levantó una mano en gesto defensivo.

—No voy a construir nada. Solo una casa para mí en primera línea de mar, y otra para Julian y Xander. Y quiero reabrir la antigua pista de patinaje porque también la he comprado.

—¿Para qué? —preguntó Dante con curiosidad—. Por lo que sé, no es que tuviera mucho éxito cuando estaba abierta.

Julian miró a su hermano y le lanzó una sonrisa de suficiencia. Era gracioso ver a Micah sudando la gota gorda.

—Creo que es un negocio viable —dijo—. Servirá para ampliar la oferta de ocio de Amesport.

Julian sintió la tentación de decirle a su hermano que aquello era una sarta de estupideces, pero no lo hizo.

—¿Vas a construir para ti? —preguntó Jared, asombrado—. Vaya, sería fantástico veros más a menudo por aquí, aunque solo fuera en vacaciones.

Jared siempre había sido el encargado de solucionar los problemas de los Sinclair, el que más valoraba la unidad de la familia. Había hecho lo mismo que iba a hacer Micah para unir de nuevo a su familia.

Y lo había logrado. Desde hacía ya un tiempo, Jared y sus hermanos se habían instalado en la península de Amesport.

Julian lanzó una mirada de recelo a Micah, preguntándose si se había puesto el mismo objetivo; en ese caso, iba a llevarse una gran decepción. Julian y Xander tenían su casa en California, mientras que la empresa de Micah estaba en Nueva York. Además, ninguno de ellos era lo que podría definirse como un lobo solitario. Los tres sabían que había un buen número de mujeres dispuestas a pelearse por su atención.

«Solo falta la que más deseo».

Aquel pensamiento involuntario se instaló en su cabeza, pero Julian intentó no hacerle caso. Durante toda la vida se había esforzado en cuerpo y alma por conquistar Hollywood, y ahora no pensaba renunciar a su sueño. No necesitaba una casa de veraneo en Maine, un lugar donde hacía un frío de mil demonios en invierno y que tampoco destacaba precisamente por su clima cálido en verano. Debía admitir que no estaba mal poder ver a sus hermanos y primos más a menudo, y quizá podría venir de vacaciones de vez en cuando. Pero nada más.

A veces echaba de menos a su familia, pero todos tenían teléfono.

Julian escuchó con atención mientras Dante, Jared y Grady hablaban de las casas; parecían entusiasmados con la posibilidad de que sus primos tuvieran también una residencia en Amesport.

Apuró la cerveza e intentó no darle más vueltas a lo que había pasado con Roja. Como siguiera pensando en ella, se le volvería a poner tan dura como cuando la había visto.

Lo cierto era que la chica lo había sorprendido cuando le sirvió un sándwich y un vaso de leche en lugar de la cerveza que le había pedido. Por extraño que pareciera, fue como si hubiera notado que tenía hambre y estaba cansado e inquieto, a pesar de que habitualmente disfrutara llevándole la contraria.

«No me he portado muy bien con ella», pensó.

No, era cierto. Y él tampoco solía comportarse como un cretino con los demás. Casi nunca. Pero había algo en aquella chica que lo sacaba de quicio.

«Porque me gusta».

¡Mierda! Ya no estaba en la escuela, pero no podía negar que había sentido el deseo irrefrenable de tirarle de la trenza solo porque le gustaba. También quería que se sonrojara, que le lanzara una mirada de odio con sus ojos verdes y sensuales.

El problema era que no quería acostarse con una chica de aquí. Si sus primos o Micah se enteraban, no lo dejarían en paz. Kristin era amiga de las demás esposas de los Sinclair, y también de su prima Hope. Trabajaba para la mujer de Dante, como enfermera en su consulta médica. Kristin solo podía ponerlo en apuros y debía mantenerse tan alejado como pudiera de ella.

Sin embargo, el problema era que no quería dejar de verla.

Intentó reprimir un gruñido al pensar en la pasión con la que le había devuelto el beso de hoy. Él la había besado de forma inconsciente, pero ahora no podía borrar ese recuerdo de su memoria.

—¿Listo? —preguntó Micah poniéndose en pie.

Julian miró a su hermano con gesto inquisitivo, preguntándose qué se había perdido mientras este revivía el apasionado encuentro que había tenido con Kristin.

—Sí, sí, estoy listo.

Se levantó y le dio a Dante la botella vacía, que había empezado a recoger las demás. Su primo, que había sido inspector de policía en Los Ángeles, parecía un animal domesticado; aún trabajaba de policía, pero ahora lo hacía en Amesport.

«Parece feliz. Todos parecen condenadamente felices».

Julian sintió una punzada de remordimiento en el pecho al ver a todos sus primos: parecía que tenían todo lo que podían desear en la vida. Quizá él no era de esos que echaban raíces. Llevaba una vida muy loca para pensar en la posibilidad de tener una relación formal, pero en ese momento no le quedó más remedio que admitir que sentía algo muy parecido a la envidia. Siempre se había sentido muy feliz por todos sus primos, aunque no lo expresara. Habían vivido una infancia muy dura y merecían ser felices de adultos.

Sintió otra punzada de dolor en el pecho en el momento en que empezaron las palmadas en la espalda y las bromas cuando Micah y él estaban a punto de irse, lo que le trajo a la memoria los veranos que habían pasado juntos de pequeños. Era una sensación agradable saber que siempre había otro Sinclair dispuesto a cuidar de ti. En California, paraíso de la superficialidad, le costaba distinguir a los amigos de los enemigos.

Cuando salieron por la puerta, Julian se preguntó si había olvidado lo que era tener a alguien de confianza a su lado. Mientras se alejaban del agradable ambiente familiar, no pudo pensar en una sola de las personas a las que conocía en California que estuviera dispuesta a echarle una mano si no fuera un multimillonario o si su carrera cinematográfica no marchara viento en popa.

Capítulo 8

La tarde siguiente Tessa hizo algunos estiramientos de hombros para liberar tensiones mientras seguía la rutina de calentamiento patinando. También intentaba no arrepentirse más de la cuenta de lo que le había dicho a Micah el día antes. No era que él hubiera empezado a tratarla peor, pero sí se mostraba algo más reservado. Le había hecho un par de preguntas educadas sobre los difíciles momentos que vivió antes de levantarse, agarrarla de la mano y volver a casa de Randi.

Sin embargo, no se quedó mucho tiempo y se fue enseguida.

Ahora notaba que la estaba observando mientras patinaba. Apenas había abierto la boca desde que la había recogido por la mañana.

«¿Qué esperaba? ¿Que comprendiera por qué había intentado acabar con mi vida? Ni siquiera yo misma lo entiendo a veces». Pero cuando tocó fondo, la desesperación le parecía muy real.

Cuando murió su madre, se sintió muy sola, tan insignificante que se le quitaron las ganas de vivir. Le había contado a Micah cómo había preparado el cóctel de pastillas para quitarse la vida: principalmente los analgésicos y somníferos que había dejado su madre. Tessa había tomado la decisión de irse a dormir para no despertarse jamás, de dejar que el pozo oscuro en el que se había sumido la arrastrara para no volver a salir nunca más.

Al final, lo único que impidió en el último minuto que siguiera adelante con su plan fue Liam. No podía dejarlo solo y sabía que se culparía el resto de su vida si ella acababa con la suya. Se había comportado de un modo muy egoísta, dispuesta a aliviar su propio dolor a costa del único familiar cercano que le quedaba.

Cuando ya estaba preparada para dar el gran paso, decidió tirar las pastillas por el retrete. Ya no quería acabar con su dolor provocándoselo a Liam.

Desde que había perdido el oído, Tessa había sufrido episodios de depresión, pero nunca había tocado fondo de tal manera como cuando murieron sus padres y la dejaron sola en un mundo de gente que tenía lo que ella había perdido: el oído. Sola y aislada, tuvo que librar una dura batalla para salir de la oscuridad y regresar a la luz. Al final lo consiguió cuando Liam volvió a casa y ella empezó a acudir a terapia. Nunca había hablado de aquella experiencia cercana a la muerte con nadie. Ahora no entendía cómo había podido llegar a ese extremo, pero sabía que había estado ahí, al borde del precipicio, dispuesta a quitarse la vida para poner fin a su angustiosa existencia.

Quizá fue todo un proceso lento y paulatino. Quizá cuando se quedó sorda siguió adelante con su vida llevada por la inercia. Cuando Rick la abandonó, cayó sobre ella una nube oscura, pero por entonces aún tenía a sus padres, un motivo para seguir con vida: gente que la quería. Sin embargo, con el tiempo los golpes empezaron a hacer mella, el dolor se volvió insoportable y no le quedaron fuerzas para enfrentarse a la depresión. Ahora se había recuperado casi del todo, pero no quería regresar a esa época.

«No es que no quiera entregarme a Micah y disfrutar del placer que podría proporcionarme».

A pesar de todo, se había encariñado con él y sabía que si se adentraba en la pasión de sus llamas, no saldría indemne. No tenían futuro como pareja. Ningún multimillonario con el mundo a sus pies se conformaría con una chica sorda de pueblo. Tessa no sentía pena de sí misma, ya no, pero era realista. Y en ocasiones, para ella, el mundo era demasiado real.

Ahora ya no necesitaba acudir a terapia porque había sido capaz de solucionar los problemas que la habían arrastrado a tocar fondo. Pero desde un punto de vista racional sabía que debía evitar todo aquello que pudiera reactivar su tristeza. Y pensar en Micah Sinclair como algo más que un mero amigo era una mala idea y solo podía acabar mal.

«Tengo que aceptar que las cosas son así, y que yo soy así».

Cuando empezó a patinar más rápido, notó el aire frío que le acariciaba el rostro, que su cuerpo vibraba de emoción. Al menos debía agradecerle a Micah que le hubiera proporcionado eso: una forma de volver a hacer algo que le gustaba. El patinaje era una parte de su vida que había echado mucho de menos.

Hizo unos cuantos dobles saltos para entrar en calor y aceleró para hacer uno triple. Empezó la maniobra en una posición ligeramente incorrecta y supo de inmediato dónde había cometido el error, pero ya era demasiado tarde.

Y acabó con el trasero en el hielo.

Cuando se levantó, se alisó la falda y casi pudo oír la voz de su antigua entrenadora en la cabeza, diciéndole que debía concentrarse.

Dio un grito ahogado al notar unas manos fuertes en los hombros. De repente se encontró cara a cara con Micah.

Los ojos de Tessa fueron directos a su boca.

—Lo siento. Nunca debería haberte obligado a meterte en esto. ¿Te has hecho daño? —Su rostro solo mostraba preocupación por ella y le acarició los brazos para intentar consolarla.

—Estoy bien. Si me dieran diez centavos por cada vez que he caído entrenando, sería rica —le dijo entre risas—. Solo quería hacer un triple salto. Sabía que estaría algo oxidada después de casi una década.

Él la miró con seriedad.

—Vámonos. Esto es muy peligroso. Ojalá nunca te hubiera pedido que te hubieras puesto los patines.

«Ahora cree que soy frágil, que no puedo hacer frente a la presión porque le dije que hubo un período de mi vida en que no era capaz. ¿Se preocupa por mi cordura o por mi bienestar físico?».

Tessa le tomó la mano a Micah.

—No digas eso. Me alegro de que lo hicieras. Lo necesitaba. Y estoy acostumbrada a caerme, todo forma parte del proceso de entrenamiento.

—No quiero que te hagas daño.

No dejaba de ser gracioso que Micah le hubiera dicho justamente eso porque a Tessa se le partía el alma de ver su gesto de preocupación. ¿Cuándo había sido la última vez que un hombre se preocupaba de que se hiciera daño? Solo lo había hecho su hermano Liam.

—No voy a morirme —le dijo ella en broma—. Seguro que me caeré un montón de veces hasta que no domine bien la rutina.

—No puedo soportarlo. Vámonos —dijo, y la arrastró de la mano.

—Aún no he acabado.

—Sí que has acabado. No quiero que te caigas una y otra vez solo para entrenar. ¿Y si te rompes un hueso?

Ella le sonrió.

—Mi entrenadora me decía que sabía caer muy bien.

Micah torció el gesto.

—No tiene gracia.

Tessa apartó la mano.

—No me pasará nada. —A decir verdad, estaba sorprendida por la reacción de Micah, que hablaba muy en serio. Quería que salieran de la pista y no volver a pisarla nunca más—. No puedo abandonar ahora. Ya sabes que en ocasiones hay que intentarlo muchas veces para que algo salga bien. Tú también has pasado por eso —dijo ella con desesperación—. Por favor.

Técnicamente, podía sacarla a rastras de la pista. Era su dueño.

Sin embargo, Tessa necesitaba que aquello saliera bien, no solo por el dinero, sino desde el punto de vista emocional.

Micah se detuvo, como si estuviera evaluando las distintas opciones. ¿Acaso tenía algún derecho a impedir que ella siguiera cayendo de bruces durante el entrenamiento? Él había hecho cosas que ponían los pelos de punta a cualquier ser humano.

—Basta. De. Triples —dijo Micah, pronunciando las palabras lentamente, como si fuera lo último que le apetecía decir en esos momentos.

—Gracias —dijo ella, consciente de que no le iba a quedar más remedio que entrenar a solas. Por suerte tenía una llave de la puerta de la pista. Podía venir cuando Micah no estuviera para perfeccionar los saltos más complicados.

—Vendrás aquí por tu cuenta, ¿verdad?

¡La había pillado! Asintió a regañadientes, incapaz de engañarlo después de todo lo que había hecho por ella.

—Ni se te ocurra. Para tu actuación puedes hacer saltos sencillos. No se trata de una competición.

Quizá no, pero una antigua medallista olímpica estaba obligada a hacer una actuación de nivel. Aún era joven.

—La gente espera un espectáculo digno —replicó ella.

—Me importa una mierda lo que esperen los demás. Lo único que me preocupa es tu bienestar.

Tessa prefirió no insistir más en el tema porque se dio cuenta de que había chocado con un muro que no iba a ceder. Decidió que iba a incorporar los saltos al número y que ya encontraría alguna forma de entrenarlos. Si iban a pagarle por una actuación profesional, iba a hacerlo tan bien como sabía.

Tessa observó a Micah mientras este salía de la pista. Entonces continuó con su rutina y esbozó una sonrisa al pasar junto a él.

Micah se preocupaba por su bienestar, algo que quedó patente durante el entrenamiento ya que no se perdió ni uno solo de sus movimientos durante el resto de la sesión.

Hacia el final, Tessa había recuperado una gran confianza en sí misma. Volvió a intentar el triple salto, convencida de que podía lograrlo. Esta vez cayó bien, aunque de forma algo inestable. Miró rápidamente a Micah para ver su reacción y se dio cuenta de que no sabía la diferencia entre un doble y un triple salto. No sabía lo que acababa de hacer.

Tessa lanzó un suspiro de alivio. En cierto modo sospechaba que Micah no pondría ninguna objeción a lo que estaba haciendo siempre que no se cayera al suelo.

***

Micah tenía la sensación de que estaba a punto de perder el control, algo que le sucedía muy pocas veces. De hecho, recordaba la última ocasión en que había perdido los estribos. En su trabajo no podía permitirse el lujo de no mantener una concentración absoluta. Pero en esos momentos estaba a punto de perder la paciencia.

Observó a Tessa, que entró en la pequeña sala de estar de la casa de Randi y se sentó en el otro extremo del sofá en el que él había aposentado su trasero. Después de decidir que iba a quedarse a cenar, se duchó cuando Tessa hubo acabado y ambos cenaron en un silencio casi absoluto.

«Esto tiene que acabar. Tengo que saberlo todo o me voy a volver loco».

Micah se había guardado para sí todas las preguntas que quería hacerle a Tessa sobre su batalla contra la depresión, convencido como estaba de que seguramente no quería hablar del tema. Para él era obvio que se había recuperado. Era la mujer más fuerte que había conocido jamás, caray. ¿Cuántas personas eran capaces de sobrevivir a semejante lluvia de golpes como ella, sin rendirse? Quizá había estado a punto de darse por vencida, pero lo cierto era que, al final, había salido adelante.

Micah aceptó la cerveza que le ofreció y se dio cuenta de que ella no bebía alcohol, sino que se había servido un vaso de té helado, del que iba tomando pequeños sorbos.

Cuando se dio cuenta de que lo estaba mirando, le preguntó:

—¿Seguro que podrás soportar todo esto, Tessa?

No quería estresarla. Ya había soportado suficientes traumas. Micah lamentaba no haber sabido todo lo que había sufrido antes de invitarla a actuar. El simple hecho de pensar en todo lo que había sufrido lo deprimía.

Tessa asintió.

—Estoy bien, no me voy a derrumbar. Supongo que no debería habértelo soltado todo de golpe, pero quería que lo supieras.

—Y yo quería saberlo. No es que preferiría que no me lo hubieras contado, pero ahora me preocupo por ti.

Tessa enarcó una ceja.

—¿Qué te preocupa?

No le preocupaba que intentara suicidarse de nuevo. De hecho, sabía que no iba a hacerlo.

—Me preocupas tú —respondió él porque su temor era así de simple.

Ella dejó el té helado en la mesa antes de tomar la palabra.

—¿Crees que me voy a derrumbar otra vez? ¿Crees que soy débil porque hubo una época en la que prefería morirme antes que enfrentarme a mis problemas? ¿De verdad crees que el estrés hará que me hunda? De adolescente competí frente a millones de personas y aprendí a tener las emociones bajo control.

Tessa se mostraba indignada y se había puesto a la defensiva. Era lo último que él quería, pero la había fastidiado y había provocado aquella reacción porque no había sido capaz de abordar el tema con valentía.

—Vale, sí, perdí el control, pero fue una vez —Tessa prosiguió con su diatriba—. Había perdido el oído y todas las cosas importantes de mi vida: mi prometido, mi carrera y a mis padres. Creo que nadie saldría indemne de una tragedia como esa. Pero sucedió y tuve la mala suerte de que me ocurriera a mí. Estaba sola y antes de que volviera Liam no tenía a nadie. De modo que eso hizo que me preguntara si valía la pena vivir. Me comporté de forma egoísta y no supe ver más allá de mis problemas. No me gusta la persona que era, pero estoy satisfecha de mi yo actual.

Micah dejó la cerveza en la mesa, se sentó en el sofá gastado y se acercó a Tessa salvando la distancia que lo separaba de ella. Le puso las manos en los hombros y le dijo:

—Tú nunca te habrías suicidado, Tessa. Sé lo que piensas, pero si hubieras querido hacerlo de verdad, lo habrías logrado. Y no eres una persona egoísta. A pesar de que habías tocado fondo, no dejaste de pensar en tu hermano.

A Tessa se le empañaron los ojos, parpadeó y derramó una lágrima.

—Pero quise hacerlo. Me sentía muy sola cuando se murieron mis padres. Tenía amigos, pero cuando pierdes el oído te sientes muy aislada, se produce una falta de conexión con los demás que no sé cómo explicar.

Micah se sintió como si alguien le hubiera dado un puñetazo en el estómago. Muy fuerte.

—¿Cómo lo superaste?

Ella se encogió de hombros.

—Poco a poco me fui acostumbrando. Aprendí a establecer vínculos con los demás de otra forma. Pero supongo que por aquel entonces no había aprendido a gestionar bien mis emociones.

Micah le secó la lágrima con los dedos.

—Aún tienes miedo. ¿Por qué?

Tessa puso cara de sorpresa y guardó silencio.

No había duda de que se había recuperado, pero la reacción que había tenido cuando estaban junto al mar, el día antes, había sido algo desmesurada. Micah necesitaba saber el motivo. Sabía que ella aún huía de algo, pero ignoraba qué era aquello que le provocaba tanto miedo.

—No eres tú, soy yo —susurró ella al final con voz grave—. Cuando estaba con Rick, mi vida dependía tanto de él que ahora me da miedo involucrarme en una relación íntima. Hasta ahora no había supuesto un problema porque no había tenido tantas ganas de estar con alguien como contigo. Por no decir que eres el primer hombre que ha demostrado que me desea, aunque solo sea para una aventura de una noche, desde que me quedé sorda. Y me conozco bien. No me va esto de los amigos con derecho a roce, el sexo sin complicaciones.

Micah le rodeó la cara con ambas manos y observó su gesto vulnerable.

—El sexo contigo siempre será complicado.

Quería proteger a Tessa, evitar que volviera a sufrir decepciones. Sin embargo, no quería limitarse a eso. Si había algo que sabía seguro, era que esa mujer era la suya, que necesitaba hacerla suya. Quizá siempre lo había sabido de un modo inconsciente, pero ahora ya lo había aceptado.

La erección que intentaba abrirse paso bajo el pantalón exigía que Micah reclamara lo que le pertenecía.

Tessa levantó las manos temblorosas y rodeó las de Micah, que aún enmarcaban su rostro.

—Sería muy complicado. Y también arriesgado.

Micah sonrió.

—Pues resulta que a mí me gusta poner un poco de riesgo en mi vida.

Quizá por eso Tessa tenía la capacidad de aumentar los niveles de adrenalina que fluían por su cuerpo, más que ningún otro deporte que hubiera practicado.

—No suelo correr riesgos —admitió ella—. Pero ahora mismo quizá debería. Tengo ganas de volar, pero me da miedo el aterrizaje.

—No tengas miedo de la caída. Esta vez estaré a tu lado para sujetarte —le dijo con una voz grave que lo sorprendió hasta a él. Micah quería que ella supiera que no iba a irse a ningún lado. Ella misma le había confesado que nunca se había sentido así, pero él tampoco. Lo único que sabía con certeza era que no volvería a dejarla sola.

No solo la quería, sino que la necesitaba. Y nunca había necesitado a otra persona.

Tessa se levantó tan rápido que se convirtió en una visión borrosa. De repente las manos de Micah habían quedado suspendidas en el vacío. Ella se acercó a la barra que separaba la cocina de la sala de estar y se aferró a ella.

—Sé lo que quieres. Solo sexo, sin más complicaciones. Es lo que te va, ¿no? Pero siempre seremos amigos y creo que podría soportarlo.

Micah frunció el ceño. Para él, todo lo relacionado con Tessa era negociable. Ya no buscaba solo sexo. Claro que se moría de ganas de arrancarle la ropa y poseerla ahí mismo hasta volverla loca de placer. Pero quería que ella se entregara en cuerpo y alma, lo cual no dejaba de ser curioso… porque era algo que ni él mismo había estado dispuesto a hacer.

Se levantó, se dirigió hasta ella y la atrajo hacia sí. Tuvo que reprimir un gruñido cuando ambos cuerpos entraron en contacto y el trasero de Tessa rozó su dolorosa erección. La obligó a darse la vuelta lentamente y sintió un placer indescriptible cuando su cuerpo se rozó contra el suyo.

«¡Dios mío!», pensó.

—Ya no sé cuáles son las reglas —admitió él cuando ella lo miró—. Lo único que sé es que quiero desnudarte y poseerte hasta que los dos perdamos el conocimiento. Todo esto es nuevo, distinto a todo lo que he vivido hasta ahora. No nos va a quedar más remedio que escribir las leyes a medida que avancemos en el camino.

Micah apoyó ambas manos en la barra para rodearla. Estaba enfadado consigo mismo porque no podía salir por la puerta hasta que no recuperara la compostura. Era una opción totalmente descartada, a pesar de que sospechaba que debía de ser lo mejor para ella.

Tessa no necesitaba nada de todo eso.

Tessa merecía algo mejor.

Tessa necesitaba a un hombre que no viviera enganchado a los subidones de adrenalina.

Ella lo abrazó del cuello.

—Entonces supongo que podemos establecer nuestras propias reglas porque te necesito ahora mismo, Micah. No puedo irme sin sentir esto, sin sentir lo que es estar contigo. Sería más sensato que me fuera, pero no puedo. Me pasaría el resto de mi vida preguntándome cómo habría sido. Y no quiero vivir con ese arrepentimiento, por miedo a probar algo nuevo.

En ese momento Micah perdió el control. Las palabras que acababa de pronunciar Tessa habían sellado su destino. Iba a hacer todo lo humanamente posible para que ella no quisiera huir corriendo y se arrepintiera de estar con él, aunque fuese lo último que hacía.

Quizá no la merecía.

Quizá era el hombre equivocado para ella.

Quizá Tessa merecía a alguien mejor.

Pero lo cierto era que no soportaba la idea de que hubiera otro hombre que podía tocarla.

De momento era suya, y no pensaba renunciar a ella.

Y a la mierda con el futuro. Todo a su tiempo.

Capítulo 9

Tessa sabía que la racionalidad había quedado relegada a un segundo plano, pero le daba igual. Cuando Micah se abalanzó sobre ella para besarla, ella se entregó sin reservas, decidida a no pensar en lo que pasaría después.

Quería lo que estaba ocurriendo; quería a Micah. Todas las células de su cuerpo anhelaban que la poseyera, una batalla mental y física que ya no podía librar. El temor al rechazo había formado parte de su vida durante tanto tiempo que le había costado dejar de lado ese miedo, pero lo que le había dicho era cierto. Si no estaba dispuesta a luchar por lo que quería, a experimentar lo que anhelaba, nunca abandonaría los reducidos límites de su mundo actual.

«No es necesario que sepa en todo momento qué va a pasar. Por una vez en la vida puedo vivir el instante sin temor a que ocurra algo malo».

Al diablo con la satisfacción y la seguridad; quería vivir.

Las manos de Tessa se deslizaron hasta el pelo de Micah y su respiración se convirtió en un suspiro cuando le clavó los dedos. Él la estrechó con un gesto posesivo: una mano en el trasero y otra en la espalda. Ella se estremeció irremediablemente al notar el contacto entre ambos cuerpos. Micah desprendía un calor muy intenso y ella solo quería que la abrasara con su fuego.

La lengua de Micah tomó posesión de su boca, combinando la conquista con pequeños mordiscos del labio inferior. Ella gimió, quería sentirlo más cerca, necesitaba palpar el calor de su piel. Su cuerpo era como un horno y ella solo deseaba meterse dentro de él para dejarse consumir por las llamas.

—Desnúdate —dijo Tessa entre jadeos mientras le quitaba la camiseta.

Micah dio un paso atrás para obedecerla y acabó de quitarse la prenda.

«Dios mío», pensó Tessa.

El corazón empezó a martillearle el pecho mientras observaba, con absoluto descaro, la tableta de abdominales, los bíceps hercúleos y la V perfecta que rodeaba los músculos abdominales y que parecía una pared infranqueable.

Lo había visto desnudo y Micah había dejado que se recreara la vista, pero no recordaba haberse sentido tan azorada. Quizá porque ya no sentía vergüenza y lo observaba con pura lujuria.

Sus miradas se cruzaron cuando él se quitó la camiseta y Tessa se quedó sin aliento al ver el brillo carnal y depredador en los ojos de su compañero cuando dejó caer la prenda al suelo. Los pantalones de cintura baja dejaban asomar un rastro de vello que por desgracia desaparecía en la cinturilla. El resto quedaba oculto bajo la tela.

Tessa dio un paso al frente y, con gran descaro, desabrochó el botón que le impedía ver el objeto de su deseo, bajando la cremallera con cuidado sin apartar la vista en ningún momento.

—Quiero verte —le dijo ella.

—Aquí me tienes —dijo Micah, con una mirada que no podía ser más sensual.

Era increíblemente erótico que un hombre como Micah se ofreciera de aquel modo, que le diera libertad absoluta para hacer lo que quisiera con él. Tessa sentía el poder de Micah y tenía la sensación de que estaba practicando un juego peligroso, pero aun así se arrodilló y le bajó los pantalones y los bóxers. Tenía tantas ganas de tocarlo que le temblaban las manos.

Micah la ayudó, apartó los pantalones y los bóxers con un movimiento del pie y se quedó frente a ella, totalmente desnudo. Como había comprobado en otras ocasiones, no le incomodaba quedarse sin ropa, algo del todo comprensible: no tenía nada de lo que avergonzarse. Tenía un cuerpo perfecto y la erección le permitía disfrutar de la visión de un miembro espléndido, duro y grueso, delante de su cara.

Tessa levantó los brazos y dejó que las palmas se deslizaran lentamente por los músculos de su vientre, trazando la tentadora V una y otra vez antes de atreverse a alcanzar las nalgas duras como una piedra. Los músculos de sus muslos se pusieron tensos y Tessa notó una sensación de calor que le hizo mojar las bragas cuando rodeó su miembro erecto.

Quería deleitarse, saborear la gota húmeda que decoraba la punta del glande, pero él la obligó a levantarse.

—Ahora no —le dijo, inclinándole la cabeza—. No lo soportaría.

Tessa percibió el deje de apremio en su voz, el músculo de su mandíbula que temblaba de desesperación.

Nunca había visto algo tan excitante.

—Desnúdate —le ordenó él mientras la agarraba del cuello de la blusa. A pesar de la orden que le había dado, fue él mismo quien le arrancó la ropa y no se anduvo con muchos rodeos.

Tessa se estremeció cuando Micah arrancó de cuajo los botones de la blusa y se la quitó antes de abalanzarse sobre el cierre del sujetador.

El deseo de sentir el contacto de su piel hizo que Tessa se quitara los pantalones y las braguitas con impaciencia, y luego el sujetador que él había dejado colgado de los brazos.

Tessa le rodeó el cuello, acercó la cara, empezó a darle suaves lametones y murmuró:

—Ahora.

Notó que él negaba con la cabeza.

—Ahora —repitió ella, nerviosa, rodeándole la cintura con las piernas para notar la portentosa erección cerca de su sexo.

Micah la agarró del trasero, se acercó a la barra y la dejó sobre la superficie lisa. Quedaron casi a la misma altura.

Tessa no dejó de mover las manos. Le producía un placer tan especial acariciar su piel que no podía contenerse.

—Por favor.

El deseo se había apoderado de su cuerpo, la necesidad de sentirlo dentro. Micah se resistía aunque parecía a punto de ceder a sus instintos más primarios y penetrarla ahí mismo hasta que ella suplicara piedad.

Tessa se sobresaltó cuando él le rodeó los pechos con las manos y con los pulgares empezó a excitarle los pezones, a jugar con ellos hasta que se puso a gemir.

Rick nunca le había tocado los pechos; Micah parecía adorarlos.

La agarró de las muñecas, le apoyó las manos en la barra con el trasero en el borde, con todo el espacio detrás de ella. Tessa estrechó las piernas en torno a su cintura, presa de una gran frustración ya que la encimera era tan alta que no le permitía siquiera rozar la punta de su verga.

Antes de que Tessa pudiera sentir un atisbo de frustración, Micah empezó a comerle los pezones. Le encantaba torturarla, darle suaves mordiscos y aliviarle el dolor con la lengua.

Tessa alcanzó un grado de excitación que no había sentido jamás.

—Oh, Dios, Micah.

Se retorcía de placer, pero él insistió, alternando entre ambos pezones, sensibles pero duros como diamantes. Él le mordía con la fuerza justa para provocarle un dolor placentero, sobre todo cuando utilizaba la lengua.

Al final, cuando Tessa creía que iba a volverse loca por la sensación de lujuria y frustración, Micah la empujó hacia atrás, le apartó las piernas que le rodeaban la cintura y se las abrió. Sus pies quedaron colgando sobre la encimera y abrió los ojos, sin recordar el momento en que los había cerrado.

Miró a Micah justo en el momento en que vio el pelo rubio que asomaba entre sus piernas. Cerró de nuevo los ojos con fuerza, con la respiración entrecortada... anhelante. Gritó al sentir la lengua que se deslizaba entre sus labios, adentrándose en ella, en busca del clítoris con el único fin de volverla loca de placer. Y cuando lo encontró, se entregó para estimularlo, lo que provocó que Tessa arqueara la espalda de placer.

Era una sensación íntima y decadente, arrastrada por un torbellino de placer como no había sentido hasta entonces. Todo gracias a la lengua insaciable de su amante.

Ella le clavó los dedos en el pelo. Suplicándole. Implorándole. Quería llegar al punto de no retorno con una ferocidad que nunca había sentido.

—Por favor, Micah, ya no aguanto más —gimió entre balbuceos, pero sabía que él oía todos los sonidos que escapaban entre sus labios.

Entonces Tessa se vio arrancada del momento del placer cuando Micah se levantó con gesto atormentado y observó aliviada que sacaba un preservativo del bolsillo de los pantalones y se lo ponía en un abrir y cerrar de ojos.

—¡Ahora! —le ordenó Micah cuando ella lo miró a los labios—. Rodéame la cintura con las piernas.

Ella obedeció de inmediato mientras él la agarraba de las nalgas con sus fuertes dedos y, con ella en brazos, la apoyaba contra la pared.

Tessa lo abrazó del cuello con fuerza. Solo sentía el roce sensual, descarnado y excitante de sus pezones contra su pecho musculoso. Los tenía tan duros que gimió de placer cuando ambos cuerpos se fundieron en uno, de forma que resultaba imposible adivinar dónde empezaba un cuerpo y acababa el otro.

—Sí —gimió ella cuando Micah la penetró con una arremetida despiadada, agarrándola de las caderas y del trasero.

La poseyó con embestidas rápidas y fuertes, como un hombre privado del placer carnal durante mucho tiempo. Tessa se derretía con sus acometidas y sus músculos vaginales se contraían con fuerza cada vez que lo sentía dentro.

Entonces ella le tiró con fuerza del pelo y se besaron apasionadamente. La lengua de Micah moviéndose al compás de sus embestidas.

Las acometidas eran cada vez más intensas y profundas. Tessa sabía que estaba a punto de llegar al clímax. Micah la había excitado tanto, llevándola al borde del orgasmo con su magistral dominio del sexo oral, que si seguía por aquel camino acabaría convertida en un cuerpo incandescente.

Entonces notó una vibración en el pecho de Micah, preludio inequívoco de un gruñido de placer.

El clímax le sobrevino mientras él seguía penetrándola sin piedad, arrojándola por el precipicio imaginario tras perder el precario equilibrio.

Con el orgasmo perdió el mundo de vista.

—Oh, Dios. Micah. Sí.

Tessa le clavó las uñas en los hombros, incapaz de contenerse por más tiempo. Agachó la cabeza y apoyó la cara en el cuello sudoroso de Micah mientras sus músculos cedían al martilleo de su amante.

Él también se estremeció cuando le llegó el orgasmo y Tessa lo abrazó con fuerza mientras él la penetraba una última vez, antes de que cesaran los temblores.

Tessa aún estaba en éxtasis cuando él la llevó en brazos al dormitorio y tuvo la tentación de protestar cuando sus cuerpos se separaron después de que la posara suavemente en la cama. Pero entonces recordó que tenía que quitarse el preservativo y que había llegado el momento impostergable de la separación.

Micah volvió del baño antes de que ella hubiera tenido tiempo de recuperar el aliento, se estiró junto a ella y la rodeó de la cintura, protegiéndola con su enorme cuerpo. No cejó hasta que Tessa se puso encima de él.

Ella lo miró a la boca justo cuando él pronunció la palabra:

—Complicado.

Entonces él le dedicó una sonrisa de felicidad. No parecía en absoluto preocupado por lo que acababa de ocurrir entre ellos: una sesión de sexo estremecedora, al menos para ella.

Tessa sintió una gran felicidad y le devolvió la sonrisa, acariciándole un mechón rebelde que siempre le cubría la frente. Entonces asintió también.

—Complicado —dijo.

Micah entrelazó un dedo en uno de sus rizos.

—Si lo que acaba de ocurrir es complicado, no me importaría que nuestra relación se volviera muy compleja.

Tessa reprimió una carcajada de sorpresa.

—¿Crees que puedes mejorar esto?

El sexo con Micah había sido increíble. No imaginaba cómo podía superarse.

Él la miró frunciendo el ceño, en un gesto fingido de ofensa.

—Esto ha sido la reacción de un hombre desesperado. Podría haber sido mejor. Quería llevarte al orgasmo con la lengua. No quería dejar de comerte. Quería extraerte hasta la última gota de placer de tu cuerpo antes de poseerte. Sabía que no durarías mucho.

Ella le tapó los labios con los dedos.

—No sigas. Ha sido increíble. No cambiaría nada.

Micah volvió a sonreírle.

—¿Rápido, duro y contra la pared?

—Sí.

—La mayoría de las mujeres se quejarían.

Ella le guiñó un ojo.

—Yo no me quejo, semental. La mayoría de los hombres no podrían sujetar a una mujer contra la pared.

Tessa hablaba en serio. ¿Cuántos hombres podían ofrecerle una sesión de sexo desenfrenado como él? Había sido algo muy carnal. Quizá era eso lo que lo hacía tan especial.

—No podía esperar más porque me moría de ganas de estar contigo. Es lo que siento desde que te conocí. Me sentía como un adolescente con las hormonas alteradas. Cuando te vi en el baño de la casa de invitados, solo pensé en poseerte ahí mismo, sobre el lavamanos.

Ella lo miró sorprendida.

—No es verdad —le dijo ella.

—Sí que lo es. Fue ver tu precioso trasero y convertirme en un cavernícola. —Micah deslizó la mano por su espalda y le agarró una nalga—. No es habitual que reaccione así ante una mujer.

—Pero una vez tuviste una relación seria.

Ella sabía que había tenido una relación muy larga hacía años.

Él asintió.

—Solo una vez —admitió él.

—Cuéntamelo —le pidió ella, que sabía que Micah no había querido entrar en detalles.

—Conocí a Anna en la universidad y, cuando nos graduamos, nos fuimos a vivir juntos. Ella era de una familia muy rica, por lo que yo estaba convencido de que no estaba conmigo por el dinero. No soportaba mi pasión por el paracaidismo acrobático y los deportes extremos. En el fondo albergaba la esperanza de que sentara cabeza, pero no ocurrió. Yo viajaba mucho y ella no aspiraba a tener una carrera profesional. Creo que prefería casarse y tener hijos. La universidad no era más que un paso previo al matrimonio.

—¿Tú no querías casarte con ella? —preguntó Tessa con curiosidad. Sabía perfectamente que intentar retener a Micah era como intentar robar una estrella del cielo y meterla en una botella.

—Me preocupaba por ella y creía que acabaríamos casándonos, pero yo estaba desarrollando mi carrera deportiva y mi empresa. Éramos jóvenes y supongo que no me detuve a tener en cuenta sus sentimientos. Al cabo de unos años se cansó de esperar y se casó con uno de mis amigos, que se conformaba con ser rico y acabar asumiendo la dirección de los negocios de su padre.

—¿Te engañó? —Tessa dedujo por su gesto triste que no había sido una ruptura amigable.

—Un día llegué a casa de un viaje de negocios antes de tiempo y los encontré juntos. En nuestra cama —dijo sin un atisbo de emoción—. No tenía ni idea de que se veían. Fue duro. Tardé un tiempo en darme cuenta de que no tenía nada que ofrecer a ninguna mujer.

—Eso no es verdad —le dijo Tessa indignada—. Ella se portó como una bruja. No tenía ningún derecho a acostarse con otro en tu cama. Me da igual que tuviera intención de romper contigo. Es asqueroso lo que hizo.

—Entonces, ¿crees que merecía que me dejara? —le preguntó Micah en tono burlón.

—Creo que no soportaba no poder viajar contigo. Si no quería labrarse una carrera profesional, podría haberte ayudado a construir tu empresa. Ambos erais jóvenes. Podría haber aprovechado para ver mundo antes de casarse.

Tessa lanzó un suspiro. Sabía que si Micah la amara con devoción, no lo dejaría escapar. Además, no se le ocurría nada mejor que viajar por el mundo con el hombre al que amaba. Era divertido y aunque ella también había visitado varios países cuando competía, nunca había tenido la oportunidad de conocerlos a fondo. Cuando viajaba siempre lo hacía por un único motivo: competir.

Había estado en varios países con Rick, pero él no era el mejor compañero de viaje y nunca se había mostrado muy entusiasmado con la idea de hacer turismo.

—¿Es eso lo que harías, Tessa? ¿Apoyar al hombre al que amas?

Ella observó su mirada inquisitiva.

—Por supuesto. Si él me apoyara, yo haría lo mismo. No soy una experta en relaciones, pero sé que ambas partes deben estar dispuestas a hacer concesiones. —Hizo una pausa antes de acariciarle la mejilla—. Siento que te hiciera tanto daño.

—Ya lo he superado —replicó él.

Ella ladeó la cabeza y observó su expresión.

—Creo que no. Me parece que aún no has recuperado la confianza en las mujeres.

—Quizá sea porque no he encontrado a la mujer adecuada —replicó, tomándole la mano que ella había apoyado en su pecho—. No es fácil encontrar a una mujer dispuesta a aceptar mi profesión.

Tessa se encogió de hombros.

—Tú eres como eres y ya está, Micah. No digo que para la mujer que te quiera vaya a ser fácil no preocuparse por ti, pero esa mujer debe entender que tú no serías tú si renunciaras a lo que más amas.

—Ya no hago muchos saltos BASE y he tenido que dejar algunas cosas porque mis prioridades han cambiado. Quiero hacer que los deportes extremos sean más seguros. Pero nunca podría renunciar a mi equipo de paracaidismo. Y no negaré que me gusta probar mis propios límites.

—¿No vas a frenar ni un poco? ¿Ni cuando te hagas mayor? —le preguntó ella en tono burlón.

Él frunció el ceño.

—No. He visto morir a demasiados amigos y conocidos por culpa de un salto mal planeado y por no disponer de suficiente equipamiento seguro. Cada vez es más difícil encontrar un lugar seguro para hacer un salto BASE. Es ilegal hacerlo en la mayoría de los mejores lugares.

—¿Por eso prefieres saltar desde un avión?

—No lo descartes hasta probarlo. Mi equipo es muy bueno, uno de los mejores del mundo. Y no hay una sensación comparable a la caída libre.

—Pues si quieres que sea sincera, siempre he tenido ganas de probarlo. Cuando era más joven no tenía tiempo y al perder el oído supuse que ya no podría hacerlo.

El paracaidismo era algo que siempre había querido probar pero que nunca había hecho realidad. Imaginaba que era una de esas cosas que parecían divertidas cuando se las veías hacer a los demás, pero temía que el miedo le impidiera hacer un salto. No dejaba de ser una locura saltar de un avión y confiar en que un paracaídas impidiera que te convirtieras en una tortilla francesa humana.

—Pues hazlo. Total, ningún paracaidista oye nada en cuanto salta del avión. No necesitas ese sentido. Lo único que se oye es el rugido del viento.

Tessa negó con la cabeza.

—Las clases son muy caras y me obligarían a salir de mi zona de confort. No sé si podría hacerlo.

—Yo podría acompañarte —sugirió Micah—. Soy instructor y he hecho miles de saltos. Podríamos hacerlo en tándem. Nunca pondría en riesgo tu seguridad. Si no creyera que puedo saltar contigo, no te lo propondría.

Era muy gallito en todo lo referente a sus habilidades, y esa seguridad en sí mismo no dejaba de ser divertida. Ella sabía que nacía de la experiencia y no dudaba de que Micah sabía lo que hacía.

—Antes tienes que ganarte mi confianza —replicó ella en tono burlón—. Pero me gustaría mucho volar contigo algún día.

Micah se movió con un gesto tan rápido que Tessa no pudo reprimir el grito de sorpresa. En un abrir y cerrar de ojos se le echó encima y le sujetó las muñecas a ambos lados de la cabeza.

—Lo conseguiré —le dijo, esbozando una sonrisa que no era más que un reflejo de la gran seguridad que sentía en sí mismo.

—Supongo. Ya me has hecho tocar el cielo una vez —le dijo ella, medio en broma.

—Pues prepárate. Vamos a repasar lo aprendido hasta ahora.

Tessa se rio mientras él agachaba la cabeza para besarla y se olvidó del paracaidismo en cuanto notó el roce de los labios de Micah, que la trasladaron a lugares con los que no había soñado jamás.

Capítulo 10

Cuando Micah fue a Amesport al día siguiente, se sentía muy relajado, algo no siempre habitual en él. Al despertarse no le apetecía demasiado salir a correr como hacían todos los días, pero Tessa no paró de darle la lata para que la acompañara. O se hacía mayor, o estaba cansado después de pasar la noche haciendo ejercicio con ella de una de las formas más agradables que existían. Debía de ser la segunda opción, ya que no había hecho el amor desde hacía bastante tiempo. Con una sonrisita malvada, se dio cuenta de que la noche anterior había recuperado el tiempo perdido.

Después de salir a correr, se habían duchado, habían almorzado y luego habían ido a la pista de patinaje. La dejó en la puerta y le dijo que tenía que ir a la casa de invitados de la península para ir a buscar algo de ropa. Pero antes hizo una parada que no le apetecía en absoluto.

Se detuvo frente al Sullivan's Steak and Seafood cuando vio que estaba cerrado. Miró el reloj y se dio cuenta de que no tardarían demasiado en abrir para empezar a servir cenas. Micah se fijó en la pintura desconchada de la fachada y se preguntó cuándo lo habían pintado por última vez.

Entre el agua salobre y la humedad, el edificio no tenía muy buen aspecto.

Acercó la mano al tirador de la puerta, lo giró y se sorprendió al comprobar que podía abrirla.

«¿Es que aquí nadie cierra la puerta?», se preguntó.

Tenía que recordarle a Tessa cada dos por tres que cerrara con llave la casa de Randi cada vez que salía. Ella le hacía caso, pero siempre entornaba los ojos y le recordaba que Amesport no era Nueva York. Quizá él era un poco paranoico, pero nunca había estado en un pueblo donde la mitad de la gente no cerrara con llave.

Entró en el restaurante y cerró la puerta.

Mientras se dirigía a la cocina, donde se oía ruido como si hubiera alguien trabajando, observó el pequeño local y se fijó en las cortinas raídas y las mesas destartaladas. Las paredes también necesitaban una mano de pintura, como la fachada. Era raro, pero con todos esos adornos náuticos, parecía casi normal que el lugar tuviera aquel aspecto tan destartalado.

—Está cerrado —dijo Liam desde el otro lado de la ventana de pedidos.

—Lo sé —replicó Micah, que se dirigió a la cocina y entró sin que lo hubieran invitado. Cuando se encontró frente al hermano de Tessa, añadió—: Quería hablar contigo.

—He dicho… que está cerrado. Sal de aquí ahora mismo —le espetó Liam.

Micah negó con la cabeza, apoyó la cadera en la barra y se cruzó de brazos a un par de metros de él.

—No puedo. Quiero hacerte una propuesta de negocios.

—No necesito nada de ti, Sinclair —gruñó Liam, que retomó la tarea que tenía entre manos antes de que entrara Micah: limpiar la cola de una langosta y cortarla en rodajas. Puso la carne en un contenedor de plástico, para preparar los sándwiches de langosta que vendería más tarde.

—Creo que podría resultarte de cierto interés —insistió Micah, sin dejar de observar a Liam.

Debía admitir que sabía trabajar bien el producto. Estaba limpiando las langostas a una velocidad de vértigo y con una facilidad pasmosa.

—Lo dudo —dijo Liam, que empezó a cortar el marisco con más fuerza de la estrictamente necesaria.

—Quiero que creemos una sociedad, invertir dinero para restaurar el edificio, renovar la cocina y lo que sea necesario.

Liam se detuvo y lo miró fijamente.

—¿Por qué diablos te interesa un negocio así? No te necesito. ¿Se puede saber qué haces aquí? —Frunció el ceño en un gesto que no presagiaba nada bueno—. Aléjate de Tessa.

Micah sonrió. La advertencia de Liam llegaba un poco tarde.

—Hemos estado juntos. Varias veces.

Se le borró la sonrisa de la cara cuando Liam se abalanzó sobre él y lo agarró del cuello de su polo.

—¿La has tocado?

«¡Qué estirado es! Y creía que lo mío era exagerado», pensó Micah.

—Lo que hagamos o dejemos de hacer no es asunto tuyo. Tessa es adulta —gruñó Micah mientras apartaba las manos de Liam—. Y a ver si aprendes a controlarte y a quitarme las manos de encima. He venido a hablar.

El hermano de Tessa se volvió rojo de ira.

—No es una de esas mujeres de la que puedas aprovecharte, usarla para luego deshacerte de ella. Ya ha pasado por eso y no quiero que vuelva a sufrir. Quizá sea lo bastante mayor para saber qué quiere, pero a veces tiene una vena impulsiva que la lleva por el mal camino.

—Lo sé —dijo Micah, arreglándose el cuello del polo—. Y no tengo ninguna intención de deshacerme de ella. Me preocupa.

«¡Me preocupa demasiado!», pensó.

Liam lanzó un bufido de rabia.

—Lo que tú digas. Y ahora lárgate de aquí.

Micah no hizo caso de su comentario.

—Quiero invertir en el restaurante, ayudar a renovarlo.

—¿Por qué? —Liam lo miraba con recelo.

—Es uno de los locales favoritos de la gente de Amesport y vale la pena hacer el esfuerzo.

—Eso puedo hacerlo yo.

—Entonces, ¿por qué Tessa se está dejando la piel para encontrar el dinero necesario de las obras? Controla hasta el último centavo que gana.

—Nuestros padres nos dejaron su casa, que no está hipotecada, y unos ahorros considerables —explicó Liam, cortante—. Lo último que necesito es tu dinero. Ya le he dicho varias veces a Tessa que tenemos lo necesario, pero se niega a consultar nuestra cuenta conjunta. Dice que ese dinero es mío.

—Entonces, ¿no tiene por qué trabajar limpiando casas?

—¡Claro que no! Si no fuera tan tozuda, se daría cuenta de que tenemos suficiente dinero. Pero no quiere verlo. Nuestros padres nos dejaron una buena herencia. Nos va muy bien con el restaurante y yo también hago algún que otro trabajo como consultor. No tengo que pagar el alquiler de ninguna casa y puedo ahorrar. El único problema que tengo es la falta de tiempo. No es fácil cerrar un restaurante para renovarlo, pero mi idea es aprovechar el invierno.

—¿Qué tipo de servicios de consultoría ofreces? —preguntó Micah con curiosidad.

—He trabajado en varios proyectos de cine y televisión haciendo efectos especiales y escenas de riesgo —dijo Liam con voz grave—. Cuando alguien necesita asesoramiento, puedo ayudarlo como consultor. Tengo patentados varios productos y gano mucho dinero con mis derechos de autor. Lo último que necesito es más dinero.

«Interesante. Si Liam y yo no nos odiáramos a muerte, podríamos ser amigos», pensó Micah.

Liam Sullivan había estudiado ingeniería y era un especialista en el diseño de escenas arriesgadas y efectos especiales. Si no hubiera ido a verlo por otro motivo, lo estaría bombardeando a preguntas.

—Quiero ayudar a Tessa —insistió Micah. Aunque ella no necesitara su dinero, quería quitarle la presión de renovar el restaurante.

—Lo último que necesita mi hermana es la ayuda de un Sinclair —le soltó Liam, que aún tenía la cara roja por la ira.

—No te imaginas cuánto lamento llevarte la contraria, pero te equivocas —replicó Micah con sarcasmo—. Ha vuelto a patinar, algo que debería haber hecho hace mucho tiempo.

Liam soltó un bufido.

—No puede patinar.

—Algo que tú consideras que es culpa tuya —le dijo Micah como quien no quiere la cosa.

—Es que es culpa mía —gruñó Liam—. ¿Cómo diablos patina ahora? La pista está cerrada.

—Me he encargado de abrirla. Está recuperando su habilidad y dentro de unas semanas participará en un acto de reencuentro de antiguos campeones olímpicos.

Liam dio un paso al frente y volvió a agarrar a Micah del polo.

—¿Qué diablos le estás haciendo a mi hermana? No puede patinar. Estoy muy orgulloso del modo en que ha logrado adaptarse después de perder el oído, pero aún no ha asimilado su discapacidad. ¿Qué pasará si fracasa, idiota? ¿Eh? ¿Estarás a su lado para cuidar de ella cuando su mundo se derrumbe otra vez?

Micah estaba empezando a perder los estribos, apartó el brazo de Liam de malas maneras y, sin pensárselo, le dio un puñetazo en la cara. Liam chocó con la mesa de la cocina.

Micah negó con la cabeza, enfadado consigo mismo por haberse hecho daño en los nudillos con el imbécil del hermano de Tessa.

—Te lo he pedido por las buenas, así que no te lo volveré a pedir —le advirtió a Liam con un gruñido—. Quizá seas más grande, pero he practicado artes marciales desde que era pequeño y aprendí a luchar con los mejores maestros de los deportes extremos. Vuelve a tocarme y te daré una buena paliza.

—Cabrón —le espetó Liam, que se dirigió al otro extremo de la cocina para buscar una toalla limpia con la que cortar la hemorragia.

Volvió con la nariz tapada, se detuvo ante Micah y lo fulminó con la mirada.

—Eres rápido —confesó con un gesto de dolor, sin quitarse la toalla.

Micah se encogió de hombros.

—Aún puedo serlo más, pero no he venido aquí para pelearme contigo, sino a ayudar. Me da igual que lo quieras entender o no, pero tu hermana es capaz de patinar. El hecho de perder el oído no afectó a sus habilidades en el hielo. Sí, le falta práctica, pero está mejorando a pasos agigantados y cuando reaparezca en Nueva York tendrá un nivel increíble. En el fondo ella lo quería, lo necesitaba. Nadie la ha obligado a nada.

Micah se estremeció de un modo apenas perceptible porque lo cierto era que él sí la había desafiado. Pero Tessa habría sido perfectamente capaz de pedirle que la dejara en paz.

—¿Cómo es posible que se haya reabierto la pista? —preguntó Liam con un gruñido.

—Soy el dueño de la mayoría de las propiedades de esa parte de la ciudad, así como de la pista y de la antigua casa de Randi. Fui yo quien animó a Tessa para que volviera a calzarse los patines. Ella echaba de menos esa parte tan importante de su vida.

Liam fulminó a Micah con la mirada.

—Acabarás haciéndole daño, Sinclair —le advirtió—. Y cuando eso suceda, juro que te mataré.

—No le haré daño. Sin el patinaje, Tessa no se sentía realizada.

—Era feliz —insistió Liam.

—¿Feliz? ¡Pero si siempre estabas encima de ella y no parabas de decirle lo que podía y no podía hacer! Además, tenía que cargar con tu sentimiento de culpa. ¿Crees que era feliz? —Micah alzó la voz de forma inconsciente, a punto de gritarle para hacerlo entrar en razón.

—Soy el único que puede protegerla —bramó Liam.

—Ya no —replicó Micah con un tono más bajo y amenazador.

—¿Crees que ha asumido mi sentimiento de culpa? —preguntó Liam, confundido.

—Claro. Se siente culpable de que te sientas culpable. —Sonaba muy extraño, pero era… la verdad. Tanto si le gustaba a Liam como si no—. Tienes que superarlo de una vez, no fue culpa tuya. Nadie podía saber que Tessa iba a ponerse enferma o que se quedaría sorda. En cierto sentido te entiendo, pero si lo hubieras sabido habrías estado a su lado. Sin embargo, no pudiste estar ahí y al final ocurrió lo peor.

—Tendría que haber estado con ella…

—Pero tenías que hacer frente a tus responsabilidades, acabar tu trabajo. Tomaste la misma decisión que habría tomado cualquier persona que se preocupe por sus responsabilidades. Anulaste la excursión. Yo habría hecho lo mismo.

Liam dio un puñetazo en la mesa.

—¡Mierda! No entiendo por qué sucedió. Menos aún, a alguien como Tessa. No le ha hecho daño a nadie en toda su vida. No se lo merece.

Regresó a la parte posterior de la cocina y tiró la toalla que había usado. Cuando volvió, su cara era una máscara oscura de remordimientos.

Durante un instante fugaz, Micah sintió compasión por el hombre que tenía delante. Tessa no merecía ninguna de las desgracias que le habían ocurrido, pero la vida era así.

—Está viva y se ha sobrepuesto a la situación con más valor que la mayoría de las personas.

—Por eso tengo que estar a su lado. ¿No lo entiendes? Quiero que esté a salvo. Ahora que nuestros padres ya han muerto, es la única familia que me queda.

Micah asintió con un gesto brusco.

—Sí, lo entiendo. Pero lo que estás haciendo ahora no es mantenerla a salvo, sino que la estás ahogando. Tessa puede hacer prácticamente lo mismo que cualquier mujer que no sea sorda. Es inteligente y tiene un gran talento. Si sigues con esa actitud, se cansará.

—¿De verdad que puede patinar? —preguntó Liam con un deje de incomodidad.

—Como una campeona —respondió Micah.

Liam negó con la cabeza, confundido.

—Creía que me necesitaba.

—Te necesitaba. Y aún te necesita porque eres su hermano y quiere tu apoyo. Pero lo que no necesita es que le digas constantemente qué puede y qué no puede hacer. Sin embargo, como no quiere herirte, nunca te lo dirá. —Micah dudó antes de añadir—: Me gustaría ayudaros con el restaurante. Es muy importante para Tessa y también para la comunidad.

Liam negó de nuevo con la cabeza.

—Mira, cuando te he dicho que no necesito tu ayuda, era en serio. Si no he restaurado el local es porque no tenía tiempo, no porque me falte el dinero. Me gano muy bien la vida con mi trabajo de asesor y con los derechos de autor. Y el restaurante también da beneficio. Tessa y yo no gastamos demasiado porque siempre estamos trabajando. Yo no quería que mi hermana buscara trabajo, pero me dijo que se aburría. Creía que era lo que ella deseaba. Incluso después de las obras, la cuenta del negocio seguirá teniendo unos fondos considerables. Además, compartimos la propiedad de una casa que no está hipotecada. Te aseguro que no pasa apuros. Lo que haré será separar los fondos e ingresarle el dinero en su cuenta.

Supongo que es la única forma de que entienda que no le falta de nada y a mí tampoco. Y ahora que ha acabado la temporada alta de verano, aprovecharé para programar las obras. Hablaré con ella para que entienda de una vez por todas que tiene unos ahorros que le permiten vivir holgadamente.

Micah asintió y se cruzó de brazos ante él.

—Bien. Porque las primeras dos veces que coincidimos, uno de los dos estaba desnudo por culpa del segundo trabajo de Tessa. No quiero que vuelva a ver a un hombre sin ropa a menos que sea yo.

Liam intentó agarrarlo.

—¿Te estás acostando con ella? —gruñó.

Micah le apartó las manos.

—Ni se te ocurra. —Miró fijamente a Liam, con la misma ira que él—. Lo que pase o deje de pasar entre tu hermana y yo no es asunto tuyo, pero que sepas que no pienso dejarla tirada. Nunca. —Pronunció la última palabra apretando los dientes—. Es la mujer más importante que ha habido jamás en mi vida.

Liam dio una vuelta alrededor de Micah antes de replicarle.

—No confío en ti.

Micah le dedicó una sonrisa de suficiencia.

—Quizá ahora no, pero lo harás. Tessa quiere que te dediques a lo que te gusta. ¿No preferirías volver a dedicarte a lo que hacías antes de dejarlo todo para estar con ella?

—Ni hablar. Me gustaba mi trabajo, pero este restaurante es nuestro legado. En estos momentos Amesport es mi hogar. No preferiría estar en ningún otro lado. Jamás volvería a la gran ciudad. Hay demasiada gente.

Micah asintió.

—Me alegro. Quizá deberías decírselo a tu hermana porque está convencida de que lo has sacrificado todo por ella.

—No he sacrificado nada —gruñó Liam—. Quiero estar aquí.

—¡Liam! —exclamó una voz femenina desde la entrada del restaurante antes de que una chica morena muy vivaracha entrara en la cocina. Se detuvo un momento y su sonrisa despreocupada dio paso a un gesto de seriedad—. ¿Qué te ha pasado? Estás sangrando.

Liam levantó una mano.

—Estoy bien. ¿Puedes encargarte de acabar de limpiar las langostas para los sándwiches?

—Mmm… claro —respondió con cautela, dirigiéndose lentamente a la zona de producción.

Micah se fijó en Liam, que no le quitó el ojo de encima a la mujer. Era obvio que trabajaba en el restaurante. De hecho, su mirada se suavizó miraba observaba a la zona de preparación de alimentos.

—Es atractiva —dijo Micah en voz baja para que la morena no lo oyera.

—Es joven —replicó Liam, que apartó la vista de la chica y volvió a mirar a Micah.

—Yo diría que ya ha cumplido los veintiuno.

—Pocos más tendrá —dijo Liam, con un deje de tristeza.

Micah sacó varias entradas que le había pedido a su secretaria que le enviara y le dio dos a Liam. Se guardó el resto en el bolsillo.

—Quizá le gustaría venir a Nueva York a ver patinar a Tessa. Toma, dos entradas para el acto benéfico. Espero que vayas.

Liam se las arrancó de la mano.

—Claro que iré. Solo espero que tengas razón o te mataré —murmuró.

—Tu hermana tiene muchas ganas de volver a patinar. Intenta alegrarte por ella en lugar de ser un aguafiestas, ¿quieres?

Lo último que quería Micah era que Tessa tuviera que preocuparse por lo que sentía su hermano en su gran noche.

Se volvió para salir del restaurante, pero Liam lo detuvo, aunque esta vez lo sujetó del antebrazo.

—¿Estás seguro de que podrá hacerlo? —le preguntó Liam con un deje de preocupación—. ¿Y si se cae?

—Si se cae, se levantará y seguirá patinando —respondió Micah, apartándole la mano—. Como ha hecho siempre —añadió mientras se dirigía hacia la puerta.

Micah no quería que Liam supiera que él había tenido los mismos miedos. Tampoco quería que Tessa se cayera porque lo último que deseaba era que se hiciera daño. Pero confiaba plenamente en ella y sabía que podría manejarse en el hielo, aunque tuviera algún tropezón.

Había tenido que contenerse muchas veces, pero se dio cuenta de que no podía retenerla, del mismo modo que a él no le gustaría que intentaran mantenerlo alejado de aquello que amaba.

«Si cree que no sé distinguir entre un doble y un triple salto, se equivoca», pensó.

Micah sabía que Tessa había logrado hacer ese triple salto en la pista, y fue ese el momento en que se dio cuenta de que no podía impedirle que hiciera lo que le gustaba por culpa del miedo irracional que sea apoderaba de él cada vez que pensaba que podía hacerse daño. Sí, había sido un auténtico calvario, pero quería que Tessa fuera libre, no mantenerla recluida en su pequeña zona de confort.

No miró atrás. Prefirió dejar sufrir un poco a Liam, quien debía pensar en lo que verdaderamente necesitaba Tessa, que no era, desde luego, un hermano sobreprotector.

«A mí. Me necesita a mí, hostia», pensó.

Quizá Tessa merecía algo mejor que un hombre que solo vivía para satisfacer sus necesidades de adrenalina. Sin embargo, Micah no estaba dispuesto a dejar que ningún otro hombre volviera a tocarla.

Tiró con fuerza de la puerta, que se quedó atrancada, antes de acabar cediendo.

—¿Señor Sinclair? Sabía que estaba aquí.

Micah cerró la puerta tras de sí y se topó con dos ancianas que le cortaban el paso.

Ambas tenían el pelo corto y entrecano y eran de una altura similar, por lo que a Micah le costaba bastante distinguirlas. Observó su rostro sonriente y dedujo que Beatrice Gardener era la de la izquierda solo porque vestía ropa más extravagante y colorida. Elsie Renfrew lucía un atuendo más conservador, zapato plano, y lo miraba como si se hubiera sorprendido de verlo. Beatrice, que llevaba una falda púrpura y holgada y una blusa de un color más claro, no pareció inmutarse al descubrir su presencia en Amesport.

Él las saludó con un gesto de la cabeza.

—Señoras —les dijo con educación. Apenas las conocía. Uno de los primeros contactos se había producido cuando Beatrice le regaló la piedra que, curiosamente, aún llevaba en el bolsillo. La miró y le preguntó por el curioso modo en que lo habían abordado—. ¿Cómo sabían que estaba aquí?

Hasta hacía muy poco ni siquiera él había sabido que iba a abandonar Nueva York para descansar un poco de la gran urbe.

—Porque su destino es Amesport —le dijo Beatrice como si fuera la cosa más natural del mundo—. Sabía que vendría. Puede intentar oponerse a su destino, pero tarde o temprano acabará cediendo. La piedra debería ayudarlo. ¿Aún no ha visto a Tessa?

Micah miró a las ancianas, sorprendido.

—¿Cree que Tessa también es mi destino?

En esta ocasión fue Elsie quien asintió.

—Lo sabe desde hace tiempo. Es una chica muy del estilo de los Sinclair.

Siempre las había considerado un pelín excéntricas. Las había conocido en la fiesta de invierno de Hope y luego habían coincidido en la boda de Evan. Eran inofensivas, pero a veces le costaba entenderlas.

Elsie era un miembro respetado de la comunidad. Por algún extraño motivo, Beatrice también lograba atraer la atención de la gente, pero nunca había entendido por qué. Tenía una tienda de estilo neohippy llamada Natural Elements o algo parecido, si mal no recordaba, pero Micah no confiaba demasiado en sus dotes de adivina o sus poderes extrasensoriales. Siempre había creído que la gente de Amesport le daba cuerda porque era mayor.

Metió la mano en el bolsillo del pantalón y sacó la piedra negra que le había regalado Beatrice.

—¿Por esto? —le preguntó. Abrió la mano y se dio cuenta de algo muy extraño: la piedra estaba... caliente.

«Estoy empezando a imaginar cosas raras. Claro que está caliente. ¡La llevaba en el bolsillo!», pensó Micah.

Beatrice negó con la cabeza.

—No es por la lágrima apache. Tessa siempre ha sido tu alma gemela, tu destino. Yo solo te di la piedra para que pudieras reconocerlo.

Micah guardó silencio unos segundos antes de volver a hablar:

—¿Qué las trae por aquí?

—Pues venimos a cenar —dijeron como si Micah debiera saber qué hacían ahí—. Sirven la mejor langosta de la zona.

Micah notó que se le erizaba el vello de la nuca y se la acarició con la mano, desconcertado por los cuatro ojos que lo observaban.

—Ah... claro. Pues no las entretengo más.

Se volvió, giró el letrero de la puerta a ABIERTO y se la abrió. Además, ya era la hora. Liam debería haber empezado a servir.

Se guardó la piedra en el bolsillo, preguntándose cómo era posible que Beatrice lo hubiera emparejado con Tessa antes siquiera de que él se hubiera dado cuenta de la atracción que sentía por ella. A decir verdad, era algo que daba un poco de miedo, pero había una pequeña parte de él que también estaba fascinada. La autoproclamada casamentera había hecho lo mismo con los demás primos Sinclair. ¿Era posible que de algún modo supiera…?

Micah apoyó una mano en el hombro de Beatrice con un gesto amable cuando la anciana pasaba a su lado.

—¿Y Julian y Xander?

«¡No me puedo creer que le haya preguntado eso!», pensó Micah.

Beatrice le dedicó la más radiante de sus sonrisas.

—El destino de Julian ya está decidido. El de Xander no está tan claro. No lo he conocido en persona, pero me parece un chico muy atormentado. Aun así, confío en que logrará salir adelante.

—¿Está segura? —Aunque no creía en los poderes adivinatorios de la mujer, las palabras tranquilizadoras sobre su hermano suponían una pequeña alegría—. ¿Quién cree que será la pareja de Julian?

Beatrice adoptó un gesto pensativo y le acarició la mejilla.

—Tú preocúpate de tu relación con Tessa. Tus hermanos sabrán lo que deben hacer a su debido tiempo.

Micah se quedó boquiabierto mientras ambas mujeres se despedían con la mano y desaparecían en el interior del restaurante destartalado.

Negó un par de veces con la cabeza y echó a andar. Aún sentía el calor que desprendía la piedra del bolsillo mientras se decía que no existía el destino… ni las almas gemelas.

Cuando llegó a su furgoneta, casi había logrado convencerse de que las ancianas eran un poco excéntricas, nada más.

Pero si la piedra que tenía en el bolsillo dejara de quemarle, le resultaría más fácil creerse sus propias palabras.

Capítulo 11

En los días siguientes todo giró en torno a los límites que había superado Tessa. Había visto a Liam, pero su hermano no pareció sorprenderse demasiado por su decisión de volver a patinar y, de hecho, la animó a hacerlo, una reacción del todo inesperada.

Micah había dejado la casa de invitados y había llevado una bolsa con ropa. Tessa suponía que ninguno de los dos quería dejar pasar la oportunidad de seguir profundizando en la tórrida relación que existía entre ambos. Ese era, al menos, el deseo de ella. Ahora que había tomado la decisión de vivir el momento y disfrutar al máximo del tiempo que podía pasar con Micah, quería gozar de la vida.

Hasta hoy.

Habían empezado el día saliendo a correr, como hacían habitualmente, y luego ella se fue a la pista de patinaje. Estaba evolucionando correctamente, cada vez le salía mejor el número, incluidos los saltos y las secuencias más complejas. Tenían la música, una grabación de un número coreografiado que ya había hecho en el pasado. Cuando pasaba junto a Micah, que la observaba desde detrás de la barrera, este le indicaba con gestos cómo podía corregirse si no iba sincronizada con la música. Tessa tenía que interpretar mentalmente la melodía, pero de momento no le estaba saliendo mal.

Micah le había prometido que estaría a su lado en Nueva York y los nervios que sentía al principio habían ido desapareciendo poco a poco. Ya no competía profesionalmente, por lo que podía limitarse a disfrutar del momento, de la sensación agradable de volver a deslizarse sobre la pista de hielo.

Entonces Micah le mostró el pulgar para indicarle que estaba preparado.

—No me puedo creer que vaya a hacer esto —susurró Tessa para sí, mientras observaba el vacío de más de cuatro mil metros que había al otro lado de la puerta abierta del avión. ¿En qué pensaba? ¿De verdad quería saltar de un avión que era perfectamente seguro?

En los últimos días salían de la pista más temprano porque ya solo tenía que entrenar el número y asegurarse de que todo evolucionaba correctamente. Luego Micah la llevaba a algún sitio a hacer una locura. Así había sido en los últimos dos días. Aquel era el tercero.

Tessa había disfrutado haciendo paravela con él. Había una pequeña empresa en el pueblo que lo ofrecía desde hacía un tiempo, pero nunca se había animado a probarlo. Sin embargo, se sentía cómoda en las alturas y había aprendido a nadar desde bien pequeña.

El día anterior habían hecho escalada, y aprender con uno de los mejores especialistas en escalada libre en solitario del mundo, título que ostentaba Micah, fue extraordinario. Él la obligó a utilizar todo el equipamiento de seguridad existente, de modo que no debió de disfrutar mucho de la experiencia. A fin de cuentas, habían elegido una pared muy sencilla. Aun así, Tessa se sintió muy orgullosa de sí misma al coronar la cima.

Hoy, sin embargo, estaba aterrada. Sí, quería probar experiencias nuevas que la obligaran a salir de su zona de confort, pero eso era ir demasiado lejos.

Notaba la presencia tranquilizadora del cuerpo de Micah tras ella. Ambos estaban unidos con arneses y correas a la altura del pecho, hombros y piernas.

«Él se encargará de todo. Lo único que debo hacer es no molestarlo y recordar sus instrucciones. Tengo que relajarme».

—No sé si estoy preparada —dijo Tessa a gritos, consciente del ruido que había en el avión. Micah la había avisado de que debía gritar para que pudiera oírla. Tessa asomó de nuevo la cabeza por la puerta con cautela—. ¿Y si se me olvida algo?

Él le dio una nota que había escrito antes de despegar:

«Confía en mí. Estaremos unidos con los arneses y no te dejaré caer».

Las palabras escritas a toda prisa estuvieron a punto de hacerla llorar. ¿Cómo sabía Micah que tendría miedo cuando estuvieran atados y no pudiera verle la cara?

Iba a saltar en tándem en paracaídas con Micah, que se había encargado de reservar el avión y de elegir la zona de aterrizaje seguro. Aun así sentía un torbellino de nervios en el estómago.

Después de darle las instrucciones necesarias, subieron a un avión pilotado por alguien de la confianza de Micah. Era un consumado paracaidista y tenía las credenciales necesarias para hacer saltos en tándem. Había hecho hincapié en que iban a usar equipamiento de Xtreme Dive, el mejor del mercado, en opinión de Micah, lo que provocó las carcajadas de Tessa ante aquella muestra de arrogancia.

Para ella no era ninguna sorpresa que Micah hubiera hecho miles de saltos sin problemas: individuales, en tándem, en grupo y en formación. Era el líder de uno de los equipos de paracaidismo acrobático más respetados del mundo.

El salto que estaban a punto de hacer debía de ser un ejercicio de lo más rutinario para él. Pero Tessa estaba más nerviosa que cuando participó en los Juegos Olímpicos. La mayoría de los patinadores no miraban a la muerte de frente mientras practicaban su deporte.

«No pasará nada. Me ha contado que tiene el récord de saltos seguros. Es muy extraño que se produzca algún accidente entre saltadores habituales».

Todo se reducía a las palabras que le había escrito en el pedazo de papel; todo se reducía a que confiara en él. ¿Podría hacerlo?

Tessa se guardó la nota en un bolsillo con cremallera del mono protector.

A continuación le dio el OK con el pulgar. A decir verdad, sí que confiaba en él, y la delicada nota que le había escrito antes de despegar no hacía sino reforzar el vínculo existente entre ambos. Tessa estaba dispuesta a saltar con él, del mismo modo en que había dado otros saltos al vacío con Micah en las últimas semanas. Solo quería estar con él, aunque ello supusiera saltar de un avión a más de cuatro mil metros de altura.

Micah decidió no perder más el tiempo, le hizo la señal de saltar y ambos se precipitaron por la puerta del avión.

Tessa estuvo a punto de escupir el corazón por la boca. Aferrada a Micah, tenía la sensación de que se estaban precipitando hacia el suelo a una velocidad peligrosa. En cuanto abandonaron el avión, puso los brazos en la posición correcta y un grito silencioso empezó a resonar en su cabeza al notar la fricción con el aire. Sus cuerpos seguían cayendo a una velocidad que jamás habría podido imaginarse.

La caída libre solo duraba un minuto, más o menos, pero se acostumbró a la velocidad tan solo unos segundos después de haber iniciado el salto. Si iba a morir, poco podía hacer al respecto y quería, al menos, disfrutar del momento.

En esos instantes Micah oía tan poco como ella, o eso le había dicho. No solo llevaban cascos protectores, sino que cuando descendías a más de ciento sesenta kilómetros por hora, era casi imposible oír algo que no fuera el viento. Él le había dicho que durante esa fase el paracaidista solo podía percibir el zumbido del aire.

El corazón de Tessa latía desbocado mientras observaba la escena a su alrededor a través de las gafas protectoras, flotando como si fuera un ave. Los segundos pasaban a toda velocidad a medida que el suelo se acercaba cada vez más. Tessa estaba disfrutando de la excitación del salto en tándem. Nunca se había sentido tan desinhibida. La adrenalina fluía a toda velocidad por su cuerpo cuando el paracaídas se abrió y Micah inició la maniobra de aproximación a la zona de aterrizaje.

La sensación de asombro no finalizó cuando empezaron a planear, a una altura que en otras circunstancias quizá le habría resultado aterradora. Aún se sentía arropada por el cuerpo musculoso de Micah y a medida que se acercaban más y más al suelo, se sentía... segura.

Tessa apartó las piernas a un lado cuando estaban a punto de aterrizar. Micah cayó de pie y logró detenerlos con una maniobra suave.

En cuanto se detuvieron, él la liberó de los mecanismos de seguridad rápidamente. Tessa se quitó el casco mientras se volvía hacia él y enseguida vio su sonrisa de oreja a oreja.

En total el salto solo había durado unos cinco minutos, pero la experiencia había sido una de las más emocionantes de toda su vida.

—Oh, Dios mío, ha sido fantástico —gritó Tessa, incapaz de contener sus emociones.

—¿Tenías miedo? —le preguntó Micah con lengua de signos mientras se quitaba el casco y se desabrochaba el mono hasta la cintura.

—Muchísimo —respondió ella—. Pero se me ha pasado en cuanto hemos saltado del avión.

—Es normal tener miedo la primera vez —dijo él.

—¿Podría aprender a saltar sola? —le preguntó emocionada.

—Ya veremos. —Su sonrisa fue reemplazada por una mirada pensativa—. Es que me ha gustado bastante la postura en la que hemos saltado.

Tessa sonrió ante su comentario provocativo. En ese instante llegó la furgoneta que debía recogerlos y los hombres que bajaron se encargaron del paracaídas que Micah ya se había quitado.

Tessa quería darle las gracias, pero ¿cómo podía mostrar su agradecimiento a un hombre que le había devuelto la vida? Micah nunca la había tratado de forma diferente por el hecho de que no pudiera oír. Había sabido cómo tratarla para animarla a superar sus límites, pero nunca había considerado su sordera como una discapacidad. Por primera vez, alguien la trataba del mismo modo que cuando podía oír.

En cuanto Micah se quitó todas las protecciones, Tessa se lanzó sobre él y lo abrazó. Él también la estrechó, como si comprendiera las emociones que no podía verbalizar. Fue un abrazo muy fuerte, como si no fueran a soltarse jamás.

***

Al cabo de unas horas, Tessa lanzó un suspiro de alivio cuando el agua caliente de la ducha empezó a deslizarse por su cuerpo, contenta de librarse por fin del mal olor. Después de salir a correr a primera hora, el entrenamiento en la pista de patinaje y el salto en paracaídas, era consciente de que olía a rayos. Se había metido en la ducha en cuanto Micah salió por la puerta de la antigua casa de Randi. Estaba tan a gusto bajo el chorro de agua que se sobresaltó cuando Micah abrió la puerta del baño y entró como Pedro por su casa. A fin de cuentas, era la suya.

La ducha era pequeña, pero a Tessa no le importó. Se hizo a un lado y dejó que él se enjabonara, deleitándose con la visión de su cuerpo escultural. Cuando acabó, la atrajo hacia sí y ella le echó los brazos al cuello.

—No me canso de verte desnudo —admitió ella, observando sus atractivos rasgos mientras le caía una gota de agua del pelo húmedo.

Sin mediar palabra, Micah se inclinó para besarla con una pasión que le dejó la mente en blanco.

Lo único que podía hacer era sentir el calor que desprendía la boca de Micah, entregarse al anhelo pasional de su alma, que conectaba con los deseos más lujuriosos de él.

—No me canso de acariciarte —le dijo Micah cuando se apartó unos segundos y rodeó sus pechos con sus manos húmedas.

—Pues tócame —le suplicó ella.

Tessa ladeó la cabeza cuando la lengua de Micah empezó a deslizarse por su cuello sin obstáculos.

Ella era consciente de que se estaba volviendo adicta a Micah, pero era una sensación embriagadora a la que no deseaba renunciar. Tessa le acarició los pectorales y bajó hasta llegar a la verga dura que la esperaba con una potente erección.

—Esto es lo que quiero —insistió Tessa, que se arrodilló lentamente en la estrecha ducha.

Normalmente Micah se quejaba cuando ella intentaba darle placer con la lengua. La apartaba para poder penetrarla. Pero esta vez a Tessa se le aceleró el corazón cuando notó sus manos agarrándola del pelo, permitiendo que se recreara para saborear su esencia.

Ella empezó a lamer y a chupar, deslizando la lengua por el glande con una entrega absoluta, presa de la necesidad irreprimible de devolverle el placer que le había dado él en los últimos días.

Micah la agarró con fuerza del pelo, rozando el dolor. Ella alzó la vista y vio que había inclinado la cabeza hacia atrás, apoyándola en la mampara. Parecía a punto de perder el control.

Ella aceleró el ritmo, chupándosela con más fuerza, usando las manos para aumentar la fricción y el placer.

Tessa cerró los ojos, preparada para llevarlo al orgasmo con su boca, pero se sobresaltó cuando él la apartó agarrándola del pelo para que pudiera mirarlo a la cara.

—¡Levántate!

La sujetó de los antebrazos con fuerza y la puso en pie.

Ella estaba jadeando mientras el agua caliente corría por su espalda y lo miró, nerviosa.

—¿Qué ha pasado? Creía que te gustaba…

—Demasiado, me gusta —le dijo él, abriendo la mampara con una mano—. No habría aguantado mucho más si me la hubieras seguido mamando de esa manera.

Le hizo un gesto para que saliera y ella obedeció a regañadientes. Se quedó en la alfombra mullida que había frente a la ducha. Cuando estaba a punto de alcanzar la toalla para taparse, Micah la agarró de la cintura.

Ella levantó la mirada hasta ver su rostro en el espejo que había sobre el lavamanos. Al ver el gesto de Micah se dio cuenta de que estaba mojada de pura excitación. Los ojos oscuros de su amante rezumaban una desesperación que le llegó al alma. Durante un rato sus miradas se cruzaron en el espejo y se comunicaron sin palabras.

Al final, Micah salió del estado de trance, se acercó a ella, le separó las piernas con los pies y la inclinó hacia delante. Su deseo animal era contagioso y Tessa obedeció. Apoyó las manos en el armario con un único pensamiento en la cabeza: sentirlo dentro cuanto antes.

Tessa agachó la cabeza y arqueó la espalda al notar los dedos de Micah entre sus muslos.

—No me hagas esperar más —le pidió entre jadeos, consciente de que no podría soportar esas provocaciones mucho tiempo más.

Levantó la cabeza cuando él la agarró del pelo mojado porque quería decirle algo.

—Esto es lo que quería hacer contigo desde que te vi en el baño de la casa de invitados. Quería que te inclinaras ante mí y clavártela hasta el fondo para que desapareciera el dolor que sentía por no poder estar contigo.

Tessa notó una contracción al leerle los labios, imaginando su tono de voz grave.

Aún le costaba creer que alguien como Micah sintiera aquella pasión desenfrenada por ella, que no era más que la chica de la limpieza de la casa de invitados de los Sinclair. Aquel día llevaba ropa vieja y estaba empapada por culpa de la ventisca que azotaba la zona. Menudas pintas tenía, pero aun así creía lo que le decía. Ella también lo deseaba desde que se conocieron. También se quedó embobada viendo su cuerpo apolíneo desnudo, recién salido de la ducha. La atracción que sentía ella era lógica. La de Micah… no tanto.

—Pues hazlo ya —suplicó Tessa, observando su mirada lujuriosa—. Hazlo.

—No podrás escapar —dijo él, con los músculos de la mandíbula en tensión—. Es como si estuviera a punto de hacer realidad una fantasía que tengo desde hace mucho tiempo.

Empezó a acariciarle el clítoris e introdujo un dedo como si fuera suya. Ella lanzó un gemido y agachó de nuevo la cabeza, incapaz de articular ninguna palabra más. Entonces sintió el glande que empezaba a abrirse paso entre sus piernas.

Ella empujó con las caderas, excitada, cuando Micah la penetró, y profirió un gemido de éxtasis al notar que se la clavaba hasta el fondo.

—Sí —gritó, estremeciéndose de placer.

Él la agarró de las caderas y empezó a bombear. Tessa se acopló enseguida a su ritmo, entregándose a cada una de sus embestidas.

Micah hacía el amor como vivía: de forma rápida, descarnada, como una fuerza de la naturaleza imparable, lo cual era una suerte porque lo último que deseaba en esos momentos era que parase. Se excitaba mucho cuando Micah reaccionaba de aquel modo, como si ella fuera la única persona que le importaba del mundo, la única que necesitaba. Era esa intensidad la que convertía sus encuentros en una experiencia tan lujuriosa, tan carnal que ella se entregaba ferozmente a la reacción erótica de su cuerpo y a las acometidas implacables de Micah para lograr su orgasmo.

El clímax no llegó de forma plácida. Fue una sacudida mientras Micah buscaba y encontraba su clítoris, masturbándola con los dedos mientras la embestía implacablemente.

—¡Oh, Dios, Micah! —gritó Tessa cuando los músculos vaginales se contrajeron con un espasmo.

Él la agarró de las caderas con más fuerza y la embistió unas cuantas veces más antes de parar, derramando su cálida esencia dentro de ella.

Aún entre escalofríos, Tessa levantó la cabeza para observarlo. Micah también había inclinado la cabeza hacia atrás, tenía los músculos del cuello flexionados y una expresión de éxtasis cuando abrió la boca para proferir un rugido silencioso y triunfal.

En ese momento lamentó no poder oír el gemido de Micah al llegar al orgasmo, pero se contentó con ver el escalofrío que recorrió su glorioso cuerpo, consciente de que había sentido el mismo placer estremecedor que ella.

Al cabo de unos instantes, agotada y exhausta, se entregó a los fuertes brazos de Micah, que la agarró del trasero, la sentó junto al lavamanos y apoyó su cabeza en su hombro. Tessa lanzó un suspiro de satisfacción cuando Micah le acarició la espalda desnuda y ella le rodeó el cuello con los brazos.

Relajada física y mentalmente, poco a poco fue recuperando el aliento, siguiendo el compás de la respiración de Micah.

«Esto es la calma después de la tormenta».

Tessa se había dado cuenta de que, a pesar de que había logrado sobrevivir todos esos años, no había empezado a vivir de verdad hasta conocer a Micah, hasta que él la empujó para que aspirase a más. A pesar de los éxitos que había cosechado, nunca había sido feliz del todo. Quizá cuando era joven y patinaba, sus ambiciones la habían consumido. Pero en algún momento había perdido su esencia, había olvidado lo que quería hacer con su vida. Sí, había sufrido un duro revés, pero había permitido que los demás pusieran unos límites muy estrechos a lo que podía y no podía hacer por ser sorda.

Ahora por fin comprendía que tenía muy pocos límites a menos que se los impusiera ella misma. Y sí, siempre habría alguna cosa que no podría hacer, pero lo mismo podía decirse de la mayoría de la gente por un motivo u otro.

¿Acaso su batalla inesperada con la meningitis no le había enseñado que la vida era fugaz y muy breve para no atreverse a hacer según qué cosas por culpa del miedo? Quizá en un primer momento no se había dado cuenta, pero ahora lo tenía muy claro.

Abrazó con fuerza a Micah. Sabía que llegaría el día en que tendría que dejarlo ir, pero no iba a arrepentirse de lo que había sucedido entre ellos. Nunca. El dolor de separarse de él nunca empañaría la experiencia de lo que había sentido a su lado, por poco que durase.

Cuando por fin se separaron, vio una sombra de preocupación que le ensombreció el rostro.

—¿Qué pasa? —le preguntó ella, acariciándole el brazo.

—No me he puesto el preservativo. ¡No me he puesto el maldito preservativo! —Micah se mesó el pelo mojado.

A Tessa se le cayó el alma a los pies cuando se dio cuenta de que ambos se habían dejado llevar de tal manera por la pasión del momento que se habían olvidado de utilizar protección. Micah estaba disgustado, y era normal, pero por suerte ella podía poner fin a sus preocupaciones.

Le estrechó el brazo con más fuerza y le dijo:

—Me hice una analítica completa cuando se acabó mi relación con Rick. Estoy limpia. Y antes de sufrir la meningitis, me puse un DIU de diez años. Creía que iba a casarme y no pensaba tener familia a corto plazo. —De hecho, ahora que pensaba en ello, ni siquiera sabía si Rick quería tener hijos. El tratamiento anticonceptivo había sido idea de él—. No me lo quité, así que no puedo quedarme embarazada. Confía en mí. No te dejaré caer —le dijo en voz baja, con la esperanza de levantarle el ánimo.

Micah la agarró de los hombros y la miró fijamente.

—¿Crees que me preocupaba eso? Quiero… —Dejó la frase a medias y volvió a empezar—: Necesito que confíes en mí, Tessa. Siempre he usado preservativo y sabes que hacía tiempo que no me acostaba con nadie, pero yo no hago esas tonterías. Nunca me olvido de usar el preservativo. Ha sido una estupidez. Estoy limpio, pero ¿y si no fuera así? ¡Maldita sea! Nunca confíes en alguien que busca una excusa para no ponerse el preservativo.

Por fin entendió lo que él intentaba decirle a su rebuscada manera. Tessa sonrió y le abrazó con fuerza.

—¿Me estás diciendo que no debería confiar en ti? En estos momentos eres el único hombre con el que mantengo relaciones sexuales.

—No, no estoy diciendo eso. Hablaba en general.

Tessa se acercó a él y empezó a rozarle los pectorales con sus pechos.

—Pues yo hablaba… muy en concreto. Si solo me acuesto contigo, y ambos estamos limpios, y yo uso un método anticonceptivo, ¿puedo confiar en ti?

—Claro que sí. ¿Crees que existe alguna otra mujer en estos momentos capaz de ponérmela dura? Solo reacciona ante ti.

—Pues confía en mí y vuelve a intentarlo. Me gustaría acabar lo que dejamos a medias en la ducha.

A Tessa se le aceleró el corazón cuando vio el gesto angustiado de Micah. Sabía a qué se refería, que no quería que confiara en que un hombre fuera a decirle siempre la verdad. Entonces se acercó a él y notó su aliento cálido en la mejilla mientras le decía:

—¿Confías en mí?

—Confío en ti. En los demás hombres… no, ya lo creo que no.

—Ahora mismo no estoy con otros hombres.

—¡Menos mal! Y nunca lo estarás, así que podemos dar por terminada la conversación.

Y antes de que pudiera reaccionar, la besó de modo que Tessa no pudo preguntarle a qué se refería. Y no tardó en olvidarse por completo del tema. El ataque que lanzó Micah contra sus sentidos le dejó la mente en blanco.

Capítulo 12

Esa misma noche, Julian entró en el Shamrock más por necesidad que por sus ganas de tomar una cerveza. Se sentó en una de las sillas desvencijadas que había junto a una de las ventanas, corrió la cortina desgastada y miró hacia Main Street con la esperanza de haber dado esquinazo a su grupo de fans.

Se reclinó en el asiento tras comprobar que no lo habían seguido, se quitó la gorra de béisbol y las gafas y las dejó en la mesa.

—¿Huyes de la policía? —le preguntó una dulce voz con un deje de sarcasmo.

Alzó la mirada y vio a Kristin, al frente del bar… otra vez. ¿Es que siempre la dejaban sola en el pub? Ya trabajaba a jornada completa en la consulta de Sarah. ¿Por qué la veía siempre ahí también?

—Hace tiempo que no, pero nunca se sabe —replicó sin demasiado convencimiento. No tenía muchas ganas de discutir con la pelirroja, que tenía una lengua demasiado mordaz.

«Preferiría acostarme con ella para que dejara de hablar y hacerla gritar».

La erección fue instantánea solo de verla. Kristin poseía todos los rasgos físicos que lo excitaban. A diferencia de la mayoría de los actores de Hollywood, lo último que quería era una modelo flacucha. Le gustaban las mujeres que sabían disfrutar de la comida y él era un hombre corpulento. Por eso quería una mujer con curvas, con un buen trasero y caderas a las que agarrarse mientras la embestía sin piedad.

Por desgracia, la mujer que protagonizaba sus sueños húmedos lo odiaba con toda el alma. Quizá por eso la deseaba con tanta pasión. Kristin no era solo muy guapa, sino que no era de esas que se postraba a sus pies sumisamente. Era más probable que le diera un rodillazo en las rodillas y se fuera como si tal cosa. Quizá era un poco masoquista, pero justamente su carácter era una de las cosas que más le gustaban de ella.

—¿Qué buscas? —preguntó Kristin con curiosidad.

—A mi club de fans —respondió él con tono sombrío—. ¿Me pones una cerveza? Esta vez no quiero leche, que ya he comido.

La observó mientras tomaba una jarra helada y le servía una de las cervezas de barril. No era muy exigente en ese aspecto. A juzgar por el color del líquido estaba claro que no era una de esas cervezas tostadas y amargas, las únicas que no le gustaban.

Le dejó la jarra delante, con una servilleta debajo.

—Tienes mejor cara —dijo Kristin, que estiró un brazo para obligarlo a mirarla.

—Me recupero enseguida —respondió con naturalidad, dejando que ella le examinase las facciones. Le tocó la cara con un gesto impersonal pero suave, por eso dejó que se entretuviera todo el tiempo necesario.

Por desgracia, bajó la mano casi de inmediato, toda una decepción para Julian.

—Esta noche no tienes mucho trabajo, ¿verdad?

Julian era el único cliente del local.

Kristin se encogió de hombros.

—Es tarde y ayer fue el Día del Trabajador. La ciudad enseguida recupera la calma en temporada baja. Te has perdido el momento de máxima afluencia. Hace un rato había seis o siete personas —le dijo con sarcasmo.

Julian esbozó una sonrisa. Le hacía gracia que Kristin pudiera hacer ese tipo de comentarios con la cara seria.

Señaló la silla que tenía delante.

—Pues siéntate y toma una cerveza conmigo.

—No bebo con los clientes.

—Y una mierda. Debes de conocer a la mayoría de los habitantes de Amesport.

—Tienes razón. Pero a lo mejor no quiero hablar contigo —le espetó.

Él negó con la cabeza.

—No es verdad. Lo dices porque te besé el otro día y ahora te sientes incómoda.

—Pero ¿qué dices? —replicó ella.

—Fue un beso fantástico, por cierto —añadió Julian.

—No tanto como te imaginas. Me han besado mejor. Además, si tienes club de fans, ¿por qué te molestas en besarme?

—Porque no quería besar a ninguna de las integrantes de mi club de fans —respondió él, mirándola fijamente—. Solo a ti.

Julian observó la reacción de Kristin, que abrió la boca pero la cerró de inmediato. Nunca la había visto tan nerviosa.

Ella frunció la frente y le lanzó una mirada de desconcierto.

—¿Por qué? La mayoría de las mujeres se rinden a tus pies.

—Pero esas no son las que me gustan. —Tomó un sorbo de cerveza y le hizo un gesto para que se sentara.

Kristin se volvió con un gesto rápido que provocó el balanceo de la cola con la que se había recogido el pelo, se acercó a la barra, sacó una cola light helada, regresó a la mesa y se sentó frente a él.

—Que sepas que solo he decidido sentarme aquí porque me duelen los pies. —Abrió la lata y tomó un buen sorbo del refresco—. Además, ya he acabado de limpiar y no puedo cerrar hasta que te vayas o llegue la hora de cierre. —Dudó antes de preguntar—: ¿De verdad también te acosan aquí? La mayoría de la gente está acostumbrada a ver a los Sinclair y no es la primera vez que venís a Amesport. Normalmente la gente se ocupa de sus asuntos y no molesta a los demás.

—No es habitual que me persigan de esta manera, pero esas chicas eran muy jóvenes —admitió con gesto de hartazgo.

—¿Qué edad tienen?

Justin se encogió de hombros.

—Deben de tener la edad justa para beber.

—¿Tan mayor te consideras? —le preguntó Kristin en tono burlón, señalando sus gafas—. Si quieres que sea sincera, creo que llevar gafas de sol de noche es una forma muy obvia de delatarte y decir a los demás que estás intentando pasar desapercibido. —Negó con la cabeza y tomó la gorra—. ¿Desde cuándo eres fan de los New England Patriots? Vives en California.

Justin le arrancó la gorra de las manos.

—No me la he comprado porque sí. Crecí en la costa este. No me gustan los equipos de California. Siempre he sido seguidor de los Patriots.

Ella le lanzó una mirada de recelo.

—Vale, pero yo que tú no me pondría las gafas de sol de noche.

Julian llevaba tanto tiempo intentando pasar desapercibido que ni siquiera se había dado cuenta de que llevaba las gafas de sol. Normalmente cuando salía de noche era por motivos de trabajo y no le importaba que lo reconocieran.

—Lo tendré en cuenta.

—¿Te acostumbras a ello? A la fama, quiero decir. Tiene que ser un aburrimiento no poder ir a ningún lado donde haya mucha gente sin guardaespaldas. —Tomó otro sorbo de refresco y le lanzó una mirada inquisitiva.

Uno se acostumbraba rápidamente y, de hecho, Julian lo había superado casi desde el principio. No se había dedicado a la interpretación por la fama. Lo hacía porque le gustaba el cine y contar una buena historia.

—Forma parte del negocio. Aunque no me guste, todo el mundo tiene que hacer cosas en su trabajo que no le gustan. Cuando alcanzas el éxito, no te queda más remedio que enfrentarte a ello.

Ella lo miró sorprendida.

—¿No te gusta que te persiga un ejército de mujeres?

Julian se inclinó hacia delante y apoyó los codos en la mesa.

—No sé, si me persiguieras tú, no huiría —dijo con voz grave—. Es más, me encantaría que me atraparas.

Kristin puso los ojos en blanco y resopló.

—Sigue soñando, famosete. Nunca me ha gustado ser una *groupie*.

Justin esbozó una sonrisa burlona, disfrutando del esfuerzo que estaba haciendo para llevarle la contraria. Le gustaba Kristin. Siempre le había gustado. Hablaba en plata y no adoraba a los famosos porque sí. A decir verdad, creía que a Kristin le importaba un pimiento que él fuera una estrella famosa.

—¿Te gustan mis películas? —preguntó él con curiosidad.

Ella guardó silencio antes de responder:

—Solo he visto la primera. Pero sí, me gustó. Merecías el premio. Eres un actor muy bueno, tu personaje era muy creíble y la película parecía… real. Pero no he visto las demás.

—Ni te molestes en ver la última —le advirtió—. Aunque la segunda a lo mejor sí te gusta.

—No he tenido la oportunidad de verla. ¿Qué le pasa a la última?

—No tiene alma —respondió él estoicamente—. Si te gustan los efectos especiales está bien. Pero no emociona.

—¿Y eso te preocupa? Es una película de gran presupuesto.

—Quizá ese era el problema. Gastaron un montón de dinero en efectos especiales, pero no en el guion.

Cuando firmó el contrato, lo hizo con la esperanza de que mejorara después de la fase de producción, pero la realidad era que no había mejorado sustancialmente. Es decir, era todo luces, efectos especiales y sonido.

—¿Por qué la hiciste si no te gusta? —le preguntó Kristin.

—Supongo que tenía la esperanza de que acabara siendo algo distinto. Tenía un gran presupuesto, pero lo gastaron casi todo en los efectos especiales. A ver, no me malinterpretes, es una película divertida. Acción sin parar, pero no le llegará al alma a nadie. —Se llevó la mano al corazón.

—A veces ya está bien que sea así. La gente va al cine para huir de la monotonía de su vida. Conozco a muchos que lo hacen. Esas dos horas de diversión son muy importantes para ellos. Es una forma de escapismo —dijo Kristin.

Julian la miró fijamente y se dio cuenta de que le hablaba con sinceridad. Empezó a preguntarse si tenía razón. Él había disfrutado haciendo algo distinto. Aunque no consideraba que fuese una pregunta que pudiera emocionar a la gente, quizá no era siempre necesario alcanzar esa intensidad emocional.

—Entonces, ¿te parece bien hacer una película solo para entretener a la gente?

Kristin asintió.

—Sí.

—A pesar de esa fachada de sarcasmo que tienes, puedes llegar a ser muy profunda, Roja.

—Odio ese nombre —le dijo apretando los dientes.

Julian vio la expresión de dolor que ensombrecía su precioso rostro y se arrepintió al instante de haber estropeado aquel momento tan bonito.

—Lo siento, Kristin. Solo era una broma. No quería hacerte daño.

Ella se encogió de hombros, pero Julian se dio cuenta de que le había tocado la fibra sensible. Por desgracia, cuando estaba a punto de seguir con su disculpa, vio a las chicas de su club de fans de Amesport.

—¡Mierda! Ahí están. ¿Cómo diablos me han encontrado?

Kristin se levantó como un rayo, lo agarró de la mano y lo arrastró hasta la barra.

—Agáchate —susurró ella mientras apoyaba los codos en la barra.

Julian se sentía ridículo escondiéndose de aquel modo, pero no le apetecía hablar con un grupo de chicas histéricas. Había intentado razonar con ellas y habían estado a punto de arrancarle la ropa. No eran muy educadas y tampoco eran demasiado razonables.

—¿En qué puedo ayudaros? —preguntó Kristin cuando el grupo de chicas entró por la puerta.

—¡Estamos buscando a Julian Sinclair! —exclamó al unísono un coro de voces.

Kristin negó con la cabeza.

—Lo siento, me temo que no puedo ayudaros. Además, en Amesport no nos dedicamos a perseguir a la gente como si fueran conejos. Los Sinclair forman parte de esta comunidad y respetamos a toda la familia por lo que ha hecho para ayudar a Amesport.

La misma mujer histérica dijo:

—Nosotras no vivimos aquí. Solo hemos venido porque queremos ver a Julian. Hemos oído que estaba aquí. Somos sus fans.

—Si tanto te preocupas por él, debes dejar que disfrute de su vida privada. Me parece que está saliendo con una chica de Amesport, o sea que no creo que le haga mucha gracia que le estropeéis la noche.

Se oyó un lamento generalizado cuando las mujeres supieron que Julian ya no estaba en el mercado.

—¿Va a casarse? —preguntó otra de las chicas con un deje de decepción.

Kristin se encogió de hombros.

—Quizá. Mirad, chicas, Julian Sinclair es un hombre como cualquier otro. Ni siquiera lo conocéis. A lo mejor no vale la pena perder la cabeza por él. Yo soy de las que piensa que para enamorarse de alguien antes hay que conocerlo.

—Pero es que es tan guapo…

—Es increíble.

—Es el mejor.

Kristin interrumpió el aluvión de elogios.

—También he oído que puede ser un auténtico cretino —les dijo poniendo los ojos en blanco—. Así que por muy guapo que sea, eso no lo compensa.

—A veces sí que compensa —replicó una de las chicas—. Pero si no está en el mercado, supongo que no sirve de nada perseguirlo. Además, ya es hora de volver a casa. Nuestros padres se enfadarán por habernos saltado unos cuantos días de clase de la universidad para venir hasta Amesport.

—Seguro que no les hará mucha gracia —convino Kristin—. Pero cuantos menos días os saltéis, más fácil os resultará volver.

Las chicas se fueron desconsoladas. Kristin se acercó a la puerta y, cuando salió la última, puso el cartel de CERRADO.

Julian se levantó y la observó mientras volvía a la barra.

—¿Has oído que soy un cretino? —preguntó, divertido—. ¿Y con qué chica de Amesport voy a casarme?

—Con ninguna, pero querías quitártelas de encima, ¿no? Pues ha funcionado. Ahora que creen que ya no estás en el mercado, volverán a su casa.

Julian frunció el ceño.

—¿De verdad que alguien te ha dicho que soy un cretino?

—No, me lo he inventado. Pero estoy convencida de que hay alguien que lo piensa.

Julian no pudo reprimir las carcajadas. Kristin era la chica más rara que había conocido, pero le gustaba su estilo. No se andaba con tonterías. No fingía. Mientras se recuperaba, admitió:

—Te debo una. Gracias.

—Que sepas que me lo cobraré —le advirtió—. No eres un amigo.

Sin dejar de sonreír, Julian se acercó a la mesa. Se colocó las gafas de sol en la visera de la gorra y se la puso.

—Tengo ganas de que te cobres el favor, Kristin. Pídeme lo que quieras. Tu comportamiento ha sido fabuloso, salvo por lo de «cretino».

Julian se acercó a la puerta y la abrió.

—Pero tienes razón en una cosa. —Se volvió para mirarla y se dio cuenta de que se había sonrojado.

Kristin puso los brazos en jarras.

—¿En qué?

Julian se deleitó mirando su melena pelirroja, su piel suave y sus curvas.

—Tan solo soy un hombre como los demás —le dijo.

Ella no respondió y como Julian no creía que fuera a hacerlo, salió a la calle y cerró la puerta suavemente.

Capítulo 13

—Xander ha tomado una sobredosis. Está en el hospital —le dijo Julian a Micah cuando llegó a la casa de invitados.

Micah había pasado por la casa con la intención de estar el tiempo imprescindible para recoger algo de ropa y poder volver junto a Tessa antes de que se despertara. Sin embargo, ahora sabía que sus planes se habían ido al garete.

Miró a su hermano, que llevaba unos pantalones de *sport* y una camiseta como él, sin embargo lucía un gesto muy serio.

—¿Cuándo? ¿Es muy grave?

No era la primera vez que ocurría, pero cada vez que ingresaban a su hermano por culpa de una sobredosis, Micah albergaba la esperanza de que no volviera a ocurrir.

—Saldrá de esta, pero tendrá que permanecer unos cuantos días en el hospital. Los médicos quieren enviarlo a rehabilitación. Intentaron ponerse en contacto contigo, pero no pudieron. Al final dieron conmigo a través de mi agente.

—¡Maldita sea! Hace poco que he cambiado de teléfono y pedí un número nuevo. Se me rompió el viejo un día que fui de escalada con Tessa. Ni siquiera mis directivos tienen el teléfono nuevo, solo Tessa lo tiene. Debería haber elegido con más cuidado con quién compartía mi número. Últimamente había empezado a recibir llamadas de gente a la que no recordaba haber dado mi número.

—¿Qué te parece el tema de la rehabilitación? Creo que le vendría bien —dijo Julian con voz grave.

Micah respiró hondo, consciente de que había llegado el momento de poner al día a su hermano sobre unas cuantas cuestiones.

—Ya ha ido a rehabilitación alguna vez y no es su primera sobredosis. Suele abandonar el centro de rehabilitación en cuanto se lo permiten y nunca le pide ayuda a nadie. No está bien, Julian, pero tampoco sé cómo hacérselo ver —dijo Micah con frustración.

—¿Por qué no me habías dicho nada?

—Quería que disfrutaras de tu vida. Llevas toda una década trabajando para llegar a donde has llegado.

—Pero Xander es mi hermano —replicó Julian—. Si tiene problemas, quiero ayudarlo.

Micah estalló:

—¿Y crees que yo no lo he intentado? Voy una vez a la semana a California, pero también tengo que atender mi empresa y Xander no hace nada para salir del hoyo. Se ha vuelto adicto a los medicamentos que le recetaron para mitigar el dolor que sentía después de los asesinatos. Bebe alcohol directamente de la botella para tomarse las pastillas hasta que pierde el conocimiento. No quiere ayuda, Julian. Lo he intentado.

—Hay que insistirle porque, de lo contrario, morirá —le espetó Julian.

—Aunque ingrese en un centro de rehabilitación, lo abandonará al cabo de unos días. Los médicos dicen que si él no quiere desengancharse, ellos no pueden hacer nada. No sé qué le pasó, pero tiene más problemas de los que ha admitido. Sé que vio morir a papá y mamá ante sus ojos, pero pasó algo más. Ha quedado marcado de por vida. —Derrotado, Micah se volvió para preparar su bolsa de viaje—. Iré a verlo para ayudarlo.

Micah se tambaleó cuando se le nubló la visión por culpa de un aura de color y se dio una palmada en la nuca.

«¡Mierda! Ahora no. ¿Tiene que pasar justamente ahora?», pensó.

Julian estaba al lado de su hermano, cuando se detuvo antes de alejarse por el pasillo.

—¿Estás bien, hermano? ¿Qué te pasa? Te has quedado blanco como un fantasma. —Julian lo agarró del bíceps—. Casi te caes.

—He empezado a ver manchas de colores. Voy a tumbarme un rato —admitió Micah con voz ronca, consciente de que no tenía mucho tiempo para explicarse.

—¿Vuelves a tener migrañas? —preguntó Julian, nervioso—. Creía que hacía años que no tenías.

—Eso creía yo también —gruñó Micah—. Pero regresaron hace poco. Vine aquí porque el médico me sugirió que me tomara un descanso. Los directivos de la empresa se encargan de la gestión diaria.

—No comes bien, no te cuidas y, encima, te encargas de nuestro hermano pequeño, ¿verdad? —dijo Julian, enfadado, mientras acompañaba a Micah al dormitorio que su hermano había usado en la casa de invitados—. ¿Tienes pastillas?

—Sí, me ayudan un poco. Así podré dormir en el viaje a California.

Julian lo siguió.

—No vas a ir de ninguna de las maneras. Métete en una habitación oscura y yo me encargo de Xander. Ahora me toca a mí. ¿Han sido muy graves las recaídas de Xander? Quiero que seas sincero.

—Sí, bastante. Es la tercera sobredosis y casi nunca responde a mis mensajes. Siempre tengo que ir a comprobar si está bien. Suele estar borracho y colocado. Tenemos que lograr cortar su vínculo con la persona que le suministra los medicamentos. Los médicos no se los recetan, pero los consigue por otra vía.

Micah se dejó caer en la cama y sintió una punzada de dolor detrás de los ojos y en las sienes.

Julian miró el frasco de pastillas que había en la mesita de noche de Micah antes de agitarlo mientras iba a buscar un vaso de agua al baño. Volvió y le dio una pastilla a su hermano.

Julian hizo un par de llamadas para organizar el viaje a California.

—A decir verdad, tengo ganas de darle una patada en el trasero a Xander para hacerlo entrar en razón, pero quiero comprender por qué se comporta así. Siempre había sido el más bueno de los tres. Apenas bebía y estoy seguro de que no tomaba drogas. ¿Qué diablos le ha pasado?

—Tráelo aquí —le pidió Micah—. Necesita cambiar de aires. Es probable que te diga que no, pero inténtalo.

—Haré algo más que intentarlo. Lo arrastraré hasta aquí por las buenas o por las malas.

—Ten cuidado porque ahora muerde —le advirtió Micah, consciente de que lo de Xander no era un simple caso de mal humor.

—Pues entonces yo también le morderé —gruñó Julian—. Lo siento, pero tengo que irme, Micah. Sé que no te dejo en muy buen estado, pero ¿necesitas algo más?

—Envíale un mensaje a Tessa de mi parte. Tengo su número en el teléfono. Dile que hoy no puedo ir a verla. Quizá mañana.

Micah apretó los dientes al sentir una nueva punzada de dolor en la sien, aunque intentó mantener el conocimiento un poco más.

—Llámame en cuanto puedas —dijo Julian en voz baja. Salió de la habitación y cerró la puerta con cuidado.

Micah metió la cabeza debajo de la almohada, tranquilo porque sabía que Julian se encargaría de todo. Cuando eran pequeños, sus hermanos lo habían visto en aquel estado muchas veces. Julian sabía que se recuperaría al cabo de un día o dos.

Cuando por fin cedió el dolor, Micah esperaba que Julian fuera capaz de encontrar a Xander y de hacer lo que él no había podido: meterlo en vereda de una vez por todas.

***

Tessa estaba tomando el café del desayuno cuando vio que tenía un mensaje de Micah, que se había levantado muy temprano y aún no había vuelto.

Abrió el mensaje con un dedo mientras tomaba el primer sorbo de café.

No es un buen momento para estar contigo. Quizá en el futuro. Lo siento.

Después de leer el mensaje tres veces, aún no sabía cómo interpretarlo. Era obvio que había decidido mantener las distancias, y aunque Tessa siempre se había convencido a sí misma de que no debía ceder a la tristeza cuando él se fuera, aquello le destrozó el corazón.

«Sabía que no duraría eternamente. Sabía que tendría que irse».

Miró por la ventana y vio un avión que despegaba del aeropuerto. Aquello fue el golpe de gracia. Amesport no recibía vuelos comerciales, por lo que tenía que ser un avión privado, y tampoco abundaban. De hecho, el aeropuerto había estado prácticamente cerrado hasta que Grady Sinclair decidió establecerse en Amesport y trasladar su enorme jet privado. Con el paso del tiempo, los demás hermanos habían seguido sus pasos y también habían traído consigo sus aviones.

La mayoría de los habitantes de Amesport sabían cuándo llegaba o se iba un Sinclair porque eran los únicos que usaban el aeródromo de las afueras de la ciudad.

Tessa apuró el café intentando no derramar una lágrima y decidió seguir adelante con su rutina matinal: salir a correr y luego entrenamiento en la pista de hielo. Una vez ahí, le dolió no ver a Micah junto a la barrera para animarla o avisarla cuando no iba sincronizada con la música, con esos gestos que habían inventado entre ambos para cada situación.

Tessa no volvió hasta la hora de cenar y se encontró con una casa vacía, de aspecto fantasmal. Era culpa suya. Había bajado la guardia y se había encariñado demasiado con él. Todo parecía teñido por un velo de tristeza sin él, sin su risa, su conversación, sus caricias, su deseo de hacerla sentir parte de una pareja, en lugar de una mujer sola y aislada del mundo.

Mientras metía un plato precocinado en el microondas, vio un mensaje en la pantalla de su teléfono, pero esta vez no reconoció el número.

¿Has recibido el mensaje que te he enviado por la mañana?

El único mensaje que había recibido era de Micah y no era su número, por lo que decidió responder con precaución.

¿Quién eres?

El remitente tardó unos minutos en responder.

Julian Sinclair. Creo que Micah no quería que te dijera nada, pero no me ha llamado y empiezo a estar un poco preocupado. Todos mis primos están fuera de la península y necesito que alguien vaya a ver a Micah. Supongo que no estarás muy cerca de su casa, ¿verdad?

¿Micah? ¿Aún estaba en Amesport?

¿Dónde estaba Julian? ¿Y Micah? Ambos continuaron con la conversación durante unos minutos antes de que ella recibiera la información que necesitaba. Micah estaba en la casa de invitados de Jared, enfermo. Julian estaba en California porque Xander había tomado una sobredosis y el mensaje que ella había recibido por la mañana se lo había mandado Julian deprisa y corriendo, desde el teléfono de su hermano. Julian había anotado el número de Tessa por si lo necesitaba, y ahora le escribía porque todos sus primos estaban ilocalizables.

¡Micah no la había dejado! Julian solo quería decirle que su hermano tenía que quedarse en cama por culpa del ataque de migraña y que no podría ir a verla hoy, pero no había tenido tiempo de explicarse correctamente.

Tessa respondió de inmediato.

Voy a verlo enseguida. ¿Cómo está Xander?

Recibió una respuesta al cabo de unos minutos.

X está de un humor de perros, pero de momento aguanta. Gracias por preguntar. Micah nunca ha pedido ayuda cuando la necesitaba. Pero me sentiría mejor si alguien fuera a echarle un vistazo. Sus ataques de migraña pueden ser muy fuertes.

Tessa recogió sus cosas. Quería llegar a la península cuanto antes.

Voy hacia allí. Yo cuidaré de Micah, te lo prometo.

Julian le dio las gracias y le dijo que la informaría de las posibles novedades de Xander. Tessa guardó el teléfono en el bolso, subió en su vehículo y se dirigió hacia la península conduciendo a toda velocidad para llegar junto a Micah cuanto antes.

La puerta de la casa de invitados de Jared estaba cerrada con llave, pero ella tenía una y no tuvo remordimientos por usarla aunque no estuviera trabajando. Como empezaba a oscurecer, encendió un par de luces de la sala de estar y de la cocina, llenó un vaso de agua con hielo, buscó un trapo limpio y tomó unas galletas del armario antes de abrir lentamente la puerta del dormitorio donde dormía Micah.

La casa no le era extraña y sabía qué habitación usaba él cuando se alojaba aquí. Ella las había limpiado todas y las conocía bien.

Abrió la puerta con cuidado y vio a Micah en la cama, moviéndose inquieto. Se acercó y ajustó las cortinas para que no entrara ni un haz de luz y se sintió culpable de no haber estado a su lado antes para intentar ayudarlo. Cuando la habitación se sumió de nuevo en la oscuridad, dejó el agua y las galletas en la mesita de noche y le puso una mano en la frente.

Estaba empapado en sudor. Le quitó la almohada de la cabeza y le puso el trapo húmedo en la frente.

Micah se sobresaltó y se volvió lentamente hacia la tenue luz de la mesita.

—¿Tessa? —murmuró con los ojos hinchados y rojos, mientras la miraba, confundido.

—Sí —susurró ella—. No te muevas. ¿Necesitas más pastillas?

—Sí. No podía levantarme para tomarlas. Creo que Julian las ha dejado en el baño.

—¿Tienes náuseas?

—No, ya no.

Tessa se levantó, entró en el baño y cerró la puerta antes de encender la luz. Encontró el frasco, sacó una y regresó junto a Micah para que se la tomara con el agua fría que le había llevado.

Después de darle unas cuantas galletas, llenó un cuenco con agua fría para cambiarle la compresa fría. Se quitó los zapatos y se tumbó junto a él.

—¿Cómo lo has sabido? —preguntó Micah con un hilo de voz.

—Me lo ha dicho Julian, que estaba preocupado —susurró ella, que sabía que los ruidos fuertes podían molestarlo.

—No quería que me vieras así —dijo él.

—Quiero estar a tu lado cuando me necesites. Ahora descansa. Estaré aquí si te hace falta algo.

Con cuidado para no tocarlo, se inclinó sobre él para apagar la luz, lo que impedía que pudieran comunicarse ya que no podía verlo.

Micah le rodeó la cintura con un brazo para atraerla y ella apoyó una mano en su pecho. No sabía si él quería que lo tocaran.

Sin embargo, parecía que quería sentir su presencia, que lo tocara. Micah no tardó en quedarse dormido, entregándose a un sueño menos agitado cuando estiró la otra mano y tomó la que Tessa le había puesto en el pecho.

Capítulo 14

Micah se despertó en una habitación oscura, desorientado porque no recordaba exactamente dónde estaba, pero la cálida mano de Tessa lo calmó y lo obligó a pensar.

«Xander».

«La migraña».

«El maldito dolor».

Entonces llegó Tessa, preocupada por él, pero los detalles eran algo confusos.

Poco a poco empezó a recordar que Julian se había ido a California para cuidar de Xander, que había tomado una sobredosis. No sabía cómo se había enterado Tessa de que la necesitaba, pero debía de ser cosa de Julian. Era el único que conocía su estado. Cuando se le empezó a despejar la cabeza, recordó que Tessa le había contado que su hermano le había enviado un mensaje de texto porque estaba preocupado por él.

El dolor atroz había desaparecido, solo sentía una leve punzada, una molestia que Micah sabía que remitiría en pocas horas. Se volvió y miró la lámpara de la mesilla, junto al despertador, y se dio cuenta de que había estado fuera de combate casi veinticuatro horas. Menos que el último episodio, que había durado dos días.

Sabía que era por la mañana, que ya había amanecido, pero las cortinas estaban corridas y habían sumido el dormitorio en una oscuridad casi absoluta.

—Micah, ¿estás bien? —Tessa se incorporó rápidamente.

Sintió una punzada de dolor en el pecho solo de oír el deje de preocupación de su voz, de temor sincero por su estado de salud. Micah estiró el brazo para encender la luz y poder comunicarse con ella, y se incorporó lentamente.

Él le tomó la cara entre las manos y dijo:

—Estoy bien. Duerme, Tessa. Seguro que no has descansado mucho.

A juzgar por su reacción instantánea cuando él se movió, no debía de haber tenido un sueño muy profundo. Aún iba vestida con la ropa de calle, con pantalones y camiseta, actuando como su ángel de la guarda.

Tessa bostezó.

—Sí que he dormido —replicó—. Después de tomar las pastillas y comer un par de galletas, te quedaste grogui enseguida. ¿Cómo te sientes?

—Mejor —dijo él, algo incómodo. No le gustaba que nadie lo viera en aquel estado de indefensión y tan dolorido—. No era necesario que vinieras.

—Quizá no, pero es lo que quería —le dijo ella en voz baja y le acarició la mandíbula, con barba de un par de días—. Mi madre sufría migrañas y sé lo duro que puede ser.

Micah pensó en cómo lo había cuidado: había corrido las cortinas, le había puesto compresas frías y le había dado las pastillas para el dolor. Las migrañas siempre le habían parecido una enfermedad muy debilitante. Solía ser mucho más habitual en mujeres que en hombres y siempre se había preguntado por qué le ocurría a él. De adolescente se sentía como un enclenque cuando tenía que dejar de lado sus actividades por culpa de un estúpido dolor de cabeza. Como siempre se producía algún tipo de síntoma previo, muy pocos de sus amigos conocían su problema. Los únicos que lo sabían eran sus hermanos y padres.

—Esta no ha durado tanto como la última. Quizá desaparezcan con el tiempo —gruñó.

—¿Es eso lo que te pasó? ¿Que dejaste de tener migrañas y luego volvieron?

—Sí. Hace un año volví a tener migrañas después de más de una década.

—Cuando murieron tus padres y Xander resultó herido. Por eso tu médico te recomendó que te tomaras un descanso de todo aquello que te provocaba estrés.

Micah se encogió de hombros.

—Más o menos. Mi doctor me dijo que volvía a sufrir migrañas por la muerte trágica de mis padres, el estado en que se encontraba Xander y mi cambio de vida cuando creé mi propia empresa.

Tessa asintió.

—Seguramente tiene razón. Mi madre solo tenía migrañas en situaciones de mucho estrés. Cuando murió mi padre, las sufría a menudo.

—No puedo renunciar a mi vida. Durante un tiempo logré evadirme, pero quiero vivir en el mundo real. Quiero a mi hermano y quiero mi empresa —le replicó, enfadado.

Tessa no se dejó intimidar por su expresión de hostilidad. Sabía que Micah estaba enfadado con su situación, no con ella.

—Ya lo sé, pero eso no significa que tengas que cargar con todos los problemas de tu familia. ¿Acaso Julian se ha enfadado contigo por tener que encargarse de Xander esta vez?

Micah meditó la respuesta.

—No, creo que estaba enfadado porque no se lo había contado todo.

—Deberías habérselo dicho. Sé lo que se siente cuando un hermano se sacrifica mucho por el otro. Julian tenía derecho a saber lo que pasaba para ayudarte. Quizá habría tomado la decisión de compartir la carga contigo.

—Lo habría hecho. Ese es el problema —replicó Micah con voz grave.

Tessa apoyó una mano en su hombro.

—No tiene por qué ser un problema. Si hubieras informado a los demás de la situación, sé que vuestros primos también os habrían ayudado. Quizá Xander necesita una intervención de todos.

—Tienes razón. Y creo que es lo que va a suceder. Julian me ha dicho que traerá a Xander hasta aquí para alejarlo de la gente que le suministra las pastillas.

—Me parece buena idea. Podemos buscar a un experto para que lo ayude. Pero ahora voy a prepararte el desayuno. Debes de tener mucha hambre.

Micah entornó los ojos mirando a Tessa. Estaba excitado, quería abrazarla y hacerlo allí mismo con ella, olvidarse durante un rato de todo excepto de ella. Estaba guapísima con el pelo alborotado después de dormir. Sus rizos eran increíblemente sexis. Solo había una cosa que lo echaba hacia atrás.

—¡Dios! Qué mal huelo. ¿Cómo has podido quedarte en la misma habitación que yo y compartir cama conmigo?

El hecho de que pudiera notar su olor a sudor era una prueba irrefutable de que no era tarea fácil pasar por alto aquel hedor.

Tessa sonrió.

—No es la primera vez que huelo tu sudor.

A Micah se le puso aún más dura al pensar en todas las veces que había sudado con ella en la cama, pero en este caso era distinto.

—Es sudor rancio y huele fatal.

Siempre sudaba a mares cuando sufría uno de sus ataques de migraña, pero normalmente estaba solo.

—Ve a ducharte y yo cambiaré las sábanas —le ordenó ella—. Aunque no es para tanto. ¿Puedes ducharte solo?

Micah tuvo la tentación de decirle que necesitaba ayuda, que necesitaba que se desnudara y se metiese en la ducha con él. Pero al final decidió no obligarla a pasar por el mal trago de soportar su mal olor.

—Sí, no te preocupes.

Tessa ya estaba quitando las sábanas cuando él salió del dormitorio y no pudo reprimir una punzada de dolor al pensar que había pasado la noche con él, a pesar de lo poco agradable de la situación.

No estaba acostumbrado a que alguien lo cuidara, y no acababa de sentirse cómodo. Pero era agradable que alguien como Tessa se preocupara por él.

«Estaré aquí si me necesitas».

Aquella promesa que le había hecho le vino a la cabeza mientras se quitaba la ropa empapada en sudor. No lo había imaginado. Sus palabras habían sido reales. Y se había quedado toda la noche a su lado.

—La necesito. Vaya si la necesito, y no solo para cuidarme cuando tengo migraña —gruñó mientras se metía en el agua.

Tessa había logrado establecer un vínculo especial con él, tan intenso que casi le resultaba aterrador. Micah estaba acostumbrado a hacer de hermano mayor, a ser el encargado de solucionar todos los problemas. Cuando sus padres fueron asesinados, él se ocupó de todo. Siempre era el que cuidaba de los demás, y ahora que estaba con una mujer que cuidaba de él y que era capaz de ver más allá de su fortuna, no sabía cómo reaccionar.

«¡No se te puede escapar!», pensó.

—Mía —gruñó al entrar bajo el chorro de agua caliente—. Es mía.

No sabía cómo iba a conseguirlo y tampoco tenía un plan. Por una vez en la vida, se estaba dejando guiar por sus instintos más primarios y por una certeza que sentía en lo más profundo de su alma.

Tessa Sullivan era suya y no iba a permitir que se le escapara.

***

Cuando se sentó a la mesa de la cocina y tomó un sorbo de café, Micah se sintió más humano. Tessa había metido las sábanas en la lavadora y se había dado una ducha antes de preparar el desayuno.

Micah estuvo a punto de escupir el café cuando Tessa entró en la cocina recién duchada, con sus rizos rubios húmedos y sus preciosas piernas desnudas porque se había puesto una de sus camisas. Le iba muy grande y se había subido las mangas hasta los codos. Los faldones le llegaban a medio muslo. Pero al verla vestida con una prenda que era suya se le puso dura casi de inmediato.

—Bonita camisa —dijo Micah mientras ella lo miraba.

—Espero que no te importe. Vine directa aquí y no traje ropa —le dijo con una expresión de lamento, algo que él no soportaba. Tessa podía ponerse toda la ropa de su armario, si quería. De hecho, podía hacer lo que quisiera siempre que no se separara de él—. Quédatela. Te queda mejor a ti que a mí —añadió, mientras una serie de pensamientos lujuriosos se apoderaban de su mente y empezó a preguntarse si llevaba ropa interior—. ¿También te has puesto mis bóxers?

Tessa se sonrojó, se detuvo junto a la mesa y lo miró.

—He metido toda mi ropa en la lavadora.

La mirada nerviosa de Tessa hizo que Micah acabara de perder la compostura. Era una mujer irresistible cuando no sabía qué decir, algo que no ocurría muy a menudo.

Micah tomó su taza vacía y la dejó en una mesita que había detrás de él antes de ponerse en pie, agarrar a Tessa y sentarla en la mesa que tenían delante.

—Creo que voy a tener que investigar qué llevas debajo de esa camisa.

—Nada —admitió ella, sin apartar los ojos de su boca—. Ya te lo he dicho.

Él le acarició los muslos y empezó a subir lentamente, subiéndole la camisa.

—Quiero verlo.

—Creía que tenías hambre —replicó ella con voz trémula y excitada.

—Así es. Por eso quiero ver mi desayuno, preciosa —respondió él con voz ronca y lanzó un suspiro cuando le subió la camisa hasta la cintura y vio su sexo desnudo.

La dejó en la mesa y con un gesto brusco le abrió la camisa, arrancando todos los botones. Tenía ante sí el cuerpo desnudo de Tessa, en todo su esplendor, a su plena disposición como un bufet.

—Eres preciosa —le dijo con admiración mientras ella le miraba los labios, tumbada de espaldas.

—Me siento guapa cuando me miras —dijo ella entre jadeos—. Nunca me había sentido así.

Micah se sentía al mismo tiempo aliviado y molesto de que ningún otro hombre le hubiera dicho lo arrebatadoramente guapa que era. Tessa debería saberlo, debería ser consciente de que tenía el poder de hacer perder la cabeza a un hombre por el simple hecho de verla.

Se inclinó hacia delante y la besó, de forma lenta y sensual para explorar su boca a su antojo, para saborearla. Por una vez no quería ir con prisas. No era que no sintiera la necesidad de poseerla, pero prefería adorarla y darle placer.

Lentamente deslizó la lengua por el cuello, hasta la oreja. El gemido de gozo de Tessa fue como música para sus oídos, y entonces se agachó para besarle un pezón. Acarició su dulce piel con los labios y luego se recreó con sus pezones, dándole suaves mordiscos, uno tras otro.

Tessa lanzó un gemido de decepción cuando Micah se agachó un poco más. Él le agarró las manos y se las puso en sus pechos, animándola a que siguiera excitándose. Tardó unos segundos en obedecer, pero cuando le abrió las piernas y empezó a acariciarle el sexo, los movimientos de Tessa aumentaron de intensidad y empezó a pellizcarse los pezones entre gemidos.

—Por favor, Micah. Por favor.

Él se volvía loco cuando ella pronunciaba su nombre. Le encantaba oír cómo le suplicaba que la llevara hasta el orgasmo. Pero Micah aún no estaba preparado. Cuando llegara el momento, quería que alcanzara el clímax con su cunnilingus. Quería saborearla, explorarla, hacerla gozar como nunca.

Deslizó la lengua por su vientre plano y el intenso aroma de su deseo lo excitó como nunca. Se moría de ganas de saborear su esencia. Como ya no podía esperar más, empezó a masturbarla con los dedos, excitándole el clítoris mientras se deleitaba con la mirada. Su piel sonrosada relucía húmeda, pura excitación, y lo incitaba a paladear el néctar más dulce que habría de probar jamás.

Recorrió su sexo de abajo arriba, recreándose en el clítoris para torturarla.

—Oh, Micah, sí, por favor.

Tessa le suplicaba que no se detuviera con una voz preñada de lujuria y excitación, y él intensificó sus esfuerzos, penetrándola con la lengua para impregnarse con sus efluvios. Paladeó hasta la última gota, excitado de saberse digno destinatario de su esencia porque ella así lo había querido, cosa que le provocaba el placer más intenso que había sentido jamás.

Micah lanzó un gruñido, le dio un delicado mordisco en el clítoris y le alivió el dolor de inmediato con la lengua. Sin dejar de acariciarle los muslos mientras la devoraba, notó cómo le temblaban las piernas a medida que aumentaba la intensidad de sus jadeos, presa de un frenesí imparable.

«Me gusta que sea así, desinhibida, y que se excite tanto que solo pueda pensar en llegar al orgasmo», pensó Micah.

Él gruñó de placer cuando ella lo agarró del pelo con tanta fuerza que sabía que no iba a aguantar mucho más.

—¡Micah! ¡No pares! ¡Necesito acabar ya!

Él sonrió sin apartarse de su sexo. Le hacía gracia que pudiera pasar de suplicar a exigir como si nada. Pero no quería negarle el placer. No podía negarle nada a una mujer que se había apoderado de su alma de aquella manera.

Micah aumentó la presión en el punto exacto que sabía que necesitaba estimulación, hasta que un escalofrío recorrió su cuerpo, arqueó la espalda y se estremeció de gusto. Tessa lo agarraba con tanta fuerza que casi le hacía daño, pero él no se quejaba. La penetró con dos dedos para notar los espasmos que se habían apoderado de todo su cuerpo.

—¡Micah! —gritó ella, totalmente desinhibida, con una voz que rezumaba placer.

Él no dejó escapar ni una sola gota de su néctar cuando alcanzó el clímax estremecedor, hasta que por fin le soltó el pelo y oyó sus jadeos para recuperar el aliento.

Entonces la hizo sentarse para abrazarla, y la estrechó con fuerza para protegerla en aquel momento tan vulnerable.

Permanecieron en aquella postura hasta que Tessa recuperó el aliento, entonces se apartó y frunció el ceño, fingiendo sentirse enfadada.

—Se suponía que era yo quien tenía que prepararte el desayuno. A lo mejor debería haberme puesto tus bóxers.

Él sonrió.

—Yo he saciado mi hambre con un desayuno delicioso. Y creo que la ropa interior está muy sobrevalorada. Créeme, cuando te he visto con mi camisa he sabido que nada podría impedirme que te comiera entera para desayunar.

—Necesitas comida de verdad —le riñó ella.

—Te necesito a ti —la corrigió él.

Tessa estiró una mano y le acarició el pelo.

—Yo también te necesito. Tanto, que a veces hasta me da miedo. Julian me envió un mensaje escrito deprisa y corriendo desde tu teléfono en el que me decía que no era buen momento para vernos, pero que a lo mejor en el futuro volvía a surgir la oportunidad. Me dijo que lo sentía. Y como justo en ese instante vi despegar tu avión, pensé que te habías ido. —Se le humedecieron los ojos y añadió—: No me lo hagas nunca eso, ¿de acuerdo? Sé que lo nuestro no durará para siempre, pero si algún día me dejas, ven a decirme adiós. Prométemelo.

—Lo mataré, hostia —gruñó Micah—. Yo solo le dije que no podía salir a correr contigo y que lo sentía.

Tessa negó con la cabeza.

—No fue culpa suya. Tenía prisa y estaba preocupado por Xander. Lo entiendo. Pero en ese momento comprendí el dolor que sentiría si te fueras sin despedirte. Así que no lo hagas, ¿vale? Ahora somos amantes, pero también amigos. Puedo soportar un adiós, pero no que desaparezcas como si nada.

Micah le acarició el mentón y la obligó a mirarlo.

—Cuando te dije que nunca permitiría que te cayeras, lo decía en serio. Nunca te dejaría de esa forma, Tessa. Nunca. —La miró a sus preciosos ojos y añadió—: Y, a pesar de eso, voy a matar a Julian.

—Ni se te ocurra —replicó ella con calma.

«Te ha hecho daño y eso es inaceptable», pensó Micah.

—Ya veremos —insistió él.

Micah sabía que ellos dos nunca se separarían. Tal y como había predicho Beatrice, Tessa era la mujer de su vida. Él podía ser muy testarudo, pero no era tonto.

De un modo u otro encontraría una forma de hacerla suya para el resto de sus vidas.

—¿Desayunamos? —murmuró ella.

La principal preocupación de Tessa era alimentarlo, y la de Micah, retenerla a su lado para siempre, lo cual no dejaba de ser irónico ya que habitualmente era él quien cambiaba de tema cuando una mujer quería formalizar su relación. A lo mejor era la venganza del karma: ahora que había encontrado a la mujer sin la que no podía vivir, lo único que quería ella era hacerle el desayuno.

Al final la soltó un poco a regañadientes y la ayudó a poner la mesa.

—Voy a llamar a Julian.

Tessa le acarició la mejilla.

—Todo saldrá bien, Micah. Xander se recuperará. Era un buen chico y no ha perdido su esencia. Creo que solo debe encontrarse a sí mismo.

Micah le tomó la mano y la besó en la frente. Se moría de ganas de arrastrarla a la cama y poseerla en ese instante.

—Imagino que no te apetecerá echar una siesta antes, ¿verdad? —le preguntó de modo insinuante.

—Claro que no. Aún te estás recuperando. A estas horas ya deberías haber comido. Además, bastante me estoy torturando a mí misma por haberte dejado… ya sabes… —Lanzó un suspiro de indignación.

Entonces dio media vuelta y se dirigió a la cocina. A Micah no le sorprendió lo más mínimo que ella mostrara más interés por su bienestar que por una sesión de sexo que sabía que ambos disfrutarían. Así era su Tessa, y no pudo reprimir una sonrisa al ver lo mucho que se esforzaba por no enseñar nada a través de la camisa, que había perdido todos los botones, mientras empezaba a desayunar.

Capítulo 15

Esa tarde, Tessa no pudo contener la sonrisa mientras recogía los botones de la camisa de Micah del suelo. Mara, la mujer de Jared, le había prestado unas mallas de yoga y una camiseta que ya no le iban bien, y salió de la casa de invitados con una cara que decía que quería saber si eran ciertos los rumores que corrían de que Micah y ella estaban juntos. Sin embargo, Mara era demasiado educada y no se atrevió a preguntar.

Recogió los botones y los dejó en la mesa de la cocina, junto con la camisa limpia que ya había lavado. Se negaba a tirarla. Cuando tuviera un rato libre le cosería los botones y si Micah no la quería, se la quedaría ella. Quizá no era necesario ni que se lo preguntara, él mismo le había dicho que se la podía quedar. La camisa le traía buenos recuerdos y en el futuro eso sería lo único que le quedaría de su relación con Micah Sinclair.

Se dio la vuelta hacia la casa de invitados y en ese momento salía él por la puerta. Parecía recuperado de la migraña, emocionado como un niño.

Cuando se fijó bien y vio el perro que lo acompañaba, se quedó boquiabierta. No sabía que tenía un perro, menos aún uno que parecía tener un pedigrí poco definido. Parecía un chucho cualquiera, tal vez mezcla de border collie y labrador. Sin embargo, era un animal adorable, con las orejas grandes y unos ojos inteligentes que no se perdían ni un movimiento de Micah. Lo miraba como si fuera su héroe.

—No sabía que tenías perro —dijo Tessa, emocionada, mientras se acercaba a ellos—. ¿Es bueno?

Micah sonrió de oreja a oreja y le dio la correa.

—Contigo, seguro. Es tuyo.

Ella negó con la cabeza, pero, al mismo tiempo, se arrodilló y acarició el suave pelaje del animal.

—Es adorable. —No exageraba. Era una mezcla de razas, pero tenía el pelo blanco y marrón muy bien cuidado, y cuando la miró, ella sonrió—. Siempre he querido tener un perro, pero de joven viajaba mucho. Y luego estaba siempre tan ocupada que no me parecía justo dejar a un animal solo en casa todo el día. —Miró a Micah con los ojos empañados en lágrimas—. Me encantaría quedármelo, pero no sé si puedo.

—No tienes por qué dejarlo solo. —Micah le dio algo que parecía una prenda de ropa—. Hogar es un perro señal. Un perro adiestrado para ayudar a personas con discapacidad auditiva, para ser exactos.

Tessa tomó la prenda y vio que era una chaqueta para perro con las palabras «Perro Señal» estampadas en un costado.

—¿Hogar? —preguntó ella, que no acababa de entender lo que estaba pasando.

—Era un perro de rescate. Al parecer, cuando era un cachorro no lo trataron muy bien, pero es tan inteligente que lograron adiestrarlo. El personal que lo hizo creía que lo único que necesitaba era un buen hogar para ser feliz, por eso le pusieron ese nombre.

Tessa miró al perro, al que estaba acariciando inconscientemente.

—Pobrecillo. —Lo acarició cuando se sentó, como si estuviera esperando una orden—. ¿Qué hace un perro señal?

—Creo que Hogar solo necesita afecto. Hará lo que sea por ti. Si llama alguien a la puerta, te avisará. Te advertirá si se producen ruidos peligrosos. Hasta puede ser tu despertador si programas una alarma y despertarte cuando suene. Es muy listo.

Tessa derramó una lágrima y el perro se la lamió de inmediato.

—No sabía ni que existían los perros señal. Entonces, ¿son una especie de sustitutos del sentido del oído de la gente que se ha quedado sorda?

—Sí —respondió Micah—. Hay organizaciones que adoptan perros de rescate y los adiestran. Yo tuve suerte de conseguir a Hogar. La persona que lo quería cambió de opinión en el último momento y me llamaron para decirme que podía quedármelo porque estaba en la lista de espera. Ha llegado hoy por la mañana en mi avión privado. Me lo han enviado con una adiestradora que me ha enseñado los conceptos básicos para que pueda enseñártelos. Mira.

Tessa siguió acariciando la cabeza del perro mientras Micah salía por la puerta. Al cabo de un instante llamó.

Hogar reaccionó de inmediato y primero la tocó con la pata a ella y luego empezó a ir y venir hacia la puerta, hasta que Tessa se levantó y dejó entrar a Micah. Ella le dio una palmada en el costado instintivamente y murmuró:

—Bien hecho.

El perro le lanzó una mirada de adoración que conmovió a Tessa.

—Creo que le gusto. —Miró a Micah.

—No he parado de hablarle de ti en todo el trayecto hasta aquí. Creo que sabe quién es su dueña. Es un animal muy enérgico y joven, así que puede salir a correr contigo. Es más, ponle su chaqueta y hay pocos sitios en los que no pueda entrar. Hasta podrá acompañarte a Nueva York.

—No me puedo creer lo que has hecho. ¿Por qué?

Micah se encogió de hombros.

—Me dijiste que no querías volver a probar el tema de los implantes y se me ocurrió que no te vendría mal la ayuda de un perro como Hogar.

—¿Te da igual que no pueda oír? —preguntó con un tono más agresivo del deseado. En realidad, lo que quería saber era si a Micah no le importaba que fuera sorda y no quisiera cambiar.

—Quiero que elijas lo que te haga más feliz.

Tessa rompió a llorar al darse cuenta de que a Micah no le importaba que no quisiera volver a ponerse los implantes para recuperar el oído, siempre que ella fuera feliz con la decisión que tomase.

—Quizá decida volver a probarlo más adelante —admitió ella—. Hasta ahora tenía miedo y no puedo seguir usando el dinero como excusa.

—Liam me ha dicho que no tenéis problemas de liquidez. ¿Por qué no has querido saber cuánto dinero tenéis?

—No lo sé. A lo mejor no quería saber cuánto dinero tenía exactamente porque entonces ya no tendría ninguna excusa para no operarme.

—Tu hermano tiene dinero de sobra para reformar el restaurante. Lo único que le falta es un poco de tiempo.

Ella asintió.

—Lo sé. Pero yo no puedo estar de brazos cruzados porque, si no, me vuelvo loca. Además, quiero ganarme el pan yo misma. Supongo que, en mi interior, me había convencido a mí misma de que ese dinero era de Liam y no sabía cuánto tenía. Hace unos días ingresó en mi cuenta la cantidad que según él me corresponde. Mi parte de la herencia y los beneficios del restaurante. Aún no he mirado a cuánto asciende. De momento vivo con lo que gano de las propinas y con los otros trabajos. Yo quería que él se quedara con el dinero de nuestros padres y los beneficios del restaurante. Dedica muchas horas al negocio y renunció a mucho por mí.

—No creo que se arrepienta de llevar la vida que ha elegido. De vez en cuando aún acepta encargos como asesor cinematográfico y creo que disfruta con el restaurante.

Tessa puso cara de sorpresa.

—¿Sigue trabajando en películas?

—¿No lo sabías?

En realidad, nunca se lo había preguntado a su hermano. Quizá debía pasar más tiempo con Liam, interesarse por su vida.

—No, no lo sabía. Pero es que se preocupa tanto por mí que nunca sale con chicas.

—Tengo la sensación de que es algo que ha decidido él, aunque creo que le gusta una de sus empleadas.

—¿Cómo lo sabes? ¿Quién?

Tenía muchas ganas de que Liam encontrara a una mujer que supiera apreciar lo buena persona que era. Había intentado organizarle alguna cita con amigas suyas, pero no habían salido bien.

—Solo la vi un momento, pero Liam no podía quitarle los ojos de encima. Es guapa: pelo largo y oscuro… y es joven.

—Ya sé quién es. Lleva poco tiempo trabajando en el restaurante. Y no es taaan joven.

—Eso díselo a Liam. Le gusta una chica, pero no se atreve a hablar con ella. Y yo diría que el sentimiento es mutuo. —Hizo una pausa antes de añadir—: ¿Quieres ver lo que puede hacer Hogar?

—Sí, tengo muchas ganas. —Sabía que iba a quedarse con el perro, pero…—. Seguro que te ha costado una fortuna. Quiero devolverte el dinero. —Tessa se estremeció al ver la mirada siniestra de Micah.

—Hogar es un regalo. Y lo compré por egoísmo. Quiero que tengas protección y ayuda si lo necesitas —le dijo con un rostro inescrutable.

—Gracias —dijo Tessa, consciente de que sería misión imposible que Micah aceptara ni un centavo.

Observó con atención mientras él le daba diversas órdenes al perro para que aprendiera a avisarla. Cualquier ruido lo hacía reaccionar para que Tessa supiera que había ocurrido algo. Y cuanto más lo alababa, más caso le hacía. Hogar también estaba adiestrado para obedecer y reaccionaba a la perfección a esas órdenes.

Cuando acabó, Micah dijo:

—Acabarás estableciendo un estrecho vínculo con él, y él contigo. Al final, solo te hará caso a ti.

Tessa dejó de hacer la señal de «quieto» y Hogar corrió junto a ella para recibir una muestra de afecto. Ella se la dio de buen grado y le acarició la barriga mientras el perro se revolcaba para recibir toda su atención.

—Es monísimo —dijo Tessa, y Hogar se incorporó y permaneció sentado junto a ella.

—Está bien adiestrado. Incluso puede ayudarte a buscar algún objeto si está familiarizado con él. Puedes practicar mostrándole distintas cosas y luego pedirle que te las traiga.

—Me volveré muy perezosa —dijo ella en broma—. Supongo que también lo habrán adiestrado para hacer sus necesidades.

—Por supuesto. Puedes dejarlo salir, pero hará lo que tenga que hacer y volverá de inmediato. Sabe que su trabajo consiste en cuidar de ti.

Tessa se abalanzó sobre Micah y le dio un fuerte abrazo.

—Gracias. Es el mejor regalo que me han hecho jamás.

Micah le devolvió el abrazo.

—Si esta es tu forma de darme las gracias, creo que te compraré unos cuantos perros más.

Tessa soltó una risotada.

—Con uno basta.

Micah la agarró de los hombros y le dio un beso en la frente para que ella no dejara de mirarlo.

—Ha llegado en el momento perfecto —dijo Micah con gesto sombrío—. Hoy he hablado con uno de mis directivos. Se me olvidó darles mi nuevo número de teléfono. Me necesitan en Nueva York. Tengo que aprobar un diseño en las próximas veinticuatro horas o se retrasará el equipo de producción y no llegaremos a la fecha de lanzamiento.

A Tessa le cayó el alma a los pies al pensar en la posibilidad de que Micah se fuera de Amesport, pero logró esbozar una sonrisa.

—Pues entonces tienes que irte. Supongo que a veces se me olvida que eres un hombre con muchas responsabilidades.

—Mi equipo ha estado a la altura de la situación, soy yo quien insiste en dar el visto bueno final a cualquier producto que lleve el nombre de mi empresa antes de pasar a producción.

Tessa enarcó una ceja.

—Eres un poco obsesivo, ¿no crees?

—Mucho cuando se trata de la seguridad de un producto —admitió—. Por eso creé mi compañía. Sabía que el riesgo era una parte inherente de los deportes extremos, pero que podían ser más seguros con el equipamiento adecuado.

Tessa sintió un gran orgullo, estiró el brazo y le apartó el mechón rebelde de la frente. Micah no se había metido en el negocio solo por el dinero, sino que se preocupaba por lo que fabricaba. Su único objetivo era que los deportes extremos fueran lo más seguros posible. Para Tessa no había nada más admirable que salvarle la vida a la gente gracias a productos de más calidad.

—¿Quieres que te eche una mano con el equipaje? —le ofreció ella.

—No te alegres tanto por deshacerte de mí. —Le lanzó una mirada de tristeza—. Solo estaré fuera un día o dos. Volveré a tiempo de los entrenamientos finales y te acompañaré a la actuación.

—Te echaré de menos —confesó Tessa, que pronunció las palabras antes de darse cuenta.

Él le sonrió.

—Me alegro. Quiero que me eches de menos porque sé que yo te echaré de menos a ti.

—Mara me ha invitado a cenar. Supongo que las chicas han elegido un restaurante chino en lugar del Brew Magic, para variar. Emily, Sarah y Kristin también irán. Hope y Jason están fuera, como Randi y Evan, así que habrá menos mujeres de lo habitual. Quizá debería ir.

—Podrías haber ido aunque estuviera aquí —le dijo él.

—Lo sé —se limitó a añadir Tessa, que agachó la cabeza para no mirarlo a los ojos.

Él le acarició la barbilla para que levantara la mirada.

—Eh, ¿qué pasa? ¿Te ocurre algo?

Ella se encogió de hombros.

—Hace tiempo que tengo ganas de quedar con ellas, y Randi me ha invitado a sus almuerzos de chicas otras veces, pero creo que sería extraño.

Micah frunció el ceño.

—¿Por qué?

—Porque tengo que leer los labios, Micah. En estos momentos me resulta imposible estar en un grupo y seguir todas las conversaciones. Me sentiría desubicada.

Tessa se las apañaba bien con una o dos personas, y si se encontraba en un grupo podía elegir a quién prestaba atención. Pero si había varias personas hablando al mismo tiempo, no podría seguir el hilo. Randi era la única que sabía la lengua de signos y, encima, no podía asistir a la cena.

—¿Te sientes intimidada por una reunión de chicas? —preguntó Micah, asombrado.

Ella levantó la barbilla.

—Sí, puede ser un poco abrumador para alguien que no oye.

Miró a Micah, que estalló en carcajadas.

—¡Para! ¡A mí no me hace ninguna gracia! —Acababa de compartir uno de sus temores más íntimos, ¿y él se reía?

Micah la agarró de los hombros de nuevo, sin dejar de sonreír.

—Tessa, estás dispuesta a salir a patinar ante millones de personas, pero ¿te da miedo un pequeño grupo de mujeres? Además, si son todas muy simpáticas…

—No me entiendes —replicó ella con tristeza.

—Sí que te entiendo. Sé que esos temores son muy reales para ti, pero no tienes ningún motivo para sentirte desplazada. Concéntrate en la persona que prefieras e ignora a las demás. No te sentirás rara ni perdida. Ellas solo quieren ser tus amigas. Lo más probable es que quieran saber qué relación existe entre tú y yo.

Las palabras de Micah la hicieron sonreír.

—Me parece muy arrogante pensar que lo único que quieren es hablar de los hombres de sus vidas. Sarah es una doctora con un coeficiente intelectual muy alto. Kristin es una profesional del ámbito sanitario. Mara es una empresaria que ha tenido un gran éxito. Y Emily dirige su propio negocio. ¿No crees que tienen muchos otros temas de conversación aparte de los hombres?

—No.

Tessa puso los ojos en blanco.

—Pues yo creo que sí —replicó ella categóricamente—. Y ahora, ¿quieres que te ayude a hacer las maletas o no?

—No hay ningún motivo para hacer las maletas. Tengo todo lo que necesito en mi casa y en el avión. Pero sí que me vendría bien que me echaras una mano en el dormitorio.

Tessa vio su mirada de lujuria. Sabía perfectamente qué quería.

—¿Por qué? —preguntó ella, haciéndose la inocente.

—Acompáñame y te lo enseño. —Le tendió la mano.

Micah le guiñó un ojo para que lo siguiera, con una mezcla de pasión y picardía.

Tessa no podría haberse negado aunque hubiera querido. Iba a estar unos días sin verlo ni tocarlo.

Estiró el brazo y dejó que le tomara la mano.

Capítulo 16

—Nos morimos de ganas de saberlo: ¿te estás acostando con Micah o no?

A Tessa le resultaba extraño que a pesar de que ella vivía en un mundo de silencio, casi podía imaginar las voces de las mujeres con las que compartía mesa, intentando hablar todas a la vez. Era Mara quien le había hecho la pregunta, y su amiga le había tocado el brazo antes de hablar para que tuviera tiempo de mirarla. Todas habían seguido el mismo ritual esa noche: le tocaban el antebrazo si querían hacerle alguna pregunta o si querían decirle algo. Una situación muy distinta de la que había imaginado antes de ir. Tessa descubrió, con cierta sorpresa, que estaba disfrutando de aquella reunión de mujeres tan escandalosas que no paraban de hablar. No se sentía rara porque sus compañeras tenían la delicadeza de hacerle algún gesto con discreción para que no se sintiera excluida.

Ella no lo entendía todo, pero formaba parte de la conversación.

Todas la miraban con expectación y curiosidad. Aunque sabía que estaban interesadas y les gustaba bromear, la pregunta de Mara la había puesto en una situación difícil.

Tessa abrió la boca para responder, pero entonces la cerró porque no sabía qué decir.

Por suerte, Hogar acudió en su rescate ya que se levantó y apoyó el hocico en su bolso y una pata en su regazo. Era una señal de que su teléfono estaba vibrando.

—Disculpadme un momento —dijo Micah con una sonrisa nerviosa. Le dio una palmada a Hogar, metió la mano en el bolso y sacó el teléfono.

Llevaba un buen rato esperando el mensaje de Micah para que le confirmara que había llegado a su ático de Nueva York.

Estoy en casa. ¿Ya habéis empezado a hablar de nosotros?

Tessa sonrió. No le quedaba más remedio que admitir que tenía razón. A aquel grupo de mujeres les encantaba hablar de hombres, pero no era el único tema de conversación. Era obvio que estaban locamente enamoradas de sus maridos, de modo que la conversación surgió de forma natural.

Tessa respondió.

¿Todos los hombres creen que lo único que hacemos es hablar de ellos?

Más o menos.

Tessa sonrió, quería darle un buen chasco, pero tenía que hacerle una pregunta.

Quieren saber qué tipo de relación tenemos. Mara me ha preguntado si solo me acostaba contigo.

Espera un momento.

Ella esperó, preguntándose qué hacía. A lo mejor aún no había llegado al ático y estaba ocupado con otros asuntos.

Tessa se sobresaltó cuando Mara le tocó el brazo. Alzó la mirada y vio a su amiga, roja de tanto reír, mostrándole su teléfono.

—Léelo —le pidió.

Tessa se inclinó sobre la mesa y vio que Micah le había enviado un mensaje de texto a Mara.

Tessa no se acuesta conmigo, sino que soy yo quien lo hace con ella… a la mínima que puedo. Ahora dejadla en paz para que coma un poco y reponga energías porque las va a necesitar cuando vuelva a Amesport.

Todavía boquiabierta por lo que acababa de leer, su teléfono vibró.

Ya he solucionado el tema.

Ella respondió de inmediato.

No me puedo creer lo que acabas de hacer.

¿Por qué? Si es la verdad.

Pero no es necesario que lo sepa toda tu familia.

Tarde o temprano lo hubieran sabido, así que he preferido hacerlo oficial. Si no quieres añadir nada más, no lo hagas.

Es que no sabía qué decir.

Di lo que te apetezca. Los Sinclair no solemos andarnos con rodeos.

¿No te importa que lo sepan?

No. Además, tengo la intención de seguir haciéndote el amor durante mucho tiempo. Y si te portas bien, quizá deje que me lo hagas tú a mí.

Lo dudo. Te gusta mucho llevar las riendas.

Cuando vuelva intentaré dejar que las lleves tú. Bueno, al menos lo intentaré.

Tessa se rio al pensar en los gustos dominantes de Micah y las pocas probabilidades que había de que la dejara asumir el control de la situación.

¿Me lo prometes?

No le sorprendió que tardara un buen rato en responder.

Te prometo que lo intentaré. Ahora mismo haría casi cualquier cosa para que te desnudaras. Te echo mucho de menos.

A Tessa se le aceleró el corazón y respondió de inmediato con dedos torpes.

Yo también te echo de menos. Y Hogar.

Antes de salir de la casa de invitados, el perro había entrado en la sala de estar con una de las zapatillas de correr de Micah y la había dejado a sus pies, con una mirada inquisitiva, como si estuviera preguntando por él. Aquel gesto le robó una sonrisa y estrechó aún más su vínculo con el animal.

Diviértete y envíame un mensaje cuando llegues a casa.

Aquella preocupación constante por su bienestar era deliciosa.

Espero que tengas un buen viaje.

Mañana sabré cuándo volveré.

Vale.

Tessa se guardó el teléfono en el bolso con una sonrisa de oreja a oreja y cuando levantó la vista se dio cuenta de que todas las mujeres la estaban mirando.

Mara volvió a mostrarle su teléfono.

—Queremos saber todos los detalles —insistió la mujer de Jared.

Emily estaba sentada junto a ella y le tocó el antebrazo.

—Nos morimos de ganas de saber si va en serio. Yo creía que Micah nunca sentaría cabeza.

Entonces Sarah le tocó el brazo.

—¿Cómo os conocisteis?

A continuación fue Kristin.

—¿Por qué ha comprado todos esos terrenos a las afueras de Amesport? ¿Es que planea quedarse aquí?

Tessa respondió a las preguntas una a una. Les dijo que su relación con Micah no era seria y les contó la historia del día en que ella entró en el baño y lo encontró desnudo. Se rio y dijo que fue lujuria a primera vista. Luego le dijo a Kristin que no conocía las razones por las que había comprado los terrenos, lo cual era verdad, y le aseguró que Micah no pensaba urbanizarlos, solo construir casas de veraneo para sus hermanos y para él.

Conocía a todas las mujeres presentes desde que eran niñas, excepto a Sarah. La mayoría rondaban la misma edad, por lo que no era ningún secreto que Tessa había sido patinadora artística. Kristin puso en antecedentes a Sarah mientras Tessa explicaba a las demás por qué habían pasado tanto tiempo juntos Micah y ella. Recibió el apoyo de todas cuando les dijo que Micah estaba organizando un acto de patinadores olímpicos.

—¡Es fantástico! ¿Por qué no me lo has dicho? —preguntó Mara, agitando el puño de emoción—. ¡Quiero ir!

Emily asintió con entusiasmo.

—Yo también.

—Y yo —añadió Kristin.

—Podemos ir con Mara y Jared —dijo Sarah después de tocarle el brazo a Tessa para confirmarle su interés por el acontecimiento.

Tessa se estremeció de la emoción.

—¿Vais a venir todas a Nueva York solo para verme patinar? No soy tan buena como hace diez años —les advirtió.

—Claro que queremos ir. Y estoy segura de que lo harás de fábula. La técnica no se olvida —dijo Mara.

—Eso es lo que me dijo Micah. Fue él quien me convenció para que volviera a patinar, y tenía razón. Yo quería ponerme de nuevo los patines, pero tenía miedo. —Hizo una pausa antes de añadir—: Gracias. Es un gesto conmovedor que queráis venir a verme. De verdad. —Abrumada por el apoyo que había recibido, se le quebró la voz.

Emily, Mara y Kristin eran conocidas. Conocía a Sarah pero no tenía una relación sólida con ella. En realidad, nunca había intentado trabar amistad con ellas por miedo, porque se sentía muy distinta. Sin embargo, no era tan diferente de aquellas chicas y su supuesto problema de comunicación era solo eso: miedo a que no la aceptaran y a no encajar en su mundo.

—¿Por qué no íbamos a querer ir? —preguntó Mara, mirando a Tessa—. Eres la campeona olímpica de Amesport y nuestra amiga. Es un acto muy importante para ti.

Tessa observó a las cuatro mujeres que la rodeaban.

«El problema no era ellas, sino yo».

Tessa siempre había tenido miedo de hablar con ellas por miedo a que la considerasen alguien distinto, a que la evitaran porque había cambiado. Vivía en un mundo sin sonido; ellas no. Sin embargo, no parecía que les importara lo más mínimo que no pudiera oír. La única persona para la que suponía un problema era ella misma. Aquellas cuatro mujeres siempre habían estado dispuestas a ser sus amigas, era Tessa quien se había distanciado.

Durante los últimos años había mantenido la amistad con Randi porque su amiga regresó a su vida sin que la hubiera invitado. Las demás permitieron que mantuviera las distancias después de perder el oído porque debieron de creer que era lo que necesitaba para sentirse cómoda. De hecho, no habían dejado de invitarla a comer con ellas, pero era Tessa quien había rechazado las invitaciones.

Incluso ahora, a pesar del tiempo que había transcurrido, estaban dispuestas a apoyarla, aún la consideraban una amiga más.

—Gracias —le dijo a Mara, y luego miró a las demás—. Gracias a todas por querer asistir a la gala.

Sarah le tocó el brazo.

—Claro que estaremos a tu lado. Y siento no haberte reconocido. De pequeña no me dejaban ver demasiado la televisión y no soy muy aficionada a los deportes. Luego la carrera de Medicina y la residencia ocupaban todo mi tiempo. Si hubiera tenido una infancia normal, seguramente te habría reconocido.

—Hay muy poca gente que me reconozca. Cuando patinaba me hacía llamar Theresa, por eso la gente que me conoce como Tessa no me asocia con mi etapa de patinadora.

Tenía la sensación de que tras aquellas palabras que hacían referencia a una «infancia normal» se escondía algo más, pero solo sabía que la mujer de Dante era una buena médica y que tenía un coeficiente intelectual muy superior a la media. Quizá también la habían tratado distinto de pequeña y también se había sentido desubicada.

—¿Alguna vez has probado los implantes cocleares? —le preguntó justamente Sarah—. Kristin me dijo que sufriste meningitis y que recibiste el tratamiento demasiado tarde para evitar la pérdida de oído. No es mi especialidad, pero creo que es una opción que no puedes descartar.

Tessa asintió. El tema de los implantes ya no le resultaba tan incómodo como en el pasado.

—Me puse uno, pero tuve una infección y me lo quitaron.

—A veces pasa, pero no es muy habitual. Podrías intentarlo de nuevo —le dijo Sarah, que le estrechó el antebrazo en un gesto de apoyo, no para llamar su atención.

Tessa vio la bondad que se reflejaba en los ojos violeta de Sarah cuando sus miradas se cruzaron.

—Me da un poco de miedo —dijo Tessa.

—Es normal. Sobre todo después de todo lo que te ha pasado. Pero las probabilidades de que vuelva a suceder son muy bajas. Creo que vale la pena asumir el riesgo si de verdad lo deseas.

—Sí que lo deseo —afirmó Tessa con sinceridad—. Lo único que me ha impedido volver a probarlo es el miedo.

No quería recurrir a la excusa del dinero porque no era cierta. Lo que ocurría era que, simple y llanamente, la aterraba la posibilidad de un nuevo fracaso.

—Te entiendo —insistió Sarah—. A mí también me daría miedo volver a pasar por lo mismo.

Todas asintieron categóricamente para mostrarle que coincidían con ella. Tessa estaba a punto de volver a llorar al comprobar la solidaridad y la ayuda que le ofrecían sus amigas.

¿Cuánto tiempo llevaba esperando una muestra de apoyo como esa?

¿Cuánto tiempo llevaba esperando que alguien le dijera que no se equivocaba?

¿Cuánto tiempo llevaba esperando a rodearse de sus amigas, en lugar de mantenerlas alejadas?

¿Cuánto tiempo hacía que se sentía sola y aislada?

Demasiado.

Al final respiró hondo y le preguntó:

—Me gustaría volver a probarlo. ¿Podrías ayudarme? No sé cuál es el protocolo médico habitual cuando te has sometido a un implante que no salió bien.

Sarah sonrió.

—Claro. No es culpa tuya que se infectara, así que no creo que la aseguradora ponga problemas, pero me encargaré de comprobarlo. Tengo una amiga en Nueva York que es una de las mayores especialistas del país en este tipo de intervenciones. Hablaré con ella. Quizá podrías ir a su consulta cuando estés en Nueva York, ¿no?

Tessa asintió con decisión.

—Sí, por favor. Lo haría encantada. La otra vez lo hice en Boston. Creo que el cambio me vendría bien. No guardo muy buen recuerdo de Boston y preferiría no volver.

No solo había perdido el oído en esa ciudad, sino que conservaba demasiados malos recuerdos de Ricky. Necesitaba empezar de cero y hacerlo en un lugar nuevo.

—Pues yo me encargo de todo. Será un placer —le dijo Sarah con una sonrisa.

Mara le tocó el brazo.

—Ahora que ya hemos solucionado los asuntos médicos, háblanos de Micah. ¿Van a trasladarse todos mis primos a Amesport? Me encantaría.

Tessa se rio.

—Yo que tú no depositaría muchas esperanzas. Ya sabes cómo es Micah. Siempre anda buscando su dosis de adrenalina. Además, creo que es feliz en Nueva York. Le gusta su empresa y su gran pasión es hacer que los deportes extremos sean más seguros.

Emily le tocó el brazo.

—¿Te asusta eso? Me refiero a las locuras que hace.

Tessa meditó la respuesta.

—Ahora me preocupo por él y no diré que podría estar tranquila si supiera que está haciendo algo peligroso. Pero sus pasiones forman parte de su esencia y Micah es un buen hombre. No quiero cambiarlo. Además, salté en paracaídas con él y me encantó.

Tessa observó los gestos de sorpresa de sus amigas y añadió:

—¿Qué? ¿Creéis que una mujer sorda no puede hacer paracaidismo?

Había tomado la decisión de obtener el certificado para hacer saltos individuales, aunque a Micah no le entusiasmaba la idea de que saltara de un avión si no lo hacía sujeta a él.

Sus amigas negaron con la cabeza, como si ninguna de ellas estuviera dispuesta a saltar de un avión ni por todo el dinero del mundo.

Curiosamente, ella pensaba lo mismo hasta que conoció a Micah. Quizá había soñado alguna vez que reuniría el valor necesario para intentarlo, pero todo el mundo tiene sueños que nunca se harán realidad. Sin embargo, pensándolo bien, no estaba segura de que hubiera sido capaz de saltar con otra persona que no hubiera sido Micah. Y después de la experiencia comprendía por qué le gustaba tanto ese subidón de adrenalina.

La comida llegó en ese momento y todas se abalanzaron sobre sus platos. Tessa dio un par de trozos de pollo de sus fideos *lo mein* a Hogar, a pesar de que sabía que no debía hacerlo. A cambio, el perro la recompensó con una mirada de adoración canina que la hizo reír.

Todas siguieron hablando mientras daban cuenta de los platos que habían pedido. La velada pasó tan rápido que Tessa no podía creer que fueran las diez de la noche cuando salieron del restaurante. Se despidieron con un sinfín de abrazos, como si no vivieran en la misma ciudad, y Tessa disfrutó del momento como no lo había hecho nunca. El contacto físico era una de las formas que tenía de reforzar los vínculos con los demás, y le gustaba sentirse tan cerca de aquel grupo de mujeres.

Cuando todas le dieron su número de teléfono, ella le hizo una señal a Hogar para que entrara en su turismo. El perro ocupaba todo el asiento del acompañante y la siguió atentamente con la mirada mientras ella rodeaba el vehículo y se sentaba al volante.

—Seguro que te has aburrido un poco con nuestras conversaciones, ¿verdad? —le dijo al perro mientras le acariciaba su suave cabeza—. Vámonos a casa y te daré tu merecido premio.

Hogar le lamió la mejilla antes de recostarse en el asiento.

Tessa soltó una carcajada mientras arrancaba el motor, pensando en lo importante que había sido la noche para ella. No solo había reforzado sus vínculos de amistad con cuatro mujeres a las que admiraba, sino que su perro parecía feliz de hacerle compañía.

Su vida había cambiado tanto que ahora era capaz de enfrentarse a sus miedos más fácilmente porque se había dado cuenta de que gran parte de esa angustia se la provocaba ella misma, producto de su inseguridad y las dudas que tenía sobre sí misma.

—Todo eso se acabó —le dijo a Hogar mientras se ponían en marcha, en dirección a la antigua casa de Randi.

Hace años habría pensado que debía encontrarse de nuevo a sí misma. Sin embargo, ahora tenía la sensación de que estaba a punto de descubrir quién era por primera vez.

Realizó el trayecto de vuelta a casa contenta por la revelación porque estaba segura de que le iba a gustar la mujer que estaba a punto de salir a la luz, tras pasar varios años enterrada bajo sus miedos. Con solo un poco de suerte, sería una mujer maravillosa.

Capítulo 17

Tener un compañero canino la había hecho más feliz de lo que podría haber imaginado jamás. Por las mañanas salía a correr con Hogar, que era capaz de seguirle el ritmo sin problemas. De vez en cuando ella reducía la velocidad por miedo a agotarlo, pero si algo le sobraba al perro era energía, ya que la animaba a seguir corriendo cuando ella intentaba darle un descanso.

Cuando estaban en la pista, Hogar se sentaba en las gradas para poder verla y la observaba en silencio, siempre alerta.

Tessa no se molestaba en poner la música porque no estaba Micah para darle indicaciones, pero hacía toda la rutina, incluido el saludo final.

Fue entonces cuando vio a un hombre ante ella, aplaudiendo después de ver su actuación. Ella se acercó para averiguar quién era y la invadió una sensación de inquietud. No era Micah, que no iba a volver hasta el día siguiente. Tessa se detuvo junto a la barrera, lo único que los separaba, cuando reconoció a aquel hombre. No se lo podía creer.

«¿Rick? ¿Qué diablos hace en Amesport?».

Se lo quedó mirando fijamente. A pesar de que solo tenía uno o dos años más que Micah, parecía bastante mayor que él. Le sobraba algún kilo. No estaba gordo, pero era obvio que no se había controlado demasiado con las grasas y el alcohol en los años que llevaban separados.

Lo miró automáticamente a la boca cuando empezó a hablar.

—Debo decir que ha sido extraordinario. ¿Has recuperado el oído? He visto que apareces en el programa de la gala de Nueva York. No has perdido la elegancia que tenías en la pista.

La cabeza empezó a darle vueltas por la emoción de ver a su primer amor después de tanto tiempo. No sabía qué decir. Aquel hombre le había destrozado la vida, pero a su corazón le daba igual. Tras la sorpresa inicial… sentía… No sentía nada. Pensándolo bien, no era cierto. Sentía ira.

—¿Qué quieres, Rick? —se limitó a preguntarle.

—Vi que habías vuelto a patinar y decidí que tenía que venir a verte. Has mejorado con los años, Tessa. Te echaba de menos.

Ella vio que Hogar bajaba de las gradas, con mirada meditabunda, y se sentaba a cierta distancia de Rick, como si no confiara en él.

«Tranquilo, Hogar, yo tampoco me fío de él», pensó Tessa.

—¿Te han entrado ganas de verme después de todos estos años? ¿Por qué? —preguntó, cada vez más tensa.

—Tú y yo tuvimos una relación seria. Quizá nos rendimos muy fácilmente. No he vuelto a encontrar a otra mujer como tú.

Un sentimiento de ira empezó a apoderarse de ella, con una intensidad que jamás habría imaginado.

—¿Te refieres a cuando me echaste de tu casa para que otra fuera a vivir contigo? ¿O a cuando me dejaste en uno de los momentos más difíciles de mi vida?

—Te quería, Tessa. Pero no sabía cómo enfrentarme a tu discapacidad. Y ahora que has recuperado el oído…

—¡No! —gritó ella. Por un instante se transportó al pasado que habían compartido. Tuvieron sus buenos momentos, pero solo cuando ella estaba en plena forma y era una patinadora de fama mundial a la que él podía moldear a su antojo—. He aprendido a vivir sin oír y no soy una mujer discapacitada. Ya no te necesito. Y creo que tampoco te necesitaba entonces.

—Tienes razón. *Ahora* no eres una discapacitada —dijo Rick—. Vuelve conmigo, Tessa. Estamos a tiempo de recuperar lo que perdimos. Estuvimos muchos años juntos, ambos hicimos un gran esfuerzo para forjar nuestra relación. No lo puedes olvidar. Aún conservo tu anillo. —Sacó una caja del bolsillo y la abrió.

Era el anillo de diamantes que se había llegado a poner, el mismo que la había hecho sentirse desnuda cuando se lo quitó después de su ruptura.

«Si ha venido a buscarme seguro que es porque acaba de dejar a su última novia. Seguro que solo puede aguantarlo una chica inocente de dieciocho años. Pero ¿qué diablos se habrá pensado? ¿Cree que podrá manejarme ahora como hacía entonces?».

Tessa se estremeció. Lo último que quería era volver a ser la chica de entonces. Ese era el único aspecto en el que se alegraba de haber perdido el oído: le había permitido aprender qué no era el amor y había evitado que se acabara casando con el hombre más egoísta que había en la faz de la Tierra.

—Qué curioso. Si no recuerdo mal, tú dijiste que se nos acabó el amor —le soltó ella, recordando fragmentos de la última conversación que habían tenido, y que en su momento le provocó un dolor indecible.

—Sé lo que dije, pero estoy preparado para volver contigo —dijo adoptando un gesto sombrío y de irritación.

Tessa patinó hasta la puerta de la barrera y Hogar acudió a darle la bienvenida. Ella le dio una palmada en la cabeza, se quitó rápidamente los patines y se puso los zapatos. Luego los guardó en la bolsa, se la echó al hombro e ignoró a Rick por completo hasta que tuvo que pasar junto a su lado de camino a la salida.

Él la agarró del brazo para detenerla.

—¿No me has oído? Te he dicho que estoy preparado para volver contigo.

Tessa tuvo que contener la risa mientras observaba su gesto de enfado. ¿De verdad creía que ella regresaría arrastrándose junto a él? ¿Por qué? ¿Por dinero? Era un cretino. ¿Cómo era posible que no lo hubiera visto antes? ¿Cómo había podido estar con un hombre como él?

«Yo era joven y manipulable porque no sabía nada sobre relaciones amorosas. Hasta entonces mi vida había girado en torno al patinaje. Y cuando lo conocí, él se convirtió en el centro de mi universo».

Tessa había dedicado el mismo esfuerzo para satisfacer a Rick que para satisfacer a los jueces de patinaje, y había perdido todo lo que era o lo que habría podido llegar a ser. Había perdido su esencia, la identidad que habría desarrollado a partir de sus ideas, sus experiencias. Como le gustaba patinar, no le había importado intentar satisfacer a los jueces. Con Rick habría podido elegir, pero sabía que lo había hecho por amor y por ello se perdonó a sí misma por ser tan ingenua. Por desgracia, Rick no parecía entender que ella se había convertido en una mujer adulta.

Tessa se retorció para zafarse de sus garras y cuando él intentó sujetarla de nuevo, Hogar le enseñó los colmillos. A juzgar por la mirada de pánico de Rick, Tessa dedujo que su perro le había lanzado un gruñido de advertencia.

Ella se dio una palmada en el muslo, y Hogar acudió a su lado y la siguió mientras dejaba atrás su pasado. Quizá su relación con Micah tenía fecha de caducidad y estaba predestinada a acabar en un futuro cercano, pero se dio cuenta de que prefería disfrutar de cinco minutos con Micah Sinclair que de una vida infernal al lado de alguien capaz de menospreciarla del modo en que lo había hecho Rick.

Tessa sujetó la puerta para que saliera Rick y, cuando lo hizo, cerró con llave.

La cara del amante despechado era todo un poema.

—Estás cometiendo un gran error, Tessa. Cualquier mujer mataría por ser mi esposa.

—En mi caso, yo te mataría si tuviera que ser tu esposa —le espetó ella—. Eres un cabrón manipulador y engreído que trata a las mujeres como si fueran basura. Yo no soy la misma de entonces, gracias a Dios. —Le hizo un gesto con la mano para que la dejara en paz—. Búscate a otra que comparta tus gustos, pero te aseguro que no seré yo.

Tessa echó a andar hacia el coche seguida de Hogar, pero entonces se volvió y le dijo:

—Por cierto, que sepas que aún soy sorda, pero no una discapacitada. He comprobado que puedo patinar aunque no pueda oír. Ahora vuelve a Boston. No tienes nada que hacer en Maine.

En una ciudad grande le resultaría mucho más fácil encontrar a una chica ingenua. Tessa compadecía a la pobre desgraciada que cayera en sus redes.

No volvió la vista atrás mientras se alejaban por la carretera, pero sonrió cuando Hogar le dio un lametazo en la cara y se recostó en su asiento.

***

Por la tarde recibió un mensaje de Julian para avisarla de que estaba a punto de aterrizar acompañado de Xander. También le pedía si podía ir a la casa de invitados de Evan para comprobar que no hubiera alcohol ni pastillas en la residencia.

Tessa se llevó a Hogar con ella y mientras vaciaba la última botella de cerveza en el fregadero, se preguntó qué iba a pasar con el hermano de Micah.

Sacó la basura a la calle y, entre suspiros, se alegró de que no quedara ninguna sustancia en la casa que pudiera llevar por el mal camino a Xander otra vez.

Le daba mucha pena lo que le estaba pasando al hermano pequeño de Micah, que la había ayudado en un momento en que necesitaba una cara amiga. Por aquel entonces él era de esas personas capaces de acercarse a una desconocida para comprobar que se encontraba bien. ¿No se daba cuenta de que ahora estaba destrozando a su familia?

¿En qué tipo de persona se había convertido?

Tessa quitó el polvo y pasó la aspiradora a la casa, y la dejó tan limpia como pudo teniendo en cuenta que la habían avisado con muy poca antelación. Cuando acabó, decidió preparar una cafetera.

Al cabo de unos segundos, Hogar entró corriendo en la cocina para avisarla y ella lo siguió hasta la puerta.

—¿Ha venido alguien? —le preguntó al perro a pesar de que no era necesario ya que el animal había señalado la puerta como el origen del ruido.

Abrió el cerrojo, agarró la manija y tiró. Había dos hombres. Se apartó al reconocer a Julian e intentó no mirar muy fijamente al chico al que agarraba del cuello de su chaqueta de cuero negro. Julian guio a Xander por la casa, hasta la cocina, y lo obligó a sentarse en una silla de la mesa.

—Tengo que ir a la ducha —dijo Julian, algo enfadado—. Este imbécil me ha echado por encima la lata de refresco que le he ofrecido cuando me ha dicho que tenía sed.

Julian se dirigió hacia el baño a grandes zancadas, con una bolsa al hombro.

Tessa se volvió y preparó dos tazas de café. Dejó leche y azúcar en la mesa porque no sabía cómo les gustaba el café a los hermanos Sinclair. Ni siquiera sabía si les gustaba el café.

Si no hubiera sabido que era el mismo Xander que había acudido en su rescate, no lo habría reconocido. Tenía una barba muy dejada, el pelo largo y aunque solo le había lanzado una mirada fugaz, vio que tenía varias cicatrices en la cara. Y estaba delgado, demasiado.

Le dejó una taza delante con una cucharilla, tomó la otra y se sentó frente a él. Se puso un poco de leche y le preguntó:

—¿Qué tal estás, Xander? ¿Te acuerdas de mí?

Él acarició la taza.

—Te pediría que no me lo tirases. Está muy caliente —le recordó.

Tessa vio el ligero temblor de sus manos, sus ojos apagados clavados en la taza, mientras decidía si daba rienda suelta a su ira lanzándola por los aires.

—Si no te gusta el café, puedo prepararte otra cosa —le ofreció.

—Quiero. Un. Puto. Trago.

Si no hubiera articulado las palabras, a Tessa le habría costado entenderlo por culpa del vello facial.

—Ahí tienes un trago. No queda ni una gota de alcohol en la casa. Hay refrescos, opción que ya has rechazado de forma muy grosera. O ese café que ves ahí delante.

—Eres la chica sorda a la que conocí hace unos años.

—Sí —asintió Tessa.

—¿Aún no puedes oír?

—No.

—Bien. —Agarró la taza y la estampó contra la nevera—. Me alegro de que no puedas oír esto.

Tessa lanzó un bufido de hastío cuando vio los fragmentos de cerámica en el suelo, mezclados con el café que goteaba de los armarios y la nevera.

Se puso en pie con los brazos en jarras.

—¿A qué ha venido eso?

—Si no tienes intención de darme un trago de verdad o de acostarte conmigo, déjame en paz. En estos momentos solo quiero dos cosas y el café no es una de ellas.

Tessa se agachó y empezó a limpiar el estropicio.

—¿Qué diablos te pasa?

—Que soy un imbécil —dijo, encogiéndose de hombros.

—Antes no lo eras.

Lo miró a los ojos.

—Eso fue hace mucho.

Xander permaneció en silencio mientras Tessa limpiaba el destrozo y se cortó el dedo al tirar los restos de la taza a la basura.

—¡Maldita sea! —gritó al ver la sangre que le corría por la palma de la mano.

Xander se levantó, le tomó la mano con cuidado y le limpió la herida bajo el grifo. Era un corte superficial que dejó de sangrar casi de inmediato. La acompañó a la silla y la obligó a sentarse agarrándola de los hombros.

Ella lo observó mientras limpiaba el café y, cuando acabó, se sentó de nuevo.

Hogar, que había observado la escena desde la puerta, se acercó a Xander, lo olisqueó y apoyó la cabeza en su regazo.

Tessa contuvo el aliento. Esperaba que Xander no hubiera cambiado tanto como para apartar o darle una patada a un perro inocente, y respiró aliviada cuando vio que el hermano pequeño de Micah apoyaba la mano en la cabeza del perro y la acariciaba con gesto ausente.

—Sabes que estás haciendo daño a tus hermanos. ¿Quieres matarte o ha sido un accidente?

Tessa supuso que, dada la situación, no tenía nada que perder. Xander podía estallar de nuevo, pero no disponía de munición porque la otra taza estaba en sus manos y había guardado la leche y el azúcar.

Xander no hizo caso de la pregunta y se reclinó en la silla, como si estuviera en el lugar más horrible del mundo.

—Volveré a caer, si es eso lo que les preocupa. ¿Por qué no me dejan en paz de una vez?

—Porque te quieren —le dijo Tessa, muy seria—. Eres su hermano. No me digas que no harías lo mismo. —Hizo una pausa antes de añadir—: Yo intenté suicidarme una vez. Fue cuando volví a casa. Mis padres habían muerto. Yo sí que había perdido todo lo que amaba.

Él la miró con un mínimo interés.

—Entonces, ¿por qué sigues con vida?

—Porque paré antes de que fuera demasiado tarde. Pensé en mi hermano, el único familiar vivo que me quedaba, y me di cuenta de que no quería dejarlo solo y que tuviera que cargar con el sentimiento de culpa por no haber podido salvarme. Eso es lo que pasaría si murieras. Tus hermanos nunca se lo perdonarían.

—No quiero acabar con mi vida. Solo necesito una vía de escape. Y el alcohol y las pastillas me la proporcionan.

—No es verdad. Acabarán matándote —le espetó Tessa.

—Pues entonces a lo mejor sí que quiero morirme. ¿Por qué no me dejáis en paz de una maldita vez? Aunque yo no estuviera, mis hermanos se tendrían el uno al otro y a los demás primos. No me necesitan.

Xander parecía envuelto bajo un manto de oscuridad que Tessa sentía muy claramente.

—No estoy diciendo que sé cómo te sientes. Tuvo que ser horrible ver morir a tus padres, pero te aseguro que siempre hay luz al final del túnel. Te lo prometo.

Se le cayó el alma a los pies al ver el lamentable estado en que se encontraba.

—Mis hermanos no lo saben todo y, como soy un maldito cobarde, nunca lo sabrán. Pero en mi caso no hay luz al final de este maldito túnel interminable. ¡Es infinito!

—Pues estás arrastrando a Micah y a Julian contigo —le informó Tessa—. ¿Sabías que Micah vuelve a tener migrañas, seguramente por culpa de la tensión a la que está sometido? ¿Es que ni siquiera puedes intentarlo? —le suplicó.

—Volvería a fracasar —dijo Xander con indiferencia—. Si no tomo pastillas o bebo, tengo pesadillas tanto de día como de noche.

—Puedes superarlo —le dijo Tessa, desesperada por llegar al corazón del Xander que había conocido años atrás. Aún estaba ahí. No podía haber desaparecido.

—No, no puedo. —Se levantó—. Me voy a la cama. Dile a Julian que no necesito una puta niñera.

Tessa sabía que Xander iba a tener una niñera, daba igual lo que él quisiera. Su hermano Julian no iba a separarse de él.

—Quizá si se lo contaras todo…

Xander la miró fijamente.

—No quiero hablar, solo drogarme. De modo que si no puedes traerme a una mujer que quiera acostarse conmigo o algo de beber, cierra la boca de una puta vez.

Tessa se calló porque Xander se fue. Tenía razón. Si no encontraba una solución a los problemas originales, el proceso de rehabilitación sería un fracaso.

Mientras le corría una lágrima por la mejilla, se preguntó qué le había pasado a Xander para convertirse en alguien poseído por el resentimiento y la amargura. Quizá era cierto que solo quería olvidar lo que había visto la noche que fueron asesinados sus padres, pero había algo más. Él mismo lo había admitido.

Hogar se acercó a ella y apoyó la cabeza en su regazo. Tessa se la acarició mientras se preguntaba qué o quién podía hacer cambiar a Xander.

Sabía que ella no podría.

Por desgracia, había fracasado estrepitosamente en su primer intento.

Capítulo 18

—Te partirá el corazón. Cuando esté listo para irse, se marchará sin volver la vista atrás —le dijo Liam a Tessa la noche siguiente, sentados a una de las mesas viejas del Sullivan's Steak and Seafood.

Tessa había sustituido a una de las camareras que necesitaba tomarse la noche libre. Micah le había enviado un mensaje para decirle que llegaría a la mañana siguiente y ella se moría de ganas de verlo.

A decir verdad, sabía que su hermano tenía razón. Iba a pagar un precio muy alto por entregarse sin reservas a la pasión arrebatadora de Micah. Aun así, tampoco quería renunciar a todo lo que había vivido para evitar el dolor.

—Eso es cosa mía —replicó ella, muy seria.

Liam se encogió de hombros y apuró la cerveza.

—No quiero verte sufrir.

Tessa sintió una punzada de dolor al ver el semblante apesadumbrado de su hermano.

—No puedes protegerme de todos los peligros, Liam. Estoy a punto de cumplir veintiocho años. Me gusta Micah y es el primer chico con el que me siento a gusto y quiero estar desde lo de Rick.

—Es el primero al que le has dado una oportunidad —replicó él.

Tessa negó con la cabeza.

—Es el único al que he querido. —Desesperada por cambiar de tema, añadió—: Por fin he consultado el extracto de mi cuenta. Tiene que haber un error. ¿De dónde ha salido todo ese dinero? ¿Es tuyo?

—No, es todo tuyo. Papá y mamá no eran pobres, Tessa. Además, tenían el restaurante y el dinero que les dejaron los abuelos. No olvides que el negocio da beneficios. Lo que has visto es la mitad de la herencia y lo que te corresponde del restaurante. Cuando venda la casa, también recibirás la mitad.

—Pero hay casi un millón de dólares en esa cuenta. Seguro que te has equivocado. Casi me da un infarto cuando lo he visto.

Liam enarcó las cejas.

—¿Y te das cuenta ahora? Hace años que tenemos una cuenta compartida donde estaba el dinero de la herencia y los beneficios del negocio. ¿Cómo es posible que no lo supieras?

—No la consultaba. No quería.

—¿Por qué no?

—No lo sé —respondió lanzando un suspiro—. Da igual. Bueno, creo que sí lo sé. Necesitaba una excusa para no volver a ponerme los implantes. Quería que te quedaras toda la herencia de papá y mamá. No quería saber cuánto dinero había. Ya sabes que a ninguno de los dos les gustaba hablar de ese tema. Prefería creer que no teníamos el dinero necesario, y que lo poco que habíamos ahorrado había que invertirlo en la reforma del restaurante.

—He abierto una cuenta especial para las obras. Llevo tiempo ahorrando dinero de los beneficios. En verano recibí un presupuesto y podemos asumir el coste de las reformas. Estaba esperando a que llegara un período de calma para empezarlas. —Dudó antes de añadir—: ¿Quieres probarlo otra vez? Parecías muy convencida de que no querías volver a correr el riesgo. Si quieres que te diga la verdad, no sé si yo lo haría después de todo por lo que has pasado en los últimos seis años.

—Creo que tal vez lo intente —respondió dubitativa—. Sarah tiene una amiga en Nueva York que es una de las mejores especialistas del país en este tipo de intervenciones. Creo que al menos me gustaría ir a verla cuando esté en la ciudad. Lo que me ocurrió no es muy habitual. No quiero desaprovechar la oportunidad de ampliar la información que ya tengo.

Liam se puso en pie, se abalanzó sobre ella y la levantó en volandas. Cuando la dejó de nuevo en el suelo, parecía muy emocionado.

—Tengo la hermana más valiente del mundo. Me parece fantástico que quieras intentarlo de nuevo.

Ella le devolvió el abrazo.

—Tenía miedo, Liam. He vivido con miedo durante mucho tiempo.

Él la agarró de los hombros.

—¿Y ahora ya no lo tienes?

—Yo no me atrevería a ser tan categórica —respondió ella secamente—, pero no voy a permitir que el miedo gobierne mi vida. Si no lo intento, nunca sabré si habría podido recuperar el oído.

—Eres muy valiente, Tessa, una de las mujeres con más agallas que he conocido. Es cierto que no coincidimos en lo que se refiere a tus gustos masculinos, pero siempre has sabido manejar la situación mucho mejor que yo.

Ella le puso una mano en el hombro. El apoyo constante de su hermano a lo largo de este tiempo le anegó los ojos en lágrimas. No quería hablarle de todas las veces en que ella había sucumbido a la debilidad, cuando el mundo le parecía un pozo oscuro sin fondo. No necesitaba saberlo y ella ya había dejado atrás su pasado. Tessa quería seguir adelante con su vida y que su hermano hiciera lo mismo.

Ella esbozó una sonrisa entre las lágrimas.

—Eres el mejor hermano que podría desear una mujer. Has estado a mi lado, sufriendo conmigo. Ha llegado la hora de que seamos felices y quiero que dejes de pensar que eres responsable de las tragedias a las que nos hemos enfrentado en el pasado.

—Pero ¿y si…?

Ella se apresuró a taparle la boca con la mano.

—Y si nada. Por favor. No podemos quejarnos de la vida que tenemos. De pronto me he convertido en millonaria. —Se rio y le apartó la mano de la boca—. Cuando vi mis ahorros fue como si me hubiera tocado la lotería.

—¿De verdad creías que era necesario que tuvieras tantos trabajos?

Ella se encogió de hombros.

—Supongo que sí, pero solo porque quise creer que era así. Además, ya sabes que me aburro cuando no me dejas trabajar aquí.

—Porque entonces tendría que despedir a alguno de nuestros empleados —repuso Liam.

—Lo sé. Por eso me busqué otro trabajo. Incluso ahora que no tengo ni cinco minutos de descanso, no he dejado el pluriempleo. Pero no voy a volver a casa —le advirtió—. Soy demasiado mayor para vivir con mi hermano. No sería muy distinto de vivir con mis padres. Soy una chica independiente y me las apaño muy bien sola.

Ahora tenía suficiente dinero para comprarse su propia casa. La cabeza aún le daba vueltas después de conocer la mareante cifra que tenía en la cuenta del banco.

—Siempre serás mi hermanita —dijo Liam, que le tiró suavemente de la coleta en un gesto burlón.

Tessa se rio. No le importaba que Liam hiciera el papel de hermano protector, pero lo que no soportaba era que se sintiera culpable por lo ocurrido y su deseo irrefrenable de protegerla de cualquier peligro.

—Supongo que eso significa que mi hermano es aún mejor partido de lo que yo creía —dijo Tessa.

Liam frunció el ceño.

—Ni se te ocurra volver a organizarme una cita a ciegas.

—Pero tienes tanto dinero como yo, ¿no?

Él sonrió.

—Un poco más. Como sabes, al principio de mi carrera creé varios productos. Algunos los vendí y ahora me proporcionan unos derechos de autor muy jugosos. También tengo un caché muy bueno como consultor. Soy el mejor de mi especialidad.

—Entonces, ¿eres rico? —le preguntó Tessa sin rodeos, mirando boquiabierta a su hermano.

—No tanto como los Sinclair, pero sí, no me falta el dinero. ¿Por qué no me lo preguntaste antes?

—Creo que no estaba preparada para enfrentarme a la realidad —admitió ella—. Imagino que me conformaba con esos trabajitos y que me convencí a mí misma de que ya me estaba bien así.

—Es que estás bien —se apresuró a responder Liam—. Más que bien.

—No lo estaba. Tenía miedo, pero me sentía segura en mi pequeño mundo.

Los límites le proporcionaban una gran sensación de seguridad.

—¿No se te partirá el corazón cuando veas marchar a Micah?

Tessa meditó la respuesta.

—Claro que estaré triste. Y lo pasaré mal durante una temporada. Pero no me arrepiento de haber conocido a Micah. Gracias a él he vuelto a patinar, he vuelto a intentarlo. Gracias a él soy una mujer más ambiciosa que antes.

—Estás enamorada de él —le dijo Liam fríamente.

Ella asintió y rompió a llorar.

Liam la abrazó con fuerza y le dio un beso en lo alto de la cabeza.

—Como te haga daño, lo mataré.

Tessa no lo oyó. Siguió llorando.

***

Esa noche, Tessa se despertó al notar que el colchón cedía bajo el peso de algo que no era Hogar.

Se incorporó con un gesto brusco y abrió la luz de la mesita. El corazón le latía desbocado, pero no pudo reprimir la risa.

Micah estaba tumbado boca abajo y Hogar sentado a su lado, con cara triste y ofendido.

Tessa se deleitó la vista observando el cuerpo desnudo de Micah, que se incorporó lentamente, marcando glúteos y bíceps, y apoyó la espalda en el cabecero de la cama.

Micah y el perro se miraron mutuamente hasta que él preguntó:

—¿Dejas que Hogar duerma en mi lado de la cama?

—Bueno, como no estabas aquí —respondió ella de forma muy racional—. Además, le gusta la cama.

—A mí también —replicó Micah, algo contrariado.

Tessa se mordió el labio para no reír.

—¿Qué haces aquí? Creía que llegarías por la mañana.

Él sonrió.

—Necesitaba verte. Te echaba de menos. Sabía que no podría dormir, por eso he decidido volver antes de tiempo.

Tessa se derritió de gusto. De repente estaba tan excitada que empezó a mojarse. Micah estaba sentado en su cama, agotado pero guapísimo, y ella se moría de ganas de acariciarlo… ya mismo.

Se dio una palmada en el muslo y Hogar bajó de inmediato de la cama. Ella le acarició la cabeza y se dio cuenta de que iba casi desnuda. El camisón que llevaba apenas le cubría las caderas y las braguitas no podían considerarse como ropa interior.

Eran más bien un tanga que apenas le cubría el pubis y dejaba su trasero al descubierto.

Tessa volvió a la cama, abrazó a Micah y él la rodeó de inmediato. Ella apoyó la cabeza en su pecho y ambos disfrutaron del calor que desprendían sus cuerpos, deleitándose con el roce de la piel del otro.

—Me alegro de haber vuelto —le dijo Micah, que le inclinó la cabeza hacia atrás para que pudiera verlo—. No habría podido soportar tener que esperar hasta mañana.

A Tessa le dio un vuelco el corazón cuando vio la mirada lujuriosa de su amante.

—Yo también te he echado de menos. ¿Qué tal te ha ido en el trabajo?

—Surgieron un par de problemillas; si no, habría vuelto ayer. Pero ahora ya está solucionado.

Tessa se relamió los labios. De pronto notaba la boca seca. Qué sensación más cálida y tentadora transmitía el cuerpo desnudo de Micah. Necesitaba tocarlo, acariciarlo, pero su cerebro le decía que ambos necesitaban unas horas más de sueño.

—Debes de estar cansadísimo.

—No tanto. Estaba enfadado porque lo único que quería era estar contigo.

—Creo que he dormido más que tú, así que túmbate y déjame trabajar a mí. —Micah le había prometido que la próxima vez le cedería el control, y Tessa no pensaba dejar escapar la tentadora oferta—. Me lo prometiste.

—Solo pienso en metértela cuanto antes —le dijo muy seriamente, llevado por la pasión del momento.

—Déjame guiarte.

Tessa anhelaba lo mismo que él.

Micah se estiró de nuevo y apoyó la cabeza en la almohada, sin apartar los ojos de ella.

—Ahora —exigió. Deslizó una mano por su vientre y empezó a acariciarle el sexo por encima de las braguitas—. ¿Ya estás mojada?

Más que mojada, estaba empapada y desesperada.

—Sí.

Desesperada por sentir el roce de su piel, Tessa se quitó el camisón por la cabeza y lo tiró al suelo.

Hogar se apartó cuando la prenda cayó a su lado. Se levantó y decidió irse a la sala de estar, un lugar sin duda más tranquilo.

Micah se mesó el pelo, desesperado, mientras Tessa se quitaba las escuetas braguitas.

—Lo necesito. Te deseo con tanta desesperación que ya no puedo ni pensar.

La mirada lujuriosa de Micah aumentó a niveles desconocidos la excitación de Tessa, que se sentó sobre él, incapaz de soportar las palpitaciones de su sexo. Cuando notó sus abdominales debajo de ella, se deshizo de gusto.

—Oh, Dios. Yo también —confesó—. Me alegro tanto de que hayas vuelto…

¿Cómo podía explicarle que cuando estaba con ella la invadía una pasión desenfrenada, que su cuerpo y su alma anhelaban sentir el roce de su cuerpo y no separarse nunca más de él?

Micah la excitaba como no lo había hecho ningún otro hombre.

Incapaz de contenerse, Tessa agachó la cabeza y lo besó.

Capítulo 19

Micah sabía que no podría aguantar mucho tiempo más. Era imposible, Tessa acechaba sus sueños de noche y de día. Cuando no pensaba en hacerlo con ella hasta caer rendido, pensaba en ella.

En Nueva York no había dejado de preocuparse por ella, pero lo que quería de verdad era verla, tocarla.

No le había servido de consuelo saber que tenía un perro que le hiciera compañía. Quería estar a su lado. Quería estar con ella. Qué diablos, ¡casi tenía hasta celos del maldito perro que compartía la cama con ella cuando él no estaba!

Micah la agarró del pelo para atraerla hacia él con más fuerza. Aquel momento de intimidad tras el tormento que había supuesto echarla de menos durante su ausencia era muy placentero, pero quería más. Quería sentir sus fluidos en su vientre, quería sentirse dentro de ella, como si fuera una obsesión que escapaba a su control.

Al final la agarró del pelo con suficiente fuerza para apartarla un poco y le advirtió:

—Si no estoy dentro de ti en tres segundos, lo haré yo mismo.

«¿Por qué diablos le prometí que le dejaría tomar el control? Sí, me vuelve loco cuando se pone encima y me monta como una amazona, y los rizos le cubren casi toda la cara con una expresión de lujuria que me enloquece».

Micah le agarró una mano y le dijo:

—¡Uno! —Levantó un dedo.

—Me lo prometiste —replicó ella mientras se restregaba lentamente contra él, dejando una estela de fluidos sobre su abdomen.

Con la otra mano, Micah le agarró uno de sus generosos pechos y apretó los dientes al notar que tenía el pezón muy duro.

—¡Dos! —Levantó otro dedo, que se unió al primero.

—¡Espera! No estoy acostumbrada a esto. No lo había hecho antes —dijo Tessa entre jadeos.

«¿Nunca había montado a un hombre?», pensó él.

Micah se dio cuenta de que no le había dado la oportunidad. Cuando estaba con ella le perdía la desesperación y tomaba la iniciativa de inmediato. Era obvio que su ex tampoco le había dejado llevar las riendas.

Intentó quitarse de la cabeza la imagen de otro hombre tocando a Tessa. Se volvía loco.

Cuando Tessa empezó a jugar con su miembro, él tensó los músculos de la mandíbula.

—¡Dos y medio! —dijo sin añadir otro dedo a la cuenta.

Tessa estaba excitadísima y Micah sabía que le tocaría esperar, pero valía la pena.

La sujetó por las caderas.

—Tienes que guiarme. Baja lentamente —gruñó desesperado, obligándola a bajar mientras él empujaba hacia arriba.

Micah lanzó un rugido al notar los espasmos musculares de Tessa en torno a su sexo. La penetró lentamente… hasta el fondo.

—¡Tres! —gritó con una mezcla de alivio y satisfacción al comprobar que se la había metido hasta el fondo, tal y como deseaba.

Estaba empapado en sudor y a punto de perder el control.

—Cabalga, nena —le ordenó—. ¡Ahora!

—¿Cómo? —preguntó ella, insegura, mientras bajaba las caderas lentamente para ver qué pasaba—. En esta postura te noto hasta el fondo.

A Micah le gustaba justamente eso, metérsela hasta el fondo. Estaba en éxtasis.

—Haz lo que quieras, pero muévete.

Empezaba a perder el control de la situación, pero no quería acabar antes que ella. Las mujeres siempre primero.

—¿Eres mi montura? —preguntó ella con una sonrisa provocativa—. Porque me siento como una vaquera.

—Soy lo que tú quieras —confesó él con voz ronca mientras intentaba controlar su ritmo agarrándola de las caderas. Se apartaba ligeramente y la embestía con todas sus fuerzas.

—¡Ah! —Tessa inclinó la cabeza hacia atrás y lanzó un gemido lujurioso incapaz de contenerse.

—Nunca he montado a caballo —admitió ella entre jadeos. Entonces se llevó las manos a los pechos para pellizcarse los pezones mientras levantaba las caderas y bajaba con fuerza para sentirlo dentro.

—Sí, disfruta tú también —la animó Micah, aunque sabía que en ese momento no podía leerle los labios. Él se dejó arrastrar por el momento, mirando a la sensual mujer que lo cabalgaba con una combinación de lujuria carnal y adoración.

Ella se movía con elegancia, al compás de las embestidas de su amante hasta alcanzar un ritmo frenético que amenazaba con arrastrar a Micah al punto de no retorno. Él notaba la tensión que empezaba a atenazarlo. Su cuerpo exigía satisfacción inmediata, pero quería retrasar el momento al máximo. Embelesado, no podía apartar los ojos de las manos de Tessa mientras se acariciaba los pechos y gemía después de cada embestida, arrastrada por su deseo.

—Me vuelves loca, Micah. Es maravilloso. —Inclinó de nuevo la cabeza hacia delante y los rizos le ocultaron el rostro cuando dejó de pellizcarse los pezones y apoyó las manos en sus hombros—. Necesito tener un orgasmo ahora mismo.

El corazón y la mano de Micah reaccionaron a su deseo. Sin detener las arremetidas, introdujo la mano entre ambos cuerpos hasta alcanzar el clítoris y empezó a masturbarla con la intensidad que necesitaba ella.

—Oh, Dios. Sí. ¡Por favor! —gimió.

Micah notó el espasmo definitivo, que los músculos de Tessa lo engullían sin piedad.

Él le apartó el pelo de la cara para que pudiera verlo.

La expresión de ella era una mezcla de tormento y éxtasis, como ocurría siempre que estaba a punto de alcanzar el clímax, hasta que profirió un grito de placer liberador.

—¡Micah!

El sonido de su nombre acompañado del orgasmo de su amante le hizo perder el control. La embistió una vez más para que le arrancara hasta la última gota de su esencia y gruñó mientras la agarraba de las nalgas. Se aferró a ella con todas sus fuerzas y estalló en un clímax de placer.

Tessa se dejó caer encima de él, agotada, gozando del contacto de sus cuerpos empapados en sudor. Él le acarició el pelo entre jadeos y le acarició la cabeza para que la apoyara en su pecho.

«¡Mía! Esta mujer es mi media naranja, la persona que me complementa a la perfección».

Quizá había pensado que Beatrice estaba medio loca, pero de todas las personas que conocía, era la única que había deducido quién era la mujer adecuada para él, su pareja perfecta.

Era, ni más ni menos, la mujer que estaba encima de él. Y para Micah no había lugar mejor en el mundo que debajo de ella, acariciando su cuerpo. Su mente, su alma y su cuerpo habían hallado la paz absoluta.

Tessa se movió, como si fuera a separarse.

—Peso mucho, te haré daño —murmuró.

Él se volvió hacia ella.

—Quieta. Quiero que me beses.

Tessa frunció el ceño, pero obedeció.

—Veo que aún te gusta mandar. Creía que ahora la jefa era yo.

Ella ignoraba que era su talón de Aquiles, su mayor debilidad y, al mismo tiempo, su fuente de vida. No era una posición cómoda, pero Micah empezaba a acostumbrarse. Qué diablos, estaba dispuesto a darle lo que fuera a cambio de un beso.

—Hazlo —le ordenó con voz ronca.

Ella sonrió y agachó un poco la cabeza.

—De acuerdo. Pero solo porque quiero.

Micah cerró los ojos al sentir el roce de su aliento y el corazón empezó a latirle desbocado cuando Tessa le dio el beso más dulce de toda su vida.

—¿Estás bien? —le preguntó ella cuando se apartó.

—Sí. —Micah asintió y la atrajo de nuevo hacia sí.

«¿Qué voy a hacer con ella? ¿Qué pasará si no puedo convencerla de que podemos conseguir que lo nuestro funcione?».

Acompañado por la respiración acompasada y profunda de Tessa, que no tardó en quedarse dormida, Micah cerró los ojos para abrazarla con un gesto protector.

Antes de caer en brazos de Morfeo, se dio cuenta de que para él no existían los «si», el fracaso no era una opción. Necesitaba a Tessa como el aire que respiraba.

Por primera vez en su vida, había conocido a una mujer sin la que no podía vivir, y no tenía intención de dejarla escapar.

Cuando por fin se durmió, disfrutó de un sueño profundo. Ni siquiera se inmutó cuando Hogar entró en la habitación, subió a la cama y se tumbó entre ellos lanzando un suspiro de felicidad.

***

—Acabo de descubrir que soy rica —le dijo Tessa, toda emocionada, a Micah a la mañana siguiente mientras desayunaban.

Micah levantó la mirada del plato, sorprendido.

—¿Cómo? ¿Has dicho que eres rica?

Tessa sonrió.

—Bueno, no tanto como tú, pero tengo dinero.

Micah escuchó con atención mientras Tessa le hablaba del dinero que había descubierto que tenía en la cuenta del banco, y de la charla que había mantenido con Liam el día anterior.

—He decidido que volveré a probar suerte con los implantes —le dijo sin alzar la voz—. Ahora sé que dispongo del dinero necesario, voy a enfrentarme a la realidad y no tengo ningún motivo para no intentarlo.

Él había decidido asumir el coste de la intervención si ella tomaba la decisión de volver a operarse, y ahora se sentía un poco dolido porque dudaba que fuera a aceptar su ayuda. No era de esas mujeres dispuestas a aprovecharse de una oferta como la suya.

—¿Cuándo? —preguntó con cautela.

—Sarah tiene una amiga doctora en Nueva York. Me ha concertado una cita para que me visite cuando esté allí. Quiero saber su opinión y que me diga si es aconsejable que vuelva a operarme.

—No veo por qué no. Si antes podías hacerlo, creo que ahora también.

Se alegraba de que Tessa hubiera recuperado las fuerzas necesarias para volver a intentarlo, pero ahora era él quien estaba nervioso.

Tessa se había llevado un buen número de decepciones en el pasado y se había enfrentado a más de una tragedia, de modo que lo último que necesitaba era sufrir un nuevo revés. Sin embargo, intentó consolarse pensando que él estaría a su lado para ayudarla, ahora y en el futuro, si el dolor volvía a formar parte de su vida. Conocía a Tessa y sabía que necesitaba intentarlo.

—Estoy nerviosa, pero, pase lo que pase, saldré adelante. Creo que la incertidumbre de no saberlo sería peor que saber que no puedo operarme —aseguró Tessa.

Micah pensaba lo mismo, pero el valor que demostraba ella, después de todo el sufrimiento que había padecido, era toda una lección de humildad.

Él la tomó de la mano.

—Todo saldrá bien, Tessa.

Ella le estrechó la mano.

—Y si no es así, no pasa nada.

—Te acompañaré. —No era una oferta, sino un hecho. Iba a acompañarla para estar a su lado.

—La visita es después de la gala. Creía que tendrías que volver al trabajo —dijo ella, no muy convencida.

—No he dejado de trabajar. Aunque esté aquí, puedo ocuparme de los temas de mi empresa. Puedo acompañarte.

Tessa asintió.

—Me alegro mucho —dijo ella—, porque estaba convencida de que no volverías a Amesport.

—¿Quién ha dicho eso? —gruñó él—. Quiero adelantar la construcción de las casas antes de que lleguen las primeras nevadas, y Julian y yo tenemos que ocuparnos de Xander. Hay un centro de rehabilitación muy prestigioso en Massachusetts. Confío en que podamos convencerlo de que ingrese antes de partir hacia Nueva York. Pero si no puedo, aún no tengo claro qué haré.

«¡Maldición!», pensó. Él estaba destrozado por el futuro incierto al que debía enfrentarse, ¿y Tessa ya quería deshacerse de él?

—Julian me dijo que él se encargaría de Xander y supuse que como había tantas personas trabajando en las casas, dejarías a alguien al mando de la obra —le aseguró ella.

A decir verdad, era una opción muy plausible, pero esa posibilidad lo alejaría de Tessa, y si había una palabra que no quería decirle, esa era «adiós». Nunca. El problema era que ella aún no lo sabía.

Micah apartó la mano. De repente lo asaltaron las dudas. ¿Acaso ella quería que se quedase en Nueva York?

—Aún no he acabado de planificar lo que haré.

—No quiero que te sientas obligado a quedarte por mí, por miedo a hacerme daño. Me has ayudado muchísimo, has logrado que salga de mi zona de confort. Cuando empezó lo nuestro yo ya sabía dónde me metía, que no duraría para siempre. Puedo superarlo. Lo he hecho antes y no es necesario que te quedes a mi lado.

Micah la miró y vio su gesto triste. Maldita sea, ¿estaba rompiendo con él? No dejaba de ser irónico que al principio fuera él quien tenía miedo de hacerle daño cuando tuviera que regresar a Nueva York.

—¿Y la gala?

Tessa se frotó las manos, nerviosa. Apenas había probado el desayuno.

—Te necesito a mi lado, pero si quieres enseñar a otra persona…

—No, yo me encargaré —dijo sin alterarse y se levantó. No podía quedarse ahí sabiendo que ella quería que se fuera.

—Gracias —le dijo Tessa con voz trémula, levantándose también.

Micah alzó una mano.

—No hay de qué. De todos modos iba a asistir al acto.

Micah intentó reprimir el dolor. Si Tessa no sentía lo mismo que él, no sabía qué decir. Estaba claro que no lo necesitaba. Para él, las reglas habían cambiado. Para ella, era obvio que no.

Sintió la necesidad de irse cuanto antes.

—Debo marcharme.

—¿No quieres salir a correr hoy? ¿O ir a entrenar?

Él negó con la cabeza.

—Como tú misma has dicho, soy un hombre muy ocupado y tú ya no me necesitas. —Micah señaló el sofá—. Te he traído algunas cosas de Nueva York. Pensé que podrías necesitarlas.

No se quedó a esperar su reacción y pronunció las dos palabras que pensó que nunca saldrían de sus labios:

—Adiós, Tessa.

Agarró las llaves de la mesa, le dio la espalda, salió por la puerta y se dirigió a su furgoneta.

Sabía que, si se volvía, se comportaría como un cretino, por lo que subió a su vehículo sin mirar atrás.

Capítulo 20

Al cabo de una semana, Tessa estaba igual de triste que el día en que se fue Micah.

—¿En serio? ¿Le dijiste que no lo necesitabas más? —preguntó Randi con lengua de signos, en la sala de estar de su casa.

Tessa se alegraba de que su amiga hubiera vuelto, pero no había parado de intentar sonsacarle información desde su regreso.

—No rompí con él, solo quise darle libertad. Yo sabía que Micah no iba a quedarse para siempre y empezaba a tener la sensación de que el único motivo que lo retenía aquí era yo. Empezaba a depender demasiado de él; nuestra relación era demasiado intensa. Tenía miedo de acabar suplicándole que se quedara si no le decía que podía seguir adelante con mi vida sin él. Y no habría sido justo para él porque ha hecho mucho por mí.

Randi ya conocía toda la historia, lo que había pasado desde el día en que Micah la vio desnuda en la ducha.

Su amiga le lanzó una mirada de recelo.

—¿Y tú estás bien?

A Tessa se le anegaron los ojos en lágrimas, algo habitual desde el día en que Micah se fue de Amesport para regresar a Nueva York, poco después de que le dijera adiós.

Tras una reunión con toda la familia que estaba en la ciudad, Xander había aceptado, aunque a regañadientes, ingresar en la clínica de rehabilitación, y Julian y Micah lo habían acompañado para asegurarse de que se instalaba correctamente antes de regresar a sus respectivas casas. Tessa se preguntó cuánto tiempo aguantaría Xander en rehabilitación. Estaba convencida de que había acabado aceptando aquella solución por la presión familiar, pero al menos había dado un primer paso.

—No —admitió—. No estoy bien. Tengo el corazón partido y en estos momentos creo que nunca me recuperaré. ¿Cómo pude ser tan estúpida de creer que podía tener una relación destinada al fracaso con Micah? ¿Cómo pude ser tan estúpida de creer que no me sentiría destrozada cuando él se fuera? Sabía que sería duro, pero esto es aún peor.

—¿Y cómo pudo ser tan tonto él para creer que podría acostarse contigo y ya está? —replicó Randi—. Evan lo ha visto hoy en Nueva York. Si te hace sentir mejor, él tampoco lo está pasando muy bien. Evan me ha dicho que está destrozado y que está ahogando sus penas en whisky. Creo que ninguno de los dos estaba preparado para una ruptura.

—¿Evan ha visto a Micah? —preguntó Tessa sin aliento.

Randi asintió.

—Ha pasado la noche en Nueva York. Yo me he quedado porque tengo mucho trabajo con los preparativos de la nueva escuela. Aunque a veces creo que debería haberme ido con Evan. Nos enviamos mensajes cada media hora. Después de las largas vacaciones que nos hemos tomado, creía que estaríamos hartos el uno del otro. No nos hemos separado ni un minuto.

—Así son las cosas cuando dos personas están destinadas a estar juntas —dijo Tessa con tristeza.

—Evan le ha dicho a Micah que está enamorado de ti —le confesó su amiga en voz baja.

Tessa negó con la cabeza.

—No es verdad. Él sabía que lo nuestro no duraría…

—Las cosas cambian —la interrumpió Randi—. Del mismo modo en que tú creías que nunca te enamorarías de él, quizá él tampoco se lo imaginaba cuando os conocisteis.

—Pero él… se ha ido.

Tessa no quería albergar esperanzas de que Micah sintiera una pequeña parte del amor que le profesaba ella.

—Le dijiste que ya no lo necesitabas, que podía irse. ¿Cómo querías que se lo tomara? ¿Esperabas que te confesara su amor después de decirle eso? —Randi hizo una pausa antes de añadir—: Sé que hablabais de cosas distintas, pero tengo la sensación de que él llegó a la conclusión de que tú querías que se fuera. Al menos eso es lo que me ha dicho Evan.

—Oh, Dios. No era lo que pretendía. Sabía que si no le daba una salida yo podía acabar cometiendo una estupidez. —Tessa lanzó un profundo suspiro.

¿Cabía la posibilidad de que Micah la hubiera malinterpretado?

—Lo último que quería era hacerle daño, Randi —añadió Tessa entre lágrimas, que ya le corrían por las mejillas—. Conocerlo me ha cambiado la vida.

—Lo sé —le aseguró Randi, que le tendió una caja de pañuelos.

Tessa sacó un par y se secó los ojos.

—A lo mejor puedo hablar con él en Nueva York. Asistirá a la gala.

—¿Pretendes hablar con él de vuestra relación en un acto tan importante y multitudinario?

Tessa se encogió de hombros.

—¿Qué otra cosa puedo hacer? No puedo ir a Nueva York y lanzarme a sus brazos. Ni siquiera sé dónde vive y dudo que me dejara entrar en su casa.

Randi le acarició el brazo en un gesto de cariño.

—¿Por qué no puedes ir a Nueva York? Sé dónde vive. Y lo único que debes hacer es que el portero llame a su piso y te deje pasar.

—Quizá debería enviarle un mensaje…

—¡No! Estoy segura de que Micah no te diría la verdad… Es un Sinclair, orgulloso y arrogante. No te queda más remedio que ir y tendrás que avasallarlo si quieres que él sea sincero contigo. Uno de los dos tendrá que exponerse y arriesgarse a ser rechazado si quiere conseguir la recompensa.

Tessa se señaló a sí misma.

—¿Yo?

—Como es tu rechazo el que ha causado el problema, creo que sí, que deberías ser tú. Micah está convencido de que querías que se fuera. Dudo que esté dispuesto a correr ningún riesgo si no recibe algún tipo de mensaje de tu parte. Los hombres son así. —Randi hizo una pausa antes de añadir—: Todos nos comportamos de forma incomprensible cuando nos sentimos heridos, Tessa, sobre todo cuando se trata de alguien que nos ha causado un dolor muy profundo. Evan y yo estuvimos a punto de romper por culpa de un malentendido absurdo. Me sentí tan herida que me olvidé de todo, de lo importante que era en mi vida. No permitas que te ocurra lo mismo.

—¿Y si me rechaza? —preguntó Tessa, hecha un manojo de nervios.

—¿Vale la pena luchar por él? —le preguntó Randi.

—Ya lo creo —se apresuró a responder Tessa. Por Micah valía la pena arriesgarlo todo—. No saber qué me dirá sería peor que renunciar a él si no nos entendemos. Si algo me ha quedado claro en este tiempo es que no soporto la incertidumbre.

Tessa aún estaba asimilando la posibilidad de que Micah la deseara de verdad. Al repasar su última conversación, se dio cuenta de que cabía la posibilidad de que se hubiera sentido rechazado.

Era ella quien había sacado el tema de su marcha, cuando él nunca había dicho que quisiera irse. Se limitó a darle la razón y su comportamiento cambió en cuanto ella lo animó a hacer lo que creía que él deseaba.

Micah le había dejado dos regalos: uno de ellos era el traje de patinadora más bonito que había visto jamás, obra de una de las mejores diseñadoras especializadas del país. Para que llegara a tiempo, Micah debía de haberlo encargado desde el momento en que ella aceptó participar en la gala. Debía de haberle tomado medidas con alguna de sus prendas de ropa, porque le sentaba como un guante. Era de un rojo cereza brillante con adornos y bordados dorados. Glamuroso y con buen gusto.

El segundo regalo aún lo llevaba puesto. No se lo había quitado desde que abrió la caja de la joyería. Era una pulsera de oro con amuletos. Una joya de factura exquisita.

Cada amuleto de oro tenía un significado, era un símbolo de algo que habían compartido: un patín, un avión, un paracaídas, un perro que se parecía a Hogar, una bota de senderismo y dos amuletos más cuyo significado ignoraba. Uno era un corazón de filigrana y el otro, una rosa dorada. La pulsera y los amuletos eran preciosos, un compendio perfecto de todo lo que había vivido con Micah y que nunca podría quitarse de la muñeca. Sabía que debería devolvérselo. Debía de haberle costado una auténtica fortuna ya que era de oro macizo y tenía diamantes entre los amuletos. Sin embargo, no sabía a qué dirección enviárselo y se había enamorado de la joya desde el momento en que la vio en la caja de terciopelo rojo.

—Jared está preparando su avión. Solo tienes que ir hasta el aeropuerto —dijo Randi, emocionada, después de colgar el teléfono.

—No he traído ropa.

Tessa aún vivía en casa de Micah, pero estaba buscando un lugar al que mudarse.

—Yo te presto lo que quieras y si necesitas más, ya lo comprarás allí. Ahora no te falta el dinero y estarás en Nueva York —le dijo Randi con rotundidad.

—¡Mis patines y mi traje! —exclamó Tessa—. Por si no vuelvo.

—De acuerdo. Iré a buscarlos a tu casa y haré que te los envíen a la de Micah —le ofreció Randi.

—Gracias —dijo Tessa, poniéndose en pie.

Esperó en la sala de estar, caminando de un lado al otro, mientras Randi le preparaba una maleta con lo básico. No usaban exactamente la misma talla, pero sí una parecida.

Sin darse cuenta, Tessa había empezado a acariciar el amuleto del corazón. ¿Qué mensaje ocultaban el corazón y la rosa?

—Qué estúpida he sido —dijo Tessa reprimiendo un sollozo. En el fondo sabía que ambos amuletos representaban lo que Micah esperaba que fuera su futuro.

Sintió un ataque de pánico. Estaba tan perdidamente enamorada de Micah que no podía respirar. Por culpa de la incertidumbre, lo había dejado marchar a pesar de que él nunca había hablado de poner fin a su relación. Había sido ella, llevada por el miedo al rechazo, y convencida de que podría evitarse un gran dolor y bochorno cortando los vínculos con Micah para que él fuera libre.

Sin embargo, le había provocado un sufrimiento indecible dándole una libertad que él no deseaba.

—Toma —le dijo Randi al regresar a la sala de estar. Se detuvo frente a ella y la despertó de su estado de ensoñación—. Con esto te las apañarás hasta que puedas ir de compras.

Tessa dejó la bolsa en el suelo y le dio un fuerte abrazo a su amiga.

—Muchas gracias.

Randi le devolvió el abrazo y se apartó para mirarla y para que su amiga pudiera verle la cara.

—Has sufrido mucho. Sabes que no haría nada de esto si no estuviera convencida de que él te quiere —le aseguró su amiga con una mirada de comprensión—. Evan y Micah son buenos amigos y confío en la opinión de mi marido.

—Creo que tiene razón —admitió Tessa—. Soy yo quien tenía miedo de acabar sufriendo. Lo he echado de mi vida. Aunque no lo consiga, tengo que intentar recuperarlo.

—Sabes que Beatrice no se ha equivocado nunca con sus predicciones de los Sinclair, ¿no? —dijo Randi bromeando—. Tampoco creo que se equivoque esta vez.

—¿Sabes qué es lo que más me gusta de él, Randi? —Le gustaba casi todo, pero una cosa en concreto.

—¿Qué?

—Que me quiere tal y como soy. No me ve como una persona discapacitada. Le da igual que sea sorda. Para él, que no pueda oír es una parte más de mi forma de ser, no supone ningún problema. Nunca lo ha sido. Es capaz de ver más allá de todas estas tonterías. Me ve tal y como soy. Salvo la última vez que hablamos, supongo.

—Oh, Tessa. Todos te queremos tal y como eres. Perdiste el oído, pero sigues siendo… tú. Te conozco desde que éramos niñas. Aunque perdieras el oído, sigues siendo la misma.

Randi se puso una mano en el pecho.

—Lo sé. Pero Micah me demostró que mis temores no eran más que eso: miedos. Que no me definían, que mi sordera no me definía. Yo no me di cuenta de ello hasta que lo conocí. Por fin sé quién soy y creo que no llegué a conocerme a mí misma hasta que él me desafió.

Tessa sabía que no había perdido el miedo por completo, sobre todo después del tremendo error que había provocado su ruptura con Micah. Pero estaba decidida a enfrentarse a sus temores y a solucionar lo que había estropeado.

—Tienes que decirle eso. Cuéntale cómo te sientes. Si no es capaz de asumirlo, es que no es el hombre que creíamos —le aseguró Randi, que le estrechó el brazo—. ¿Quieres que le pida a Evan que vaya a recogerte al aeropuerto? Le he enviado un mensaje mientras preparaba la bolsa. Me ha dicho que enviará un vehículo para que te lleve al ático de Micah, pero sé que no tendría ningún inconveniente en proporcionarte apoyo moral.

Tessa sopesó la oferta, pero negó con la cabeza. Era tentador que Evan la acompañara y que la ayudara a distraerse o ejerciera de intermediario.

—Debo hacerlo yo sola.

—Pues envíame un mensaje cuando llegues —insistió Tessa—. Quiero saber que has llegado bien.

Tessa asintió, tomó su bolso y desplegó el asa de la maleta para arrastrarla.

Cuando se dio una palmada en el muslo, Hogar se levantó y acudió junto a ella.

—Quiero llevármelo conmigo —decidió.

—Adelante. Si yo puedo llevarme a Lily a Asia, tú puedes llevarte a Hogar a Nueva York. Además, no tiene que pagar en ningún lado. Es un perro señal.

Por suerte, Tessa le había puesto la chaqueta a Hogar antes de salir de casa porque quería parar en varios lugares de camino a casa de Randi. Era una prenda especial que lo distinguía como perro señal, de ayuda a personas sordas.

Tessa le dio un último abrazo a Randi, muy agradecida por todo lo que había hecho su amiga.

—Le enviaré un mensaje a Liam de camino al aeropuerto. No le hará mucha gracia. Solo sabe que Micah ha vuelto a Nueva York, pero no se cree que yo sea la responsable de la ruptura.

Randi sonrió.

—Yo te cubro.

Tessa le sonrió a su amiga, recordando todas las veces que se habían cubierto mutuamente de pequeñas.

—Te debo una —le aseguró Tessa. Era la misma expresión que utilizaban en el pasado.

—Me la cobraré —replicó Randi.

—Te quiero, Randi. Mucho. Gracias por estar siempre a mi lado.

Tessa empezaba a descubrir que no quería dejar pasar la oportunidad de expresar sus sentimientos a la gente que apreciaba de verdad. Randi siempre la había apoyado. Era la única amiga que la había ayudado a enfrentarse a sus miedos en los momentos más oscuros. ¿Cómo podía darle las gracias?

—Te quiero como a la hermana que nunca he tenido, Tessa. Siempre te querré. —Randi la abrazó con los ojos inundados en lágrimas y luego se apartó un poco—. Ahora ve a ver a ese tozudo del que te has enamorado. Y no aceptes un no por respuesta. Si es necesario, sedúcelo —añadió Randi, medio en broma.

—Creo que será lo primero que probaré —le aseguró Tessa, guiñándole un ojo y, acto seguido, se dirigió a la puerta con paso decidido.

Era un manojo de nervios, pero no iba a permitir que nada ni nadie se interpusieran en su camino. Si era cierto que le había hecho daño a Micah, quería averiguarlo por sí misma. Lo que menos le preocupaba eran sus propios sentimientos.

Tessa podía soportar su dolor, pero ser la responsable del sufrimiento de Micah se le antojaba insoportable.

Capítulo 21

Si Tessa no hubiera estado tan alterada, se habría quedado asombrada por el lujo del avión privado de Jared. No le faltaba de nada, contaba con todos los detalles imaginables para colmar las necesidades de los pasajeros.

Quizá, si hubiera estado un poco más atenta, tampoco habría permitido que Hogar se sentara en uno de los asientos de terciopelo porque el perro lo dejaba todo perdido de pelos. La azafata le dijo que no se preocupara, que ella se encargaría de limpiarlo, pero Tessa se había dedicado precisamente a eso, a limpiar las casas de los demás, y no quería dar más trabajo del necesario a la gente de su alrededor.

Sin embargo, no tenía la cabeza para ciertas cosas y se limitó a asentir con la cabeza. Cuando aterrizaron, fue directa al vehículo que le había enviado Evan para llevarla hasta la residencia de Micah.

Cuando llegó, se quedó en la acera, con Hogar sentado a su lado. Sujetaba la maleta con tanta fuerza que los nudillos se le quedaron blancos.

«Tengo que enviarle un mensaje», pensó.

Alzó la mirada, primero un poco, luego un poco más. No alcanzaba a ver el piso donde se encontraba el ático de Micah. Aquel edificio enorme y moderno tenía más pisos de los que se veían desde el suelo.

«No puedo quedarme aquí todo el día».

El sol empezaba a declinar y la multitud de gente que abarrotaba las calles la estaba engullendo. Tessa se acercó a una esquina del edificio para quedarse a resguardo de la marabunta y sacó el teléfono del bolso.

Escribió el mensaje con decisión y lo envió.

Tengo que hablar contigo. Respóndeme, por favor.

Le dio a «Enviar» y esperó hecha un manojo de nervios.

Estoy en Nueva York y nos despedimos hace unos días. ¿De qué quieres hablar?

Yo nunca quise despedirme de ti. Tengo muchas cosas que decirte. ¿Puedo subir, por favor?

¿Estás aquí?

Sí.

¿Has venido sola a Nueva York?

No. Me ha acompañado Hogar.

¡Sola! Espérame ahí. No te muevas.

Tessa sonrió y sintió que empezaba a recuperar el valor necesario para llevar a cabo su misión al darse cuenta de que Micah estaba preocupado por ella.

De repente alguien le tocó el brazo y cuando se dio la vuelta vio al portero, vestido con un traje inmaculado.

—¿Señora Sullivan? —preguntó con expresión amable.

—Sí.

—El señor Sinclair me ha pedido que la acompañe.

Tessa y Hogar siguieron al portero.

Llegaron a lo que parecía el ascensor privado del edificio y entraron. El portero pulsó uno de los botones y se despidió con un gesto muy circunspecto.

—Que tenga una buena noche, señora.

—Lo mismo digo —le deseó antes de que se cerraran las puertas.

Tessa era incapaz de dejar de mover las manos mientras el ascensor subía y se iluminaba el número de cada planta. No se detuvieron en ningún piso, por lo que dedujo que debía de ser un ascensor que iba directo a la última planta. Cuando llegaron a su destino, notó un vacío en el estómago.

Se abrieron las puertas y ante ella apareció lo mejor que había visto desde hacía mucho tiempo.

¡Micah!

Lo único malo de que estuviera ahí delante era que parecía enfadado. Muy enfadado.

—¿Qué diablos haces aquí? La gala no es hasta la semana que viene y no deberías haber viajado sola hasta Nueva York.

Agarró la maleta, luego le tomó la mano y avanzaron por el pasillo hasta llegar a la puerta de su piso.

Tenía barba de un día, aunque a juzgar por su aspecto parecía que hacía dos o tres que no se afeitaba. Iba descalzo y llevaba unos pantalones gastados y una camiseta que había pasado por la lavadora más veces de lo aconsejable. No había ni rastro de su buen humor. La arrastró a su ático y cerró la puerta de golpe.

—Dispara —le soltó mirándola a la cara—. Si tienes algo que decir, suéltalo cuanto antes para empaquetarte en mi avión y asegurarme de que llegas bien a casa.

Tessa dio media vuelta y se adentró en el enorme ático. La sala de estar estaba delante de ella, se quitó la chaqueta y se sentó en el sofá.

Hogar meneaba la cola emocionado y se acercó a Micah en busca de alguna muestra de afecto. Su antiguo amigo le dio unas palmaditas en la cabeza sin prestar demasiada atención, y se acercó al sofá.

—¿Estás cómoda? —le dijo con cierta cautela y mal humor.

—Sí, gracias —respondió ella con educación, tanteando el terreno.

—¿Qué quieres, Tessa?

Ella le mostró la muñeca.

—¿Qué significa la pulsera?

—Ahora ya no importa.

—A mí sí que me importa —replicó ella.

—¿Por qué?

—Porque te quiero —le soltó. El corazón le latía desbocado y bajó el brazo—. Te quiero tanto que no como, no duermo y te echo de menos a cada minuto que no estás a mi lado. Confiaba en que el corazón de la pulsera significara algo. Albergaba la esperanza de que significara que querías ser el dueño de mi corazón. Así que he venido a decirte que ya lo eres. Casi desde el momento en que nos conocimos.

La mirada de Micah era una mezcla de inquietud y cautela.

—Querías que me fuera.

Tessa negó con la cabeza.

—No es verdad. Yo pensaba que tú querías irte y no quería retenerte a la fuerza. Ambos sabíamos que lo nuestro no iba muy en serio cuando empezó, que teníamos que disfrutar pero sin encariñarnos demasiado. Yo conocía las reglas, pero también sabía que si te quedabas mucho tiempo más, acabaría suplicándote que no te fueras y que tú te sentirías mal cuando nos separásemos. De modo que no, no quería que te fueras.

—Lo siento, Tessa, pero no puedo con esto.

Se dio la vuelta y se sirvió un trago.

«No te rindas. No te rindas», pensó ella.

No podía haber más malentendidos. Si quería rechazarla, tenía que decírselo a las claras.

Tessa se levantó y empezó a quitarse la ropa. Primero los zapatos, luego las mallas, la ropa interior, se despojó de la camiseta y la dejó caer en el montón que se había acumulado en la mullida moqueta. En último lugar, se quitó el sujetador y se quedó desnuda en el centro de la sala de estar.

Cuando Micah se dio la vuelta, se le cayó al suelo el vaso de whisky que acababa de servirse.

—¿Qué demonios haces?

—Estoy lista para seducirte —le advirtió—. Pero quiero que sepas que me he desnudado para ti. Si no quieres que forme parte de tu vida, dímelo claramente y oblígame a irme. —Respiró hondo, pero no se movió—. No puedo ser más sincera contigo, Micah. Te quiero más de lo que habría podido imaginar. Me das fuerza cuando me siento débil. Me aceptas tal y como soy. Me haces una persona mejor. Mi corazón te pertenece. Tómame o déjame. Tú decides. Yo ya te he elegido a ti por encima de todo lo demás: dolor, orgullo y miedo.

Tessa vio que un escalofrío recorría su cuerpo musculoso. Entonces Micah se dirigió hacia ella esquivando los trozos de cristal que había en el suelo. Cuando llegó a su lado, le tomó la cabeza entre sus manos.

—Eres muchísimo más valiente que yo. Me fui de casa sin dar explicaciones porque era incapaz. Debería haber vuelto y contarte cómo me sentía, pero estaba destrozado, demasiado preocupado por mí mismo. Mierda. Claro que te quiero, maldita sea. Te amo tanto que a veces creo que me volveré loco. Te deseo con todo mi ser, Tessa: con mi corazón, mi cuerpo y mi alma. ¿Podrás aceptarlo? Porque lo que siento por ti es tan especial que no te será fácil amarme.

Tessa intentó asentir a pesar de que Micah aún le sujetaba la cabeza.

—Es facilísimo. Yo siento lo mismo por ti.

—¿Cómo diablos es posible que hayamos llegado a este punto? No quiero que te separes de mí nunca más.

—Fuiste tú quien me dejó —le recordó ella.

—Pues no volverá a ocurrir porque no voy a separarme de ti. El corazón de la pulsera no era el tuyo, sino el mío. Creía que adivinarías que intentaba decirte que tú eras la dueña.

—¿Y la rosa?

—Eso lo descubrirás enseguida.

—Te quiero —susurró ella, y se le rompió la voz al mirarlo a los ojos.

—Yo también te quiero, cariño. Eres mía. No podía ser de otra manera. Lo siento aquí. —Apartó una mano de su cabeza y se la llevó al pecho.

—Siento haberte hecho daño —dijo Tessa entre sollozos, sobrepasada por las emociones.

—No llores, Tessa, por favor.

—No puedo evitarlo. —Tragó saliva para intentar reprimir los sollozos de felicidad.

—Entonces creo que necesitamos una distracción.

Micah la levantó y se la echó sobre el hombro para llevarla al enorme dormitorio del primer piso.

La dejó suavemente en la cama y cerró la puerta. Tessa lo observó maravillada mientras él se desnudaba. Cuando vio que se quitaba la vieja camiseta notó que se mojaba. Era todo un espectáculo ver sus músculos en movimiento.

Micah tiró la camiseta al suelo y dijo:

—No era necesario que vinieras. —Señaló con la cabeza la bolsa que había junto a la ventana—. Tenía pensado volver a Maine mañana a primera hora. Yo también había hecho planes para reconquistarte. Estaba dispuesto a hacer lo que fuera necesario para que volvieras conmigo.

A Tessa se le aceleró el corazón.

—¿Volvías por mí?

—Sí. He intentado convencerme a mí mismo de que no era lo más aconsejable, pero sabía que tarde o temprano acabaría cediendo.

—Me alegro de haber venido. Tenía que decirte lo mucho que te quiero.

—Yo también me alegro de que estés aquí. Ya no me sirve fantasear con nosotros dos para quedarme satisfecho. —Se desabrochó los botones de los pantalones y se los quitó, junto con los bóxers—. Necesito una experiencia real.

Tessa lanzó un suspiro al ver a Micah en todo su esplendor y estiró los brazos hacia él.

—Ven aquí. Te necesito tanto que ni te lo imaginas.

Él se acercó a la cama y subió tras ella como un depredador. Sus ojos oscuros y posesivos hicieron que Tessa se estremeciera de placer.

Estaba claro que a partir de ahora mandaba él, y a Tessa ya le parecía bien. El deseo mutuo estaba a punto de consumirlos a ambos.

Micah la levantó un momento y la apoyó para que reposara la cabeza en la almohada. A continuación le abrió las piernas y se situó entre ellas.

—Quiero ver cómo llegas al orgasmo. Quiero que te mueras de gusto.

Antes de que ella pudiera replicar, él ya tenía la cabeza entre sus piernas y había empezado a recorrer sus partes más íntimas con la lengua. Tessa lanzó un gemido de sorpresa. Micah la estaba devorando como si llevara varias semanas de ayuno. Quería conducirla al clímax con los labios, la nariz y la lengua.

—Micah. Oh, Dios. Por favor. Métemela ya.

Estaba desesperada por sentirlo dentro.

Sin embargo, él no le hizo caso y prosiguió con su clase magistral de sexo oral hasta que Tessa empezó a retorcerse de gusto, aferrada a las sábanas de seda.

Ella lanzó un gemido cuando Micah la penetró con dos dedos, imitando las embestidas que pensaba reproducir con su miembro erecto.

Tessa lo agarró del pelo. Desesperada, cada vez tiraba más fuerte cegada por el deseo de sentirlo dentro. Su cuerpo se estremecía al borde del éxtasis. No eran unos juegos preliminares dulces, sino la consecuencia de dar rienda suelta a sus necesidades más primarias, que no habían dejado de acecharla día y noche desde la última vez que había visto a Micah.

De pronto él levantó la cabeza y se puso encima de ella.

—Tus deseos son órdenes. Vamos a llegar juntos al orgasmo.

Excitada por el súbito parón, Tessa le rodeó las caderas con las piernas cuando él la penetró y le arrancó un gemido de excitación.

—Eres mía, Tessa. Dilo —le ordenó con un gesto feroz de deseo irrefrenable.

—Soy tuya. Siempre lo seré —dijo ella entre jadeos mientras las arremetidas de su amante, poseído por la lujuria, aumentaban de intensidad.

—Esto es el paraíso —le dijo Micah antes de besarla, con la misma pasión con la que la estaba poseyendo.

Sus lenguas se batieron en un duelo salvaje mientras sus cuerpos se precipitaban irremediablemente al éxtasis redentor. Tessa se deleitaba con cada beso, con cada embestida.

Se sentía consumida, poseída y amada.

—Ya no aguanto más, Micah.

Estaba a punto de llegar a un orgasmo tan intenso que ya lo notaba en el vientre y en su sexo.

—No te reprimas. Déjate ir. Estaré aquí para rescatarte cuando caigas —dijo Micah mientras deslizaba la lengua por su cuello y, acto seguido, le mordió con tanta pasión que le dejó una marca.

Tessa arqueó la espalda por el placentero dolor de su mordisco, un gesto por el que estaba segura de que le pediría disculpas más tarde, pero natural e inevitable en una escaramuza sexual de alto voltaje como la suya.

Ella, por su parte, le clavó las uñas en la espalda, convertida en una criatura tan salvaje como Micah cuando llegó el clímax estremecedor. Profirió un grito mientras el orgasmo se prolongaba y observó el rostro de su amante cuando derramó su esencia dentro de ella.

Tessa se tumbó a un lado y Micah la abrazó, en un gesto instintivo y protector.

—Te quiero —le dijo ella, todavía bajo los efectos del placer infinito de su orgasmo.

Micah le dio un tierno beso antes de añadir:

—Yo también te quiero. —Y la besó de nuevo en la frente.

Ambos se quedaron dormidos al cabo de poco, agotados física y mentalmente.

Tessa lanzó un suspiro, consciente de que su vida no volvería a ser la misma.

Iba a ser mucho, mucho mejor.

Capítulo 22

—Estás guapísima. ¿Nerviosa?

Tessa se ajustó el traje de patinadora que llevaba. Nunca había tenido uno tan elegante. El rojo intenso era muy llamativo y los adornos dorados eran clásicos. Se había puesto sus patines personalizados favoritos de color carne a juego con el traje.

Sonrió a Micah.

—Aunque parezca increíble, no estoy nada nerviosa. Supongo que estoy acostumbrada a este ambiente. —Hizo una pausa y señaló la pulsera—. A lo mejor debería quitármela.

Era una joya delicada, pero no le estorbaría para patinar. Sin embargo, tampoco quería correr el riesgo de perderla.

—Déjatela puesta. Tiene cierre de seguridad. Además, si la pierdes ya te compraré otra.

Le gustaba la sensación de llevar algo que le hubiera regalado Micah y decidió dejársela. Aunque a ella le preocupaba algo más la posibilidad de perderla.

—Ya casi es la hora.

A principios de semana, Micah le había reservado varias horas de entrenamiento en la misma pista donde se encontraban ahora. De este modo había podido mantener su plan de entrenamiento sin cambios. Aún estaba lejos del nivel que tenía cuando fue campeona olímpica más de una década antes, pero también era mayor y sabía que sus mejores años como patinadora artística ya eran cosa del pasado. Sonrió porque sabía que a pesar de ser una veterana podía ofrecer al público una actuación más que decente.

En los últimos días no se había dedicado solo a entrenar. Cuando por fin salieron de la cama, Micah la llevó a ver los lugares más famosos de la ciudad: el Empire State, la Estatua de la Libertad y el memorial del 11-S. Cuando acabaron, le dijo, medio en broma, que se sentía como un turista, más que como un neoyorquino. Tessa disfrutó con la comida basura que probaron en sus restaurantes favoritos, pero lo mejor fueron los perritos de Coney Island que tomaron en un puesto ambulante.

Había sido, en muchos sentidos, una semana mágica. No solo había disfrutado muchísimo de su viaje a Nueva York, sino que lo mejor de todo era que había podido compartirlo con Micah.

—¿Preparada? —le preguntó él, que parecía más nervioso que ella.

Tessa le tomó la mano y asintió. Juntos entraron en la sala de preparación destinada solo a los deportistas.

Tessa no oía los gritos enfervorecidos del público mientras se aproximaban a la zona donde debía aguardar su turno, pero sabía que la gente no estaba en silencio. Gritaban y se levantaban de su asiento cada vez que un patinador hacía un salto correctamente.

Sabía que estaba a punto de llegar su gran momento y se quitó las protecciones de las cuchillas. Sonrió al ver a muchas de sus amigas en primera fila y se acercó a abrazarlas. Habían acudido todos los Sinclair con sus esposas. Jason y Hope también tenían un asiento en primera fila junto a Liam. Por desgracia, el asiento que estaba a su lado se había quedado vacío, aunque Tessa sabía que Micah le había dado dos entradas.

Entre Beatrice y Elsie se encontraba Julian, por lo que a este no le quedó más remedio que escucharlas.

—Beatrice, ya te las puedo devolver —le dijo Micah a la anciana mientras Tessa la abrazaba.

La mujer parpadeó, sorprendida, al recibir las dos lágrimas apache.

—Vaya, pues sí, parece que ya no las necesitáis.

Le guiñó un ojo a Micah en un gesto de complicidad.

Beatrice le dio una de las piedras a Julian, se estiró hacia un lado y le dio la otra a Kristin.

—Ahora ya están con los dueños que les corresponden.

Tessa miró a Micah y luego observó la expresión horrorizada de Julian y Kristin, que intentaron devolver las piedras a la anciana, quien no quiso saber nada de ellos. Al final se las guardaron en el bolsillo sin atreverse a cruzar la mirada.

¿Julian y… Kristin?

A Tessa le pareció que formaban una extraña pareja, ya que ni siquiera congeniaban demasiado, pero no más extraña que Micah y ella. De hecho, había aprendido a respetar la sabiduría de Beatrice, a no cuestionarla más. En el fondo, casi habría preferido que la anciana le hubiera dado esas piedras a Liam, pero imaginó que aún no le había llegado el momento.

Respiró hondo antes de atravesar la puerta que conducía a la pista de hielo.

—Todo saldrá bien, Tessa —le dijo Micah, que la agarró suavemente de la trenza francesa que se había hecho hacía muy poco.

La besó con cuidado para no despeinarla o estropearle el maquillaje.

—Lo sé —dijo Tessa al salir a la pista—. Todo lo que hago, todos los movimientos y piruetas de mi rutina, los hago por ti.

Iba a ser una actuación para celebrar la felicidad que había hallado junto a Micah. Quizá su relación aún no era perfecta, pero daba igual.

—Te toca, cielo. —Micah señaló la pista con un gesto sutil de la cabeza.

Sabía que acababan de pronunciar su nombre y salió a la pista. Dio una vuelta de calentamiento antes de tomar posición de cara hacia Micah.

Lo único que debía hacer era esperar su señal para empezar.

—Te quiero —articuló él antes de darle la señal de OK para que empezara.

No dejaba de resultarle extraño que su mundo estuviera sumido en el silencio absoluto cuando sabía que, entre el público y la gente que la estaba viendo por televisión, había millones de personas mirándola. Sin embargo, ella no oía ni los gritos ni los aplausos que llegaban de las gradas.

Cuando se disponía a patinar, siempre se apoderaba de ella una sensación de calma. Sus movimientos fluían mientras se preparaba para hacer el primer salto.

Encadenó dos saltos perfectos, sin apenas esfuerzo, cada vez más segura de sí misma. Enlazaba los movimientos sin ningún fallo.

Cuando veía las señales de Micah sabía que fluía con la música, incluso cuando aumentó el ritmo e hizo varios movimientos, cada vez más atrevidos y complejos. La velocidad de su rutina no paraba de aumentar.

Patinaba presa de una felicidad absoluta, como nunca había sentido, intentando usar su cuerpo para expresar todas sus emociones.

«Tengo a un hombre que me quiere como soy», pensó Tessa, que se sintió liberada con tal intensidad que tuvo la sensación de que volaba cuando inició la maniobra del salto final, culminado de un modo perfecto.

Estaba jadeando, sin resuello, cuando acabó la rutina con la elegante pose final, y mantuvo la posición un momento antes de taparse la cara con las manos y romper a llorar.

«Lo he hecho. Y sin cometer ni un fallo».

Trazó un pequeño círculo sin apartar las manos de la cara. Entonces se obligó a saludar al público: todo el mundo estaba de pie, a pesar de que el mundo de Tessa seguía sumido en el silencio.

El ambiente del estadio vibraba de entusiasmo y emoción. No podía oírlo, pero sí lo sentía.

Tessa se sobresaltó al chocar con alguien. Se volvió rápidamente y vio que era Micah. Se había puesto los patines y llevaba un enorme ramo de rosas.

—Son para ti —le dijo, y dejó las flores en el hielo, salvo una—. Esta es para mí.

Tessa estiró el brazo para tomarla con una sonrisa, sin dejar de llorar, y no se dio cuenta de que había algo más cuando aceptó el regalo. Cuando lo tenía en las manos, lo vio. Entonces Micah dobló una rodilla y la miró a los ojos.

Le habló en lengua de signos, poniendo gran énfasis en cada movimiento.

—Te quiero. Te desnudaste ante mí y ahora yo hago lo mismo. Te pido que acabes con mi sufrimiento y que te cases conmigo. Quiero que estés a mi lado para siempre. Te prometo que no me separaré de ti, sin importarme lo que nos depare el futuro.

Tessa miró a Micah, luego la rosa que tenía en las manos, y vio que había una preciosa alianza de diamantes en el tallo de la flor.

Ella lo miró embelesada. Sabía que Micah lo había arriesgado todo ante millones de personas y que le había entregado su corazón. Estaba dispuesto a ponerse en una situación tan vulnerable como ella. Pero lo hacía de un modo distinto.

—Oh, Dios mío.

Tessa se tapó la cara con una mano y rompió a llorar de nuevo. El corazón le latía desbocado de la emoción y estaba tan nerviosa que no podía contener el llanto.

—No llores, Tessa —le dijo Micah en lengua de signos mientras se levantaba.

Ella bajó las manos y lo miró boquiabierta.

—¿De verdad quieres casarte conmigo?

Él sonrió de oreja a oreja.

—De verdad. —Señaló al público con la cabeza—. Creo que acaban de darse cuenta de que eres sorda. Gritan tanto que no oigo nada.

—Bienvenido a mi mundo —respondió ella con una enorme expresión de felicidad en el rostro.

Micah quitó el anillo del tallo de la rosa y se lo ofreció.

—Pues ahora mismo voy a quedar en ridículo. ¿Quieres casarte conmigo o no?

A Tessa le temblaban las manos.

—¿Cómo voy a decirte que no? Hay millones de personas mirándonos —dijo ella en tono burlón.

—No me digas que sí porque te sientas obligada. Solo quiero que aceptes si lo deseas tanto como yo —le aseguró Micah con gesto serio.

—Entonces sí. Sí. Sí. Sí —dijo ella, muy feliz—. Quiero estar contigo para siempre. No me imagino mi vida sin ti.

—Yo tampoco quiero imaginarme la vida sin ti, Tessa —afirmó Micah mientras le ponía el precioso anillo en el dedo.

Tessa lo observó unos instantes. El anillo de platino tenía un enorme diamante en el centro, rodeado de un círculo de piedras preciosas más pequeñas.

Tomó la rosa y se lanzó a los brazos de su prometido, un hombre muy fuerte y poderoso, pero al mismo tiempo vulnerable.

—Te quiero —le dijo ella antes de darle un fuerte abrazo.

Micah le levantó la mandíbula con un dedo y la rodeó de la cintura. Sus ojos eran el reflejo de un mar tempestuoso de emociones.

—Tu público nos está pidiendo un beso.

—Pues no los decepciones —murmuró ella, que le lanzó una mirada llena de amor.

Micah inclinó la cabeza y la besó, allí mismo, ante millones de personas, pero le daba igual. La besó hasta dejarla sin aliento de nuevo. Por un momento a Tessa le pareció que iba a estallarle el corazón.

Cuando por fin la soltó, le advirtió:

—Saluda a tu público, cielo. Están al borde del delirio. Te adoran, sobre todo ahora que saben que has patinado como un ángel a pesar de todas las dificultades que has superado. Has hecho una actuación increíble.

Tessa se volvió hacia la gente, en todas las direcciones, y saludó con una expresión de éxtasis que no podría haber ocultado aunque lo hubiera intentado.

Varios patinadores más jóvenes saltaron a la pista para recoger las flores que habían lanzado los admiradores más fervorosos mientras Micah la tomaba de la mano y la acompañaba lentamente a la salida.

Le sujetó la puerta para que saliera primero. Tessa estuvo a punto de chocar con el siguiente participante.

—Lo siento —se disculpó y, acto seguido, alzó la vista.

Se estremeció al ver a Rick detrás de una de las excampeonas, Shannon, una mujer que nunca le había caído bien por la crueldad con la que trataba a las demás compañeras. Había ganado una medalla en los mismos Juegos que Tessa: la de bronce.

—Theresa —la saludó la mujer de pelo negro—. Mira por dónde vas.

—Venga, cielo, no te alteres —dijo Rick—. Ya sabes que tiene que hacer frente a su discapacidad —añadió de forma muy grosera.

Micah se interpuso de inmediato ante ambos.

—Cierra la boca ahora mismo o te daré semejante paliza que desearás estar muerto.

Tessa se situó junto a su prometido.

—No lo hagas. —Le agarró la mano—. No vale la pena.

—Te conformas con poco, ¿no crees, Sinclair? —le preguntó Rick.

Micah se abalanzó sobre Rick y lo agarró del cuello del polo.

—Si quieres que te diga la verdad, creo que es demasiado buena para mí, pero, por algún motivo que no alcanzo a comprender, quiere casarse conmigo —dijo Micah con un tono más parecido a un gruñido—. Quiero que te vayas ahora mismo de mi gala.

—Tengo mi entrada. He venido a ver patinar a mi novia —replicó Rick.

Shannon los ignoró a los dos cuando anunciaron su nombre por los altavoces y saltó a la pista de hielo. Cuando estaba a punto de llegar al centro, tropezó y se dio de bruces antes de empezar con la rutina.

Tessa se mordió el labio para reprimir la risa.

«No está bien que me ría de la caída de una excompañera de equipo».

Shannon se levantó hecha una furia y Tessa decidió que poco le importaba que estuviera bien o no. Y sonrió.

Entonces, Micah echó el brazo hacia atrás, le dio un puñetazo a Rick en toda la cara y vio cómo caía al suelo.

—Te está bien empleado. Ahora sois los dos los que habéis caído al suelo —dijo Micah con una mueca burlona—. El karma puede ser muy cabrón a veces —añadió como quien no quiere la cosa—. Disfruta del espectáculo. Yo ya he visto todo lo que me interesaba.

Tessa siguió a Micah hasta la antesala donde habían aguardado a que le llegara el turno de saltar a la pista. La arrastró del brazo y cerró la puerta.

En un abrir y cerrar de ojos, Micah la inmovilizó contra la puerta, sujetándola de los brazos.

—¿Cómo pudiste aguantar a ese cretino?

A decir verdad, Tessa no entendía por qué había salido con Rick durante tantos años.

—A lo mejor porque no había conocido a ningún otro —dijo casi sin aliento, mirando a los ojos al hombre que habría de ser suyo para siempre—. Por entonces yo no sabía qué era el amor.

—¿Y crees que ahora lo sabes? —preguntó él con curiosidad.

—Sí. El amor es un hombre que siempre ve la belleza que hay en mí. Es un hombre capaz de plantearme desafíos y que no me trata como si fuera una persona distinta a las demás o tuviera limitaciones. Es un hombre dispuesto a mostrarse vulnerable ante mí, a pesar de que no sea una posición cómoda para alguien poderoso. —Tessa suspiró—. Así eres tú, mi amor.

Sin abandonar el gesto de feroz determinación, Micah apoyó la frente en la de Tessa, permaneció inmóvil unos segundos antes de apartarse.

—Eres preciosa. Y eres distinta, distinta de todas las mujeres a las que había conocido. Esta noche has estado increíble, Tessa. Y no me refiero a increíble teniendo en cuenta que eres sorda. Simplemente increíble.

El corazón de Tessa empezó a latir desbocado al ver la mirada de amor en los ojos de Micah, una expresión que no quería que desapareciera jamás.

—Me pregunto por qué apareciste cuando más te necesitaba —dijo ella—, justo cuando estaba preparada.

Él sonrió.

—¿Porque la piedra de Beatrice nos despejó el camino? —preguntó él.

—Quizá. Ahora creo que tú y yo hemos acabado juntos por algún motivo. A lo mejor antes no estaba preparada, pero ahora sí.

Tessa le rodeó el cuello con los brazos y lo atrajo hacia ella.

—¿Estás muy preparada? —le preguntó, dubitativo.

—Mucho —afirmó ella con tono sensual.

Él la agarró del trasero y la atrajo hacia sí.

—Demuéstramelo —insistió.

La estaba desafiando. Tessa sabía que se había metido en un buen problema.

—De acuerdo —accedió. Sabía que siempre estaría a la altura de sus desafíos, simplemente porque quería.

Entonces, en esa diminuta sala, hizo todo lo que podía hacer para sacudir los cimientos de su vida. Se desinhibió por completo, llevada por la adrenalina que fluía por su cuerpo después de la actuación y de la petición de mano de Micah.

Al cabo de un rato, una vez saciados sus instintos más primarios, Micah se declaró derrotado y le dijo que estaba plenamente convencido de que ella estaba preparada para abrirle su corazón. No podía sentirse más agradecido.

Epílogo

Unas semanas más tarde

Tessa se recreó observando la mesa inmensa, con una decoración muy elaborada, y se dio cuenta de que toda la gente importante que formaba parte de su vida estaba ahí. Micah quería casarse en Las Vegas, pero luego cambió de opinión porque se dio cuenta de que Tessa merecía la boda de sus sueños.

No se dio cuenta de que su sueño era él. A ella le daba igual el tipo de boda siempre que pudieran asistir la familia y los amigos. De modo que, una vez que hubo convencido a Micah de que a ella no le importaba dónde fuera la boda, ya no pudo pararlo.

Al final se casaron en una de las capillas más bonitas de Las Vegas, y al banquete asistieron las personas más importantes de su vida. Había acudido Liam, que estaba sentado frente a Micah. Dante, Grady, Jared, Jason y Evan estaban acompañados de sus esposas, y Julian se había sentado junto a Kristin. Ambos parecían enfrascados en una discusión banal, algo bastante habitual en los últimos días.

Tessa lanzó un suspiro y Micah le estrechó la mano bajo la mesa. Ella se volvió y lo miró. Aún no se podía creer que estuviera casada con aquel hombre maravilloso que le había cambiado la vida en tantos sentidos.

—¿Ya estás dudando? —le preguntó en broma.

Ella negó con la cabeza.

—Ni hablar. Solo pensaba que todas las personas importantes de mi vida están aquí.

Micah puso cara seria.

—Yo pienso lo mismo.

—Siento mucho que no haya podido venir Xander —le dijo en voz baja. Por suerte, el hermano de Micah aún estaba ingresado en el centro de rehabilitación.

—Yo no. Me alegro de que esté en la clínica. Espero que siga ahí una buena temporada. Es el mejor regalo de boda que podía hacerme. —Vaciló antes de añadir—: ¿Estás nerviosa por volver a Nueva York?

Tessa había decidido regresar a la Gran Manzana para someterse a la intervención de implantes cocleares. Se quedarían en la ciudad mientras durara el proceso y Micah intentó reorganizar la jerarquía de su empresa para que siguiera funcionando a pleno rendimiento mientras él se dedicaba a Tessa. Si hubiera querido, ella se habría trasladado a Nueva York, pero él era como era y le dijo a su esposa que para él lo de menos era el lugar, que Amesport ya le gustaba. Los constructores de su casa habían avanzado a buen ritmo y quería fijar su hogar en la población costera, aunque era plenamente consciente de que tendría que viajar a Nueva York con cierta frecuencia por negocios.

Ella lo miró a los ojos y el corazón le dio un vuelco al ver su gesto de preocupación. No era normal que un hombre de esmoquin estuviera tan serio. Sobre todo tratándose de alguien como Micah. Ninguno de los dos se había cambiado los trajes de la ceremonia. Ella aún llevaba el precioso vestido de novia que había comprado durante su estancia en Nueva York.

Tessa le acarició la mejilla y lo tranquilizó.

—No tengo miedo. No es una intervención de riesgo y sé que no dejarás de quererme si no soy perfecta o si los implantes no acaban funcionando por algún motivo.

—Para mí ya eres perfecta —le aseguró con un gesto de feroz determinación—. Me importa una mierda que no puedas oír mi voz.

Tessa deslizó un dedo por su mejilla.

—Ya sé qué voz tienes. La oigo en mi cabeza a diario, a veces cuando ni siquiera estamos en la misma habitación. Para mí, ya tienes una voz: amable, atrevida, a veces arrogante, pero siempre sexi.

—Me alegro. —Micah asintió con un gesto de la cabeza—. Pero ¿qué ocurre si te parece que tengo una voz de cretino cuando recuperes el oído? —preguntó, frunciendo el ceño.

Tessa contuvo la risa.

—Tu voz no sale de aquí. —Le tocó la boca—. Sale de aquí. —Le tocó el corazón—. Y de aquí. —Le tocó la sien—. Y quizá un poco de aquí. —Metió la mano debajo de la mesa y la deslizó por su muslo hasta llegar a la entrepierna. Entonces le apretó el miembro erecto y le dedicó su sonrisa más dulce.

—Me las pagarás luego —le advirtió él.

—Eso espero —replicó ella, que apartó la mano de su entrepierna y volvió a entrelazar sus dedos sobre la mesa.

—Creo que ha llegado el momento de encontrar nuestra suite de luna de miel.

Tessa se rio.

—Pero si no hemos probado bocado aún.

«¡Venganza!».

Micah le lanzó una mirada ávida que nada tenía que ver con el apetito convencional, sino con el apetito sexual y las ganas de convertirla a ella en su plato principal.

—En la suite me daré un buen banquete.

Micah miró al resto de los comensales de la mesa y le estrechó la mano a Tessa cuando Randi se puso en pie y repicó con la cuchara en la copa de champán, para pedir silencio.

A Tessa le pareció gracioso que para ella todo estuviera siempre en silencio.

Observó a Randi, que se ajustó el vestido y miró a Tessa mientras hablaba y traducía sus palabras simultáneamente a lengua de signos.

—Evan y Julian no quieren hablar, por eso voy a hacer yo el brindis por los novios. Tessa y yo nos conocemos desde niñas. Ella vivía tan entregada al patinaje artístico que no tuvo una infancia o adolescencia normales. He sido testigo de sus triunfos y también de sus momentos más duros, que superó con más valor del que habría tenido yo en su lugar. Es una mujer fuerte, con gran talento y merece disfrutar de toda esta felicidad con Micah. Para mí siempre fue un motivo de alegría que decidiera volver a Amesport. Me sentí muy agradecida de tenerla a mi lado cuando más la necesitaba. De modo que os pido que brindemos por los dos amigos más fieles y buenos que he conocido jamás. Por Tessa y Micah. Os deseamos que seáis tan felices como nosotros.

Randi le tomó la mano a Evan, levantó su copa y los demás la imitaron.

Entonces Julian se puso en pie.

—Por Micah y Tessa. Os quiero a los dos, hermano, si no ya te aseguro que no me habría desplazado hasta aquí justo antes de empezar el próximo rodaje.

Alzó su copa y la apuró de un trago mientras los demás tomaban un sorbo.

Kristin le tiró de la chaqueta del esmoquin para obligarlo a sentarse.

Tessa se levantó y se acercó a Randi para darle un fuerte abrazo como agradecimiento por sus amables palabras antes de volver a su asiento.

—¿Qué le pasa a Julian? No parece muy feliz —le preguntó a Micah—. ¿Y por qué está discutiendo otra vez con Kristin? ¿Por qué no la soporta?

Tessa estaba demasiado lejos para ver qué se decían, pero a juzgar por el gesto de enfado que lucían tanto Julian como Kristin, se estaban diciendo de todo menos bonitos.

—No tengo ni idea —respondió Micah—. Pero yo no diría que no la soporta. Justo lo contrario, sospecho.

Tessa apartó la mirada de su marido y volvió a posarla en Julian y Kristin. Era cierto que Beatrice les había dado las piedras, pero difícilmente iba a suceder algo entre ellos si no se aguantaban…

Micah le agarró un brazo.

—No te preocupes por ellos, ya se las arreglarán. Además, en estos momentos Julian está en mi lista negra. Me dijo que fue él quien comunicó a la fundación dónde podían encontrarte. Al parecer te reconoció la primera vez que te vio. Debo decir en su defensa que no sabía que habías dejado el patinaje y creía que te estaba haciendo un favor a ti y a la Fundación Sinclair. Pero, a pesar de todo, tengo ganas de matarlo por haber revelado tu paradero.

—¿Me reconoció? —preguntó Tessa, sorprendida—. Yo no estoy enfadada con él. Me alegro de que lo hiciera. Le debo una. Esa invitación supuso el inicio de una racha de cosas buenas —le dijo con una sonrisa maliciosa.

Micah señaló con la cabeza las bandejas de comida que acababan de servirles.

—La cena ya está aquí. Es mejor que repongas fuerzas. Te aseguro que tardarás en salir de la habitación.

Bastó ese comentario para que Tessa no pudiera quitarse de la cabeza durante toda la cena, y la tarta, las imágenes de alto voltaje de lo que le esperaba en el dormitorio.

Se rio cuando Hogar asomó la cabeza bajo la mesa para recordarle que estaba ahí mientras ella tomaba la tarta. A su amigo peludo le gustaban los dulces y le dio un pedacito a escondidas que el perro devoró de inmediato, lamiéndole los dedos.

Entonces vio que Hogar se situaba entre Micah y ella, y que su marido hacía el mismo gesto, aunque en su caso el trozo de tarta era mucho más grande.

Por mucho que intentara dárselas de duro, tenía un corazón de oro. Era un hombre con tantas facetas como el precioso diamante que lucía en el dedo. Cada una de ellas era especial. Combinadas, formaban la persona que era Micah ahora. Y ella amaba por igual todas esas facetas del hombre con el que acababa de casarse.

Él le hizo una señal y ella lo miró, dejando el tenedor en el plato vacío.

Le acarició el mentón y le dijo:

—Los invitados piden un beso.

Tessa miró a su alrededor y vio que todos estaban repicando con las cucharas contra las copas de cristal, pidiendo que Micah besara a su nueva esposa.

Cuando sintió el roce de su aliento cálido, y el aroma sensual que desprendía cuando le acarició la barbilla, Tessa se acercó a él.

—No me gustaría decepcionar al público —murmuró.

—A mí no me importan los demás. Bésame —le exigió.

Su lado más arrogante y mandón siempre le había parecido irresistible, de modo que obedeció.

Se inclinó hacia él y lo besó.

Tessa no oyó los gritos de alegría de los invitados cuando sus labios se sellaron, pero fue presa de la sensación de euforia que se apoderaba de ella cuando se tocaban, embriagada por el compromiso de Micah con su relación de pareja y, sobre todo, por sus infinitas muestras de amor. Para Tessa, oír la voz de Micah era más que suficiente.

AGRADECIMIENTOS

Quisiera mostrar mi más sincero agradecimiento a mi increíble equipo de lectoras, Las Gemas de Jan, por todo lo que han hecho para dar a conocer mis libros. Sois increíbles, chicas.

Rita, gracias por tu predisposición a ayudarme. Tu amistad y tus dotes de editora son uno de mis mayores activos.

Gracias a mi editora sénior, María Gómez, y a todo el equipo de Montlake por el apoyo que han dedicado a la saga de los Sinclair. Ha sido un viaje increíble para mí y me alegro de poder compartirlo con todas vosotras.

A mi propio equipo KA: Sandie, Annette, Isa, Natalie, Tami y Sri. Soy tan fuerte como el equipo que hay detrás de mí, y vosotras me animáis a seguir adelante, incluso en los momentos más difíciles. Os quiero.

No sé cómo he tenido la suerte de reunir a un grupo de colaboradoras tan fantástico, pero algo bien debo de haber hecho para mereceros. Gracias por ser el mejor grupo de apoyo que podría desear una mujer.

Como siempre, gracias a mis lectoras, que me permiten seguir haciendo lo que me gusta. Nunca sabréis lo mucho que significan para mí vuestros comentarios, cartas y el entusiasmo con el que recibís cada uno de mis libros, de modo que gracias de nuevo, a todas y cada una de vosotras.